L'ENQUÊTE KRINAR

Les Chroniques Krinar, Roman

ANNA ZAIRES ET HETTIE IVERS

♠ Mozaika Publications ♠

Dépôt légal © 2018 Anna Zaires
www.annazaires.com/book-series/francais/

Publié par Mozaika Publications, une marque de Mozaika LLC.
www.mozaikallc.com

Couverture par Najla Qamber Designs
www.najlaqamberdesigns.com

Sous la direction de Valérie Dubar
Traduction : Laure Valentin

e-ISBN : 978-1-63142-411-3
ISBN imprimé : 978-1-63142-412-0

PARTIE UN

CHAPITRE UN

Deux ans depuis l'invasion.

Je n'en revenais pas que deux ans se soient écoulés depuis l'invasion, et nous ignorions encore presque tout au sujet des extraterrestres qui avaient pris le contrôle de la Terre.

Frustrée, je retirai mes lunettes et me frottai les yeux, que je sentais fatigués après une journée passée devant l'écran d'ordinateur. Au cours de ces deux dernières semaines, depuis que j'avais décidé de faire mes preuves en rédigeant un texte éclairé sur les envahisseurs, j'avais longuement réfléchi à chaque information disponible sur internet. Tout ce dont je disposais, c'était des rumeurs, un certain nombre de témoignages approximatifs, des vidéos YouTube de mauvaise qualité et tout autant de questions sans réponses qu'auparavant.

Deux ans s'étaient écoulés depuis le Jour K, et les

K – ou Krinars, comme ils aimaient se faire appeler – demeuraient le même mystère que lors de leur arrivée.

Mon ordinateur émit un signal qui me tira de mes pensées. Jetant un œil à l'écran, je constatai qu'il s'agissait d'un email de mon rédacteur en chef. Richard Gable voulait savoir quand mon article sur les chiots siamois serait prêt.

Au moins, ce n'était pas l'un de ces messages alarmants, du genre « le ciel nous tombe sur la tête », que m'envoyait régulièrement ma mère.

Avec un soupir, je me frottai de nouveau les yeux en chassant de mes pensées les inepties de mes parents pour mieux me concentrer. J'avais bien assez de problèmes avec ma carrière qui ne décollait pas. J'ignorais pourquoi tous les sujets minables atterrissaient sur mon bureau. C'était ainsi depuis que j'avais intégré l'équipe du journal, trois ans plus tôt, et je commençais à en avoir par-dessus la tête. À vingt-quatre ans, j'avais presque autant d'expérience dans la rédaction de vrais articles d'actualité qu'un stagiaire de première année.

Le mois dernier, je m'étais dit : et puis merde. Si Gable ne voulait pas me confier de missions sérieuses, je trouverais un sujet moi-même. Et qu'y aurait-il de plus intéressant ou de plus polémique que les êtres mystérieux qui avaient envahi la Terre et qui vivaient désormais parmi les humains ? Si je parvenais à révéler quelque chose, n'importe quoi de concret au sujet des K, ça m'aiderait à prouver que j'étais capable de traiter de sujets plus importants.

Je remis mes lunettes et m'empressai de répondre à Gable, en lui demandant deux jours supplémentaires pour terminer l'article sur les chiots. En guise de prétexte, je lui disais que je souhaitais interviewer le vétérinaire et que j'avais du mal à le joindre. C'était un mensonge, évidemment – j'avais interrogé à la fois le vétérinaire et le propriétaire des chiots dès qu'on m'avait confié cette mission –, mais je voulais m'épargner d'autres sujets tout aussi minables pendant quelques jours au moins. Ça me laisserait le temps d'explorer une question passionnante que j'avais abordée dans mes recherches du jour : les clubs X, comme on les appelait.

— Salut, miss, des projets pour ce soir ?

Je levai les yeux en entendant cette voix familière et je souris à Jay, mon collègue et meilleur ami, qui venait d'entrer dans mon bureau exigu.

— Non, répondis-je sur un ton guilleret. Je vais rattraper mon travail en retard avant de me vautrer sur mon canapé.

Il poussa un soupir théâtral et me regarda avec un faux air de reproche.

— Amy, Amy, Amy… Qu'allons-nous faire de toi ? C'est vendredi soir, et tu comptes rester à la maison ?

— Je ne me suis pas encore remise du week-end dernier, dis-je avec un grand sourire. Alors ce n'est pas demain la veille que tu réussiras à me traîner quelque part. Une soirée par mois en mode Jay, c'est largement suffisant.

La fête en mode Jay, c'était une expérience unique

composée de nombreux verres de vodka en début de soirée, suivis par plusieurs heures à écumer les clubs avant de terminer par un dîner/petit déjeuner dans un restaurant coréen ouvert vingt-quatre heures sur vingt-quatre. Je ne mentais pas en lui disant que je ne m'en étais toujours pas remise – le mélange de vodka et de cuisine coréenne m'avait laissé une gueule de bois qui avait tout d'une intoxication alimentaire carabinée. Je m'étais péniblement extirpée du lit le lundi matin pour aller travailler.

— Oh, allez, dit-il pour m'amadouer en me regardant de ses yeux marron de chien battu.

Avec ses cils épais, ses boucles brunes et ses traits fins, Jay était presque trop charmant pour un garçon. Sans sa carrure musclée, il aurait paru efféminé. Toujours est-il qu'il attirait indifféremment les femmes et les hommes – et qu'il appréciait les deux avec le même enthousiasme.

— Désolée, Jay. Une autre fois, peut-être.

À présent, je devais me concentrer sur mon article au sujet des K... et des clubs secrets qu'ils étaient censés fréquenter.

Une fois de plus, Jay soupira.

— D'accord, comme tu voudras. Sur quoi travailles-tu en ce moment ? L'article sur les chiots ?

J'hésitai. Je n'avais pas encore parlé de mon projet à Jay, notamment parce que je ne voulais pas passer pour une folle si je n'arrivais pas à trouver une histoire intéressante. Jay non plus ne recevait pas de missions très croustillantes, mais ça ne le dérangeait pas autant que moi. Son but dans la vie était de s'amuser, et tout le reste – y compris sa carrière de journaliste – passait au second plan. Il pensait que l'ambition n'avait d'utilité que dans la modération et il ne s'impliquait jamais plus que nécessaire.

« Disons simplement que je n'ai pas envie d'être un vrai glandeur, pour mes parents, tu vois », m'avait-il expliqué un jour. Et cette déclaration résumait parfaitement son approche du travail.

Moi, en revanche, je ne voulais pas me contenter de ne pas glander. Ça m'ennuyait qu'en me jugeant sur mes cheveux blond vénitien et mon visage de poupée, le rédacteur en chef m'ait définitivement reléguée au royaume des articles bidon. J'aurais été tentée de penser que Gable était sexiste s'il n'avait pas réservé le même sort à Jay. Notre chef ne discriminait peut-être pas les femmes, mais il nourrissait des préjugés uniquement basés sur l'apparence des gens.

Me décidant enfin à me confier à mon ami, je lui dis :

— Non, pas sur les chiots. En fait, j'ai effectué des recherches pour un projet personnel.

Jay haussa ses sourcils parfaitement dessinés.

— Oh ?

— As-tu déjà entendu parler des clubs X ?

Je jetai un bref regard circulaire pour m'assurer que personne ne nous écoutait. Heureusement, pour la plupart, les bureaux autour du mien étaient vides. On n'apercevait qu'un seul stagiaire qui travaillait à l'autre bout de l'étage. Nous étions un vendredi soir, il était près de seize heures, et la majeure partie des employés avait trouvé une excuse pour partir plus tôt afin de profiter de cet après-midi d'été.

Jay ouvrit de grands yeux ronds.

— Les clubs X ? Tu veux dire les clubs xénos ?

— Oui.

Les battements de mon cœur s'accélérèrent.

— Tu en as déjà entendu parler ?

— Ce n'est pas là où vont tous les tarés fans d'extraterrestres pour sortir avec des K ?

— Apparemment, lui répondis-je en souriant. Je viens tout juste d'apprendre leur existence. Connaîtrais-tu quelqu'un qui y est déjà allé ?

Jay fronça les sourcils, ce qui ne lui ressemblait pas étant donné sa bonhommie habituelle.

— Non, pas vraiment. Enfin, on a tous « l'ami d'un ami d'un ami », mais personne que je connaisse personnellement.

Je hochai la tête.

— D'accord. Et tu connais la moitié de Manhattan, alors ces clubs, s'ils existent, sont un secret bien gardé. Tu imagines l'article ?

Avec ma meilleure voix de reporter radio, j'annonçai sur un ton théâtral :

— Des clubs extraterrestres en plein cœur de la ville de New York ? Le *New York Herald* vous donne les dernières nouvelles des K !

— Tu en es sûre ?

Mon ami semblait en douter.

— J'ai entendu dire que ces clubs étaient toujours à

proximité des Centres K. Es-tu en train de dire qu'il y en aurait au centre-ville de New York ?

— Je crois bien. En ligne, certaines personnes évoquent un club à Manhattan. J'ai envie de le trouver et de voir de quoi il retourne.

— Amy… Je ne sais pas si c'est une très bonne idée.

À mon grand étonnement, Jay semblait plus troublé qu'enthousiaste et son froncement de sourcils inhabituel s'accentua.

— Il vaut mieux ne pas se mêler à ces K.

— Personne ne veut se mêler à eux, c'est pour ça qu'on ne connaît toujours rien à leur sujet.

Je sentais ma frustration revenir. J'étais agacée que tout le monde soit toujours intimidé par nos envahisseurs.

— Je veux juste écrire un article avec des informations concrètes à leur sujet. Et notamment sur les endroits qu'ils sont censés fréquenter. Ce ne doit pas être interdit. Nous avons toujours la liberté de la presse dans ce pays, non ?

— Peut-être, dit Jay. Ou peut-être pas. Personnellement, je pense qu'ils censurent les informations qu'ils ne veulent pas voir sortir au grand jour. Autrefois, une fois qu'une info paraissait sur internet, elle y restait indéfiniment, mais plus maintenant.

— Tu crois qu'ils trouveraient un moyen d'interdire mon article ? demandai-je avec inquiétude.

Jay haussa les épaules.

— Je n'en ai aucune idée, mais si j'étais toi, je me

concentrerais sur les chiots et j'oublierais les K.

———

Il était presque vingt heures lorsque je trouvai enfin ce que je cherchais : la mention de l'emplacement du club X sur un obscur forum érotique en ligne. Elle était noyée dans le récit interminable – et assez improbable – que quelqu'un donnait au sujet de sa rencontre avec un groupe de K. La sensation d'extase que cet homme décrivait me faisait étrangement penser aux effets de la drogue, bien que le web regorge de témoignages similaires, entraînant toutes sortes de rumeurs sur les envahisseurs… y compris celle du vampirisme.

Je n'y croyais pas, mais il faut dire qu'avec l'obsession de ma mère pour les théories du complot fumeuses, j'étais naturellement encline à rejeter les rumeurs. J'aimais les faits. C'était pour cette raison que j'avais choisi le journalisme au lieu de l'écriture de fiction.

D'après le récit de cet homme, il était allé au club juste après son dîner dans le quartier Meatpacking. Il donnait le nom du restaurant où il avait dîné, puis il notait que le club se trouvait de l'autre côté de la rue, juste en face.

Et voilà, j'avais une piste.

Je me levai d'un bond, je pris mon sac et je sortis en trombe du bureau en saluant le concierge au passage.

Manifestement, mon vendredi soir prenait une tournure bien plus excitante.

CHAPITRE DEUX

— Tu n'es pas obligé de venir avec moi, répétai-je pour la cinquième fois en regardant Jay d'un air exaspéré.

J'avais commis l'erreur de lui envoyer un texto pour le tenir au courant, et il avait débarqué sur le pas de ma porte vingt minutes plus tard, habillé comme pour sortir tout en faisant de son mieux pour m'en dissuader.

— Si tu y vas, je viens avec toi, dit-il avec obstination. Je crois qu'on ne devrait pas faire ça, miss, mais tu es folle si tu penses que je te laisserai y aller toute seule.

— Tu as juste envie que ton nom figure dans mon article, répondis-je pour le taquiner avant de pencher la tête afin d'enduire de mousse mes cheveux mi-longs.

Entre le blond et le roux, mes cheveux étaient naturellement fins et lisses, mais en y ajoutant une bonne quantité de produits, j'obtenais de belles boucles sexy. En temps normal, je ne cherchais pas à être sexy, mais dans ce cas précis, c'était important. Non seulement les K étaient d'apparence humanoïde, mais ils étaient beaux comme des dieux… et d'après ce que j'avais lu en ligne, ils aimaient que leurs partenaires sexuels humains soient presque aussi beaux qu'eux.

J'étais pratiquement certaine de ne pas correspondre à ces critères, mais j'espérais qu'avec suffisamment de maquillage – et en troquant mes lunettes contre des lentilles de contact – je serais suffisamment jolie pour que l'on m'autorise à entrer dans le club.

— Nos noms seront même le sujet de l'article, dit Jay d'un ton grave. Je l'imagine déjà : *deux journalistes disparus alors qu'ils traquaient des extraterrestres dans le quartier Meatpacking.*

— Oh, pitié.

Je me redressai et j'entrepris d'appliquer du mascara sur mes longs cils bruns.

— Depuis quand as-tu peur de sortir dans un club ? Tu passes ton temps à faire des folies…

— Oui, mais je le fais pour m'amuser, pas pour prouver ma valeur auprès de notre idiot de patron. Je suis le premier à boire et à faire la fête, mais infiltrer un club libertin extraterrestre, ce n'est pas comparable. Tu sais faire la différence entre fumer un peu d'herbe et ça, j'espère !

— Oui, oui, grommelai-je en passant du fard à joues sur ma peau claire. Comme je te l'ai dit, si je t'ai envoyé un texto pour te prévenir, c'est uniquement pour que quelqu'un sache où je suis. Tu n'es pas obligé de venir avec moi.

— Si, il le faut, rétorqua Jay en me regardant d'un air de dire : « sois sérieuse ». Tu es ma seule amie fille. Tu crois que je te laisserais te faire enlever à bord d'une soucoupe volante ?

— Ils habitent dans des Centres K, sur Terre, espèce d'idiot, dis-je en lui souriant dans le miroir. Pourquoi m'enlèveraient-ils dans une soucoupe ?

— Qui sait ? fit-il en se laissant tomber sur mon canapé. Ils aiment peut-être les jolies blondes aux yeux verts qui portent des lunettes pour se donner l'air plus intello.

— Hmm, oui. Je suis exactement leur genre.

En riant, je lissai ma robe bleue moulante. Avec mes hanches généreuses, je n'étais pas franchement un top model, même si en général je ne me plaignais pas de ma silhouette. C'était en partie grâce à mes ex-copains, qui avaient toujours semblé apprécier mes fesses rebondies. L'un d'eux avait même assuré que c'était la partie de mon anatomie qu'il préférait.

— On ne sait jamais, insista Jay. Sérieusement, Amy, j'aimerais que tu y réfléchisses à deux fois. Tu te rends compte qu'ils pourraient te faire tout et n'importe quoi dans ce club, et que personne ne les en empêcherait ? Nos lois ne s'appliquent pas à eux. Ils peuvent te tuer, et personne ne lèverait le petit doigt, traité ou non. Tu en es consciente, n'est-ce pas ?

— Bien sûr que oui.

Je commençais à me lasser de cette conversation.

Parfois, Jay ressemblait à un chien qui refuse de lâcher son os.

— Je ne suis pas née de la dernière pluie. Je sais à quel point les K peuvent être dangereux. J'ai vu des vidéos sur lesquelles ils réduisaient des gens en lambeaux, et j'ai lu des témoignages directs. Mais nous sommes journalistes. Nous sommes censés enquêter sur des histoires, révéler des vérités importantes et les mettre en lumière, aussi risqué que ce soit. Nous n'avons pas choisi cette profession pour pouvoir écrire sur les chiots siamois, les mariages mondains ou les autres broutilles que Gable nous assigne. Nous avons besoin de faire un vrai travail de reportage, Jay, et l'occasion nous est offerte.

Marquant une pause, je le regardai avec gravité.

— Je vais le faire, et tu peux te joindre à moi ou bien rentrer chez toi.

CHAPITRE TROIS

— Bon, voici le restaurant, dis-je lorsque notre taxi se gara devant un hôtel luxueux.

D'après Google, le restaurant se trouvait sur le toit de l'immeuble.

— Et maintenant ?

— Maintenant, on trouve de vraies boîtes de nuit et on oublie cette folie, dit Jay en sortant du taxi avant de m'ouvrir la portière. Tu es déjà en tenue, ce sera parfait. On va s'éclater comme le week-end dernier.

Je poussai un soupir exaspéré.

— Je ne compte pas répéter ce qui s'est passé le week-end dernier avant un bon bout de temps. Je te l'ai déjà dit. Et nous ne sommes pas ici pour faire la fête, nous sommes ici pour observer.

— Bien sûr, évidemment, fit Jay d'un air morose. Nous allons nous contenter d'observer en silence une poignée d'extraterrestres – qui ne se soucieront pas le moins du monde de savoir que nous voulons rendre publics leurs secrets.

Sans lui prêter plus attention, j'essayai de comprendre où se trouvait le club « de l'autre côté de la rue ». Autour de moi, les nombreux passants étaient tous magnifiques. Meatpacking était *le* quartier noctambule de Manhattan. Des mannequins, des célébrités, des banquiers de Wall Street et autres personnalités de haut rang fréquentaient ses rues pavées et ses clubs lounge les plus en vogue, rivalisant d'élégance en arborant sacs et vêtements de créateurs. À travers les nombreuses portes ouvertes, on entendait de la musique à plein volume. Des filles éméchées titubaient sur les trottoirs en talons vertigineux, gloussant et minaudant devant chaque homme qu'elles croisaient.

Je devais reconnaître que les K étaient malins d'avoir choisi ce quartier pour leur club. Dans une foule aussi glamour, même un Krinar pouvait passer inaperçu.

En observant attentivement l'immeuble d'en face, j'aperçus un groupe de femmes aux longues jambes qui approchaient d'une porte marron d'apparence banale. Il n'y avait aucune enseigne, rien susceptible d'indiquer de quel type d'établissement il s'agissait. L'une des femmes frappa à la porte, qui pivota sur ses gonds, laissant entrer le groupe. Aussitôt, la porte se referma.

Mon radar de journaliste se déclencha immédiatement.

— Là, dis-je en attrapant le bras de Jay pour l'entraîner de l'autre côté de la rue animée.

— Comment le sais-tu ?

On devinait une angoisse latente dans sa voix.

— Tu en as vu un ?

— Non.

Sans tenir compte des klaxons des taxis, je traversai devant les voitures.

— Mais je crois avoir vu des femmes qui seraient tout à fait leur genre.

— Leur genre ?

— Le genre des Krinars, expliquai-je en fendant la foule sur le trottoir. Grandes, splendides… comme des top models.

— Ça ne veut rien dire…

— Écoute, essayons, on verra bien, l'interrompis-je en m'arrêtant devant la porte marron.

Je me tournai vers Jay et demandai :

— Tu es prêt ?

— Non, répondit-il d'un ton maussade.

Mais je frappais déjà à la porte. Pendant quelques secondes, rien ne se produisit. Puis elle s'ouvrit lentement, révélant un couloir étroit.

— Allez, en avant, murmurai-je avant d'entrer.

Jay me suivit sans piper mot.

Alors que nous progressions en silence dans le couloir, je sentis mon rythme cardiaque s'accélérer. Allais-je vraiment les rencontrer en personne ? Les envahisseurs que je n'avais vus qu'à la télévision ?

Le couloir se terminait devant une autre porte, gris

métallisé cette fois. Comme elle était verrouillée, je frappai de nouveau sans savoir quoi faire d'autre.

Puis j'attendis.

Et encore.

Et encore.

— Je crois qu'ils ne nous laisseront pas entrer, chuchota Jay une minute plus tard. On devrait peut-être partir.

— Pas encore, lui répondis-je à mi-voix.

Je ne voulais pas l'avouer, mais maintenant que nous étions là, je me sentais nerveuse, moi aussi. Je commençais à prendre conscience de l'audace de ce que nous nous apprêtions à faire. S'il s'agissait bien du club X dont j'avais entendu parler, il y avait des personnes d'une autre planète de l'autre côté de cette porte – issues d'une civilisation ancienne qui avait, disait-on, fondé la vie sur Terre.

À présent, j'avais le cœur dans la gorge.

Rassemblant mon courage, je frappai de nouveau et lançai :

— Il y a quelqu'un ?

J'entendis Jay déglutir à côté de moi, le visage blême.

— Il y a quelqu'un ? répétai-je d'une voix plus forte.

Nerveuse ou pas, je refusais de partir tant que je n'aurais pas tout essayé.

— Amy, allons-nous-en…

La porte s'ouvrit lentement.

Un homme apparut, sa carrure imposante et ses épaules larges occupant tout l'encadrement de la porte.

Dans la lumière tamisée, je ne distinguais que ses pommettes hautes et une mâchoire qui semblait taillée dans le granite. Ses yeux noirs étincelaient sous ses sourcils épais, et ses vêtements étaient clairs, presque blancs.

Je le dévisageai, stupéfaite. Était-ce possible... ? Était-il... ?

L'homme sourit, ses dents blanches contrastant avec son visage bronzé.

— Bienvenue, dit-il d'une voix douce.

Il recula en nous faisant signe d'entrer.

CHAPITRE QUATRE

Mon cœur battait la chamade lorsque je franchis la porte, Jay sur les talons.

De l'autre côté, la pièce était vaste, faiblement éclairée et totalement vide. Il n'y avait ni meubles ni personnes – à l'exception de l'homme qui nous avait ouvert la porte. Il nous observait calmement, de son regard noir pénétrant.

La porte se referma dans notre dos.

J'essuyai discrètement mes paumes moites sur ma robe en espérant que l'homme ne remarquerait pas ce geste nerveux.

— Salut, dit Jay en s'avançant et en venant se placer à côté de moi.

À ma grande surprise, la voix de mon ami était stable et je décelai un sourire séducteur sur son visage.

— Nous avons entendu dire qu'il y avait une fête ici. C'est vrai ?

Pendant un moment, l'homme ne répondit pas, ce

qui ne fit qu'exacerber mon angoisse. Quand il prit enfin la parole, sa voix grave vibrait d'amusement.

— On peut dire ça.

— Super, répondit Jay, rayonnant. C'est pour ça que nous sommes venus.

J'éprouvai un élan d'admiration pour mon ami. J'avais toujours su que Jay était formidable dès qu'il s'agissait d'interagir avec les autres, mais cette fois, ce n'était pas une fête classique. En dépit de toutes ses réticences, il sortait visiblement le grand jeu.

— Tous les deux ? demanda l'homme sur un ton toujours malicieux.

— Oui.

Je m'efforçai de sourire à belles dents. Si Jay pouvait le faire, moi aussi.

— Nous sommes très… curieux.

— Ah.

L'homme se mit à rire et sa voix grave et sensuelle propagea un frisson le long de ma colonne vertébrale.

— Curieux, tiens donc. Eh bien, suivez-moi.

Il tourna les talons et rejoignit l'autre côté de la pièce. Mon cœur eut un raté. Comme les K que j'avais vus à la télévision, il ne semblait pas marcher, on aurait dit qu'il flottait et que chacun de ses mouvements était empreint d'une grâce et d'un pouvoir surhumains.

Le doute n'était plus permis.

Je venais de rencontrer mon tout premier Krinar.

Jay me toucha le bras et je levai les yeux vers lui. Sur son visage, je reconnus la même admiration et le même enthousiasme que je ressentais moi-même.

— Oh, mon Dieu, articulai-je en silence.

Il hocha la tête, les yeux écarquillés par la stupeur.

— Viens, ajoutai-je en désignant le K d'un mouvement du menton.

Nous nous empressâmes de le suivre, courant presque pour le rattraper.

Le K s'arrêta devant un mur, de l'autre côté de la pièce, et nous adressa un petit geste de la main. À ma grande stupéfaction, le mur commença à se dissoudre, créant une ouverture ovale à taille humaine. J'eus du mal à cacher mon étonnement. Naturellement, je savais que les K disposaient de technologies avancées, mais je n'en avais encore jamais vu l'application directe.

Je ne manquerais pas de le mentionner dans mon article.

Tandis que je composais mentalement le premier paragraphe de mon histoire, le K franchit l'ouverture et disparut à l'intérieur. Comme je ne voulais pas le perdre, je traversai à mon tour le passage, Jay sur les talons.

Nous débouchâmes dans un couloir sombre. Après une dizaine de pas, nous nous retrouvâmes devant un autre mur. Le K attendit que nous reprenions notre souffle, puis il pratiqua une deuxième ouverture, de l'autre côté de laquelle on percevait des lumières multicolores et de la musique rythmée.

— Et voilà, dit le K dans un anglais aussi parfait que n'importe quel Américain.

Je m'étais toujours posé cette question, à savoir comment les extraterrestres pouvaient si bien connaître nos langues. Certains avançaient qu'ils disposaient d'implants linguistiques neuronaux, mais personne n'en avait la certitude.

Voilà un autre sujet sur lequel je pourrais mener l'enquête ce soir.

— Waouh, c'est cool ! s'exclama Jay en jouant à la perfection son rôle de fêtard invétéré. J'adore comment tu fais ça, mec !

Le K haussa les sourcils, mais il ne lui fit pas l'honneur de lui répondre. Au lieu de ça, il entra avec cette démarche étonnante, cette grâce presque animale. Jay, qui semblait avoir surmonté ses réticences, le suivit sans hésiter. Avec un temps de retard, je lui emboîtai le pas, le cœur battant dans un mélange d'euphorie et d'excitation.

Nous étions officiellement à l'intérieur d'un club X.

———

La première chose qui me frappa, ce fut la musique. De l'autre côté de l'ouverture, je n'avais perçu que les basses, mais dès que nous fûmes entrés, je découvris les notes mélancoliques d'un instrument inconnu mêlées aux vibrations plus rythmées. La musique n'était pas particulièrement forte, et pourtant la mélodie m'enveloppait comme une couverture agréable.

Par-dessus la musique, j'entendais des rires et le brouhaha des conversations. Dans la salle spacieuse et bondée, les gens étaient nombreux – bien que je ne sois pas certaine que le terme de « gens » s'applique, étant donné que la majeure partie des individus présents étaient des Krinars. Les extraterrestres étaient facilement repérables : tous étaient grands, avec les cheveux noirs, et présentaient ce genre de beauté saisissante que l'on n'observe en général que chez les top models. Pendant un moment, des rumeurs avaient circulé, selon lesquelles les K n'étaient pas des êtres biologiques, et je comprenais comment de telles idées avaient pu se répandre. Non seulement les K étaient incroyablement forts et rapides, mais ils étaient également trop beaux pour être réels.

Ou du moins, trop parfaits pour être humains.

Il n'y avait pas beaucoup de meubles dans la salle, à peine quelques tables rondes dans les coins. On aurait dit une version Krinar de nos bars. Des humains et des K se massaient autour de ces tables d'angle, divers cocktails à la main.

L'éclairage de la salle était doux, tout en nuances de couleurs chaudes qui se mariaient à merveille. Cette ambiance lumineuse mettait en valeur les vêtements aux couleurs claires que portaient les K. Les habits n'étaient pas spécialement exotiques – des robes amples et ternes pour les femmes, des shorts et tee-shirts sans manches pour les hommes –, mais ils allaient bien aux extraterrestres, mettant en valeur leur teint doré et leurs corps toniques et gracieux.

Avant que je puisse m'imprégner d'autres détails, le K qui nous avait invités à entrer se tourna pour me regarder. Ses lèvres rebondies et parfaitement dessinées esquissèrent un demi-sourire moqueur.

— Votre curiosité est-elle satisfaite ? susurra-t-il en me dévisageant.

Mon souffle resta coincé dans ma gorge tandis que j'observais ses traits pour la première fois.

Le Krinar qui se tenait devant moi avait une beauté ténébreuse de satyre, à la fois attirante et perturbante. Ses cheveux noirs étaient lisses et brillants, suffisamment longs pour cacher ses oreilles et retomber négligemment sur son front. Avec son nez masculin et ses mâchoires carrées, il aurait pu poser sur une affiche de recrutement pour l'armée – si ce n'est qu'aucun soldat n'avait la bouche si terriblement sensuelle ni les yeux exprimant de tels plaisirs charnels...

... De beaux yeux marron foncé aux cils épais qui s'attardaient maintenant sur mes courbes avec un intérêt viril nullement gêné.

Pour la première fois dans ma vie d'adulte, je rougis. C'était plus fort que moi. J'avais l'impression que le K me déshabillait du regard, me laissant nue et vulnérable devant lui. Mon corps devint si chaud que j'en étais mal à l'aise, et mon souffle s'accéléra en même temps que mon pouls.

Le K ne se contentait pas de me regarder, il me dévorait des yeux, et mon corps y réagissait comme s'il s'agissait d'un contact physique. Mes tétons durcirent et une chaleur liquide se forma entre mes cuisses. L'air était tellement chargé de tension sexuelle que je pouvais presque la sentir sur ma langue. Tandis que les yeux du K remontaient lentement vers mon visage, j'étais incapable de détacher les miens de lui, éperdument captivée par ce regard sombre et dévorant.

— Qui est-ce donc, Vair ?

La voix d'une femme rompit le charme en transperçant la bulle sensuelle qui semblait s'être créée entre le K et moi.

Heureuse de cette interruption, je pris une inspiration en frissonnant et détournai les yeux du Krinar pour les poser sur la nouvelle venue.

C'était une autre K. La femme affichait un sourire séducteur, son attention rivée sur Jay qui la regardait bouche bée, avec la même fascination impuissante que je venais juste d'éprouver.

Zut. Ce n'était pas bon. Ce n'était pas bon du tout. Jay n'était pas franchement connu pour sa maîtrise de soi en face de la tentation – et la tentation, c'était précisément ce qu'incarnait la femme Krinar qui se tenait à côté de lui.

Vêtue d'une courte robe blanche, elle mesurait plus d'un mètre quatre-vingt, avec des jambes bronzées et galbées qui semblaient s'étirer à l'infini. Son corps était parfaitement proportionné, mince et féminin à la fois, avec une taille presque trop étroite pour sa silhouette. Une « Barbie extraterrestre » fut la première pensée qui me vint à l'esprit.

Une Barbie extraterrestre *très sexy*.

— Ces deux-là étaient égarés quand je les ai trouvés dans le couloir, répondit le fameux Vair.

Ses lèvres sensuelles formèrent un sourire sardonique et il dit :

— Shira, je te présente la fille curieuse et le garçon curieux. Ils sont délicieux, n'est-ce pas ?

Avant que je me décide à réagir à cette remarque insultante – et plutôt inquiétante –, Jay s'avança en tendant la main.

— Je m'appelle Jay, dit-il d'une voix rauque. C'est un plaisir de faire votre connaissance… Shira, c'est ça ?

La femme se mit à rire et répondit d'une voix grave et gutturale :

— Oui, c'est bien ça, chéri. Je m'appelle Shira. Et si je te faisais visiter ?

Elle prit entre ses longs doigts la main que lui tendait Jay et entraîna mon ami en direction de l'un des bars, son corps ondulant comme celui d'un chat.

Jay la suivit sans protester, manifestement trop subjugué pour se rappeler ses précédentes objections, ainsi que la raison de sa présence en ces lieux, à savoir m'aider pour mon article et non devenir une sorte de sex-toy d'un soir pour la Barbie K.

— Ne t'inquiète pas, me dit Vair comme s'il lisait dans mes pensées.

Sa voix trahissait un amusement sombre.

— Shira va s'occuper de lui.

Avec réticence, je me tournai vers le K. Quand nos regards se croisèrent, les battements de mon cœur redoublèrent à nouveau.

— Je ne suis pas inquiète, parvins-je à répondre. Après tout, nous sommes ici pour nous amuser.

— Naturellement, ma chère, dit Vair en dévoilant ses dents blanches. Et vous allez vous amuser.

Aimerais-tu boire quelque chose, ou préfères-tu danser ?

Je le regardai en clignant des yeux.

— Danser ?

La musique avait un bon tempo, mais elle n'était pas assez forte pour inviter à rejoindre la piste de danse. Et autour de nous, personne ne dansait.

De toute façon, dans la mesure du possible, je ne comptais pas m'approcher de Vair au point d'être à sa portée. Le club était peut-être un lieu que les gens fréquentaient pour coucher avec des K, mais je n'étais pas venue ici pour ça.

— Oui, danser.

Son sourire s'élargit devant mon regard incrédule.

— Comme ça.

Il fit un petit geste de la main et, tout à coup, la salle s'obscurcit et la lumière tamisée prit une teinte mauve et rouge. Le rythme de la musique s'accentua en gagnant du volume et la pulsation des basses s'infiltra dans mon corps. Autour de nous, je sentis l'énergie de la salle changer tandis que les conversations s'estompaient. Les groupes se scindèrent en couples, qui commencèrent à osciller dans un mouvement très similaire à la danse.

Stupéfaite, je reculai d'un pas.

— Quoi ? Comment…

— Je suis le propriétaire des lieux, murmura Vair en s'approchant de moi. Ai-je omis de le mentionner ?

Je déglutis.

— Euh, oui. Il me semble.

Oh, bon sang. Il possédait le club – et pour une quelconque raison, il avait l'air de me désirer. De deux choses l'une, soit c'était un énorme problème, soit une formidable opportunité. La journaliste que j'étais opta pour la seconde éventualité et je demandai :

— Depuis combien de temps êtes-vous propriétaire ?

C'était l'occasion idéale pour obtenir des informations, même si pour cela, je devais affronter les avances sexuelles d'un extraterrestre…

… Qui, d'ailleurs, ne me laissait pas de marbre comme je l'aurais voulu.

— Quelque temps.

Vair s'avança encore, ne s'arrêtant qu'à un pas de moi.

Je retins mon souffle et penchai la tête en arrière pour le regarder dans les yeux. J'avais l'impression d'être devant une montagne. Je savais qu'il était grand, évidemment, mais je ne m'étais pas rendu compte à quel point il était *imposant*. Le K mesurait plus d'un mètre quatre-vingt-cinq, avec une musculature qu'un culturiste n'aurait pas reniée. Avec mon mètre soixante-cinq, j'avais l'impression d'être aussi petite qu'un enfant. Humain, il aurait été incroyablement costaud, et les Krinars étaient connus pour être bien plus forts que les hommes.

La peur et l'excitation me nouèrent l'estomac quand je songeai qu'il pouvait me faire tout ce qu'il voulait. *Absolument tout.* Comme Jay l'avait suggéré, les K étaient pour ainsi dire au-dessus des lois.

— Quelque temps, c'est-à-dire ? insistai-je en m'efforçant de faire taire mon rythme cardiaque effréné. Depuis votre arrivée ?

Il éclata de rire.

— Non. Uniquement depuis que les choses se sont tassées.

Ah. Je tenais une piste. Je supposais que pour lui, « les choses » étaient un euphémisme désignant la Grande Panique, ces mois obscurs qui avaient suivi l'arrivée des K sur la Terre. D'après ce calendrier, le club existait depuis moins d'un an et demi.

J'en pris note mentalement et adressai à Vair un sourire encourageant.

— C'est épatant. Et qu'est-ce qui vous a poussé à ouvrir un club ici, à New York ? Je croyais que vous n'aimiez pas nos villes…

— Pourquoi n'aimerais-je pas vos villes ? demanda-t-il en arquant un sourcil.

— Pas vous personnellement. Je parle de votre peuple. Les Krinars.

Il parut amusé.

— Je ne peux pas parler au nom de tous les Krinars, ma chère, tout comme tu ne peux pas parler pour tous les habitants de la Terre. Je ne suis qu'un individu, et il se trouve que j'aime bien votre ville. Je la trouve très… stimulante.

Une fois de plus, ses yeux balayèrent mon corps, me faisant clairement comprendre de quel genre de stimulation il voulait parler.

Mes joues me trahirent en virant au rouge, en même temps que mon corps réagissait à son regard.

— Oui, bien sûr, murmurai-je en me creusant la cervelle pour orienter la conversation sur un sujet moins connoté sexuellement. Alors, pourquoi…

— Et si on dansait ? m'interrompit Vair.

Je pris conscience qu'autour de nous, pratiquement tout le monde se balançait et tournoyait sur la musique, y compris Jay et sa Barbie de l'autre côté de la salle.

Avant que je puisse trouver un moyen de refuser, Vair franchit la distance qui nous séparait et m'attira dans ses bras.

CHAPITRE CINQ

Lorsque les bras puissants de Vair se refermèrent autour de moi, m'attirant contre son corps musclé, ma respiration devint rapide et irrégulière. Je sentais sa chaleur et son odeur virile et propre, et une vague brûlante déferla en moi, contractant mes muscles internes sous l'effet du désir.

Stupéfaite et gênée par la puissance de ma réaction, je tentai de me dégager, posant mes paumes sur le torse de Vair pour le maintenir à distance.

— Attendez, je ne suis pas une bonne danseuse…

— Aucun problème, fit-il en souriant, ignorant mes tentatives pitoyables pour le repousser. C'est moi qui mène.

— Mais…

— Détends-toi, ma belle, murmura-t-il en commençant à bouger en rythme avec la musique.

Les muscles d'acier de son torse se durcirent sous

mes doigts et ses cuisses me frôlèrent les jambes, redoublant les battements de mon cœur.

— Tu n'es pas venue pour ça ?

J'inspirai en frissonnant, l'esprit en ébullition, le regard plongé dans ses yeux sombres et sensuels. *Non*, avais-je envie de hurler. *Non, pas du tout.*

— Je voulais juste voir comment ça se passait, murmurai-je en espérant que cette semi-vérité ne me vaudrait pas d'être jetée dehors.

J'avais l'air essoufflée, comme si je venais de courir un kilomètre.

— Je n'avais encore jamais vu l'un de vous en personne et j'étais curieuse, comme je vous l'ai dit…

— Ah, oui, ta fameuse curiosité, fit-il avec un sourire moqueur. Tu sais ce qu'est cet endroit, n'est-ce pas, petite humaine ?

J'humectai ma lèvre inférieure tout en essayant de calmer mon cœur fébrile.

— Bien sûr. Mais comme c'est la première fois, j'aimerais juste observer. J'espère que ça ne vous pose pas de problème.

Si tel était le cas, il me faudrait partir, car je n'avais pas l'intention de coucher avec quelqu'un afin d'obtenir un article.

Je n'étais pas dévouée *à ce point* à ma carrière.

En entendant ma réponse, les yeux de Vair s'assombrirent et il perdit son sourire.

— Je vois.

J'attendis qu'il ajoute autre chose, mais il n'en fit rien.

Au lieu de ça, il continua de me regarder fixement, ne me laissant pas d'autre choix que de bouger avec lui au rythme de la musique. Ses mains étaient légères sur ma taille, et pourtant chaque fois que j'essayais de me dégager, il resserrait sa poigne, comme pour me faire comprendre qu'il n'était pas prêt à me laisser partir. Après quelques tentatives pour me détacher discrètement de son étreinte, je baissai les bras. Je n'avais pas envie de faire un esclandre.

Rien qu'une danse, me dis-je. *Ce n'est qu'une danse.* Une danse, ça me convenait très bien tant qu'il n'insistait pas pour autre chose, ce qu'il ne semblait pas chercher, du moins pas pour l'instant. Il se tenait à distance raisonnable, suffisamment proche pour que je sois intensément consciente de la chaleur de son corps musclé, mais pas au point d'être plaqué contre moi. À plusieurs reprises, je crus sentir quelque chose de dur contre mon ventre, mais le contact était trop bref pour que j'en aie la certitude.

Pourtant, l'idée que ça puisse être son sexe en érection – *qu'il puisse me désirer* – était presque aussi excitante qu'effrayante.

L'article. Concentre-toi sur l'article, Amy.

— Alors, Vair, parlez-moi un peu de vous.

Je gardai les yeux rivés sur son visage en espérant que cette discussion détournerait mon attention de la gêne croissante que j'éprouvais.

— Qu'est-ce qui vous a décidé à venir sur Terre ?

Il sourit et ses yeux pétillèrent.

— Je m'ennuyais.

— Vous vous ennuyiez ?

Je ne m'attendais pas à cela.

— Pourquoi ?

— Parce que j'avais fait le tour des distractions sur Krina. Je suis très gourmand en distractions, vois-tu.

Une fois de plus, je passai la langue sur mes lèvres. J'avais le sentiment que nous nous aventurions de nouveau en territoire dangereux.

— Que faisiez-vous sur Krina ? Quelle profession, je veux dire.

Les K travaillaient-ils ? Je n'en étais pas certaine, mais ce sujet me semblait moins glissant que les « distractions » auxquelles Vair faisait allusion.

— Quelle profession ? répéta-t-il avec un sourire sarcastique. Pas grand-chose. Ou trop de choses, tout dépend du point de vue, je dirais.

— Oh.

Je le regardai, abasourdie.

— Vous voulez dire que vous avez changé d'orientation professionnelle ?

— On peut dire ça comme ça.

Il rit tout bas et ajouta en baissant les yeux sur moi :

— Et toi, petite humaine ? Que fais-tu… comme profession ?

— Je suis étudiante, mentis-je. Je prépare un master en littérature anglaise.

— Un master ? demanda-t-il en haussant les sourcils.

Je me sentis rougir sans raison.

— C'est un diplôme avancé que l'on obtient au bout de cinq ans d'études, expliquai-je sans trop savoir si

Vair se moquait de moi ou s'il ignorait sincèrement ce terme. Après la licence.

— Ah, d'accord.

Ses yeux brillèrent tandis qu'il repositionnait ses mains, un peu plus bas sur mes hanches.

— Après la licence. Je vois.

Décidément, il se moquait de moi.

— Oui, voilà, dis-je calmement en feignant d'ignorer ses grandes paumes qui avaient glissé et se trouvaient presque sur mes fesses. Quels types de diplômes avez-vous sur votre planète ? Y a-t-il des universités, par exemple ?

Il secoua la tête.

— Non, ça n'existe pas. Nous apprenons tout au long de notre vie.

— Mais comment apprenez-vous un métier ? insistai-je. Vous ne pouvez pas tout connaître dès la naissance. Et les maths, les sciences, l'histoire ? Comment apprenez-vous tout cela ?

— En effet, tu es une petite créature bien curieuse.

Il me dévisageait avec un demi-sourire énigmatique.

— Tu veux tout savoir à notre sujet, n'est-ce pas ?

— Bien sûr, répondis-je avec un sourire radieux. Qui ne le voudrait pas ?

— La plupart des humains qui viennent ici, murmura-t-il en me regardant. À vrai dire, presque tous. Ils ne s'intéressent qu'à une chose, et crois-moi, ça n'a rien à voir avec notre système éducatif.

— Dans ce cas, je dois être une exception, dis-je, le cœur battant sous l'étrange intensité de son regard.

Serait-ce possible qu'il me soupçonne ?

— Je me suis toujours intéressée aux autres cultures, et plus elles sont exotiques, mieux c'est.

Il s'arrêta en riant doucement et me lâcha enfin. Avant que je puisse pousser un soupir de soulagement, je pris conscience que nous nous trouvions devant l'un des bars. Vair avait réussi à nous y diriger sans que je m'en rende compte.

— Tu veux boire ? demanda-t-il en prenant un verre rempli d'un liquide pourpre.

J'hésitai.

— Qu'est-ce que c'est ? Du vin ?

— Non, ce n'est qu'une sorte de jus de fruit spécial mélangé avec de l'alcool léger. C'est propre à la consommation humaine.

J'y réfléchis un instant avant d'accepter le verre qu'il me tendait. Je m'efforçai de ne pas réagir lorsque ses doigts effleurèrent les miens. Malgré moi, mon souffle s'accéléra et il esquissa un petit sourire plein de sous-entendus.

Vair sentait l'effet qu'il me faisait, et de toute évidence, ce n'était pas pour lui déplaire.

Cherchant à masquer ma gêne, je portai le verre à mes lèvres et bus une gorgée. Aussitôt, la saveur sucrée et acidulée du cocktail fit exploser mes papilles. Je sentais le piquant de l'alcool, mais il restait trop subtil pour noyer le goût surprenant du jus.

— C'est quel fruit ? demandai-je.

Vair me sourit en sirotant son propre cocktail.

— Le nom ne te dirait rien. C'est une plante que nous avons apportée de Krina.

— Oh, ça alors !

Une fois de plus, je goûtai la boisson en m'efforçant de mémoriser la complexité des saveurs afin de les décrire plus tard dans mon article. Ça piquait la bouche et réchauffait la gorge, peut-être simplement à cause de l'alcool. D'un côté, je me demandais si c'était bien prudent de consommer cette boisson exotique – ou de boire avec Vair, d'ailleurs –, mais les autres humains que j'apercevais dans le club tenaient tous des verres identiques et je ne voulais pas éveiller les soupçons en refusant une gorgée.

D'autant plus que je jouais le rôle d'une noctambule intriguée par les Krinars.

Jetant un œil alentour, je repérai Jay en train de danser de l'autre côté. Cette fois, en plus de la Barbie K, Shira, il y avait aussi un homme Krinar. Ils se frottaient tous les trois les uns contre les autres et, à voir la tête de Jay, il était évident que mon ami était au septième ciel et que toutes ses réticences s'étaient envolées.

— Es-tu en couple avec lui ? demanda Vair en s'avançant, me bloquant la vue.

Son intonation était neutre, mais il affichait une drôle d'expression.

— Avec ce joli garçon humain ?

Je clignai des paupières.

— Avec Jay ? Non.

— Pourquoi ?

— Je n'en sais rien, dis-je en toute honnêteté. Je crois que nous n'avons jamais ressenti ce genre de connexion.

J'avais rencontré Jay pendant notre stage au journal et j'avais appris à mieux le connaître quand nous avions commencé à y travailler tous les deux à temps plein à la fin de nos études. Jay sautait toujours sur tout ce qui bougeait, mais pour une quelconque raison il n'avait jamais essayé de coucher avec moi. Au fil du temps, j'en étais venue à le consulter dans tous les domaines, de mes destinations de vacances jusqu'aux problèmes que je rencontrais avec mes copains du moment. En échange, je lui prêtais une oreille attentive chaque fois qu'il avait besoin de se plaindre de sa famille aux ambitions excessives et je lui donnais un point de vue féminin sur ses conquêtes d'un soir trop envahissantes. Peu à peu, nous étions devenus étonnamment proches, et tout cela sans l'attirance qui accompagne souvent les relations entre hommes et femmes.

— C'est bien, murmura Vair en reposant son verre vide sur une table voisine. Je suis content de l'apprendre.

J'étais en train de finir mon propre verre et je faillis m'étrangler avec le liquide sucré. Il y avait quelque chose de presque *possessif* dans le regard que Vair posait sur moi. Il exsudait la détermination masculine et d'autres sentiments tout aussi brûlants.

Des sentiments qui me troublaient profondément.

Posant mon verre sur la table de bar, je lui répondis

avec un sourire circonspect en reculant de quelques pas.

— Merci pour le cocktail et pour la danse, mais je crois que je vais y aller, maintenant.

Ma voix semblait assurée, même si mon cœur cognait dans ma gorge.

— Il se fait tard et j'ai beaucoup de travail demain.

— Je croyais que tu étais étudiante.

Vair s'avança sans tenir compte de mon besoin évident de garder mes distances.

— En master, c'est bien ça ?

Je déglutis.

— Oui, bien sûr. Je voulais simplement dire que je dois travailler sur mon mémoire.

Zut. Il se doutait de quelque chose, à moins qu'il veuille juste s'amuser avec moi et me rendre nerveuse. Quoi qu'il en soit, je devais retrouver Jay et partir d'ici.

Je commençais à éprouver un mauvais pressentiment.

— Je ne pense pas que ton ami soit déjà prêt à partir, dit Vair en jetant un œil vers Jay, béatement pris en sandwich entre Barbie et l'homme Krinar. À vrai dire, je parie qu'il aimerait mieux rester.

À son intonation, on aurait dit que Vair plaisantait, mais son regard avait un éclat sombre quand il reporta son attention sur moi. Il dit d'une voix douce :

— Tu devrais rester aussi, ma belle, et en apprendre un peu plus sur nous.

J'ouvris la bouche pour décliner sa proposition, mais au même moment, les lumières baissèrent et la musique changea, redoublant de volume. Je ne voyais plus mon ami de l'autre côté de la salle. La lueur rouge sombre me permettait à peine de distinguer les traits de Vair, et pourtant il se tenait juste devant moi.

— Attendez… dis-je, troublée par le brusque changement d'ambiance.

Mais Vair m'attirait déjà dans ses bras et m'entraînait vers les danseurs sur la piste.

CHAPITRE SIX

Prise au dépourvu et inquiète, j'essayai de repousser Vair, mais il était aussi solide qu'un mur. Je devais me contenter de suivre le mouvement tandis qu'il ondulait dans un rythme sensuel, tout en me maintenant serrée contre lui. La musique retentissait à plein volume autour de nous, rapide et exotique. Sa chaleur et son parfum m'enveloppaient, tissant autour de moi leur toile de séduction funeste. Il était si vigoureux que mes pieds touchaient à peine le sol tandis qu'il me serrait contre lui. J'avais l'impression d'être une poupée de chiffon, un objet inanimé qu'il déplaçait à sa guise.

Cette fois, il ne faisait plus l'effort de garder ses distances. Je sentais chaque centimètre carré de son corps puissant et musclé et je pris conscience avec un sursaut de panique que son sexe était déjà en érection et appuyait contre mon ventre. En tressaillant, j'essayai de le repousser, mais il ignora mes vaines tentatives, me retenant contre lui sans le moindre effort apparent.

Ses yeux brillaient dans la pénombre. Il m'observait avec une avidité manifeste et mon cœur se mit à cogner plus fort dans ma poitrine quand je me rendis compte que, cette fois, il n'avait aucune intention de me libérer.

Pas avant d'avoir obtenu ce qu'il attendait de moi.

Cette idée aurait dû me terroriser, mais la réaction de mon corps n'avait pourtant rien à voir avec la peur. Mes tétons se durcirent sous le tissu de mon soutien-gorge et je sentis une moiteur chaude humidifier ma culotte. Mon corps le désirait avec un instinct bestial et primitif, et je me moquais que ma volonté s'y dérobe, que mon esprit refuse les avances de Vair.

Alors que notre danse contrainte se poursuivait, la soirée prit soudain une tournure irréelle. J'avais l'impression d'être dans un rêve, depuis la lueur rouge clignotante qui émanait d'une source lumineuse invisible jusqu'à l'homme à la beauté saisissante qui me tenait prise au piège de ses bras. La musique palpitait en rythme avec les pulsations de mon corps, et j'en avais la tête qui tournait, tous les sens immergés. Sans doute l'alcool… pensai-je vaguement en levant les yeux vers lui. Pourtant, je savais que ce n'était pas la seule raison du brouillard qui m'engourdissait le cerveau.

C'était *lui*. C'était à cause de Vair que je ressentais cela. Mon attirance envers lui était plus puissante que tout ce que j'avais vécu auparavant, et d'après la bosse dure pressée contre mon ventre, lui aussi avait envie de moi. Dans son regard, j'entrevoyais des plaisirs sombres et des draps froissés, de l'extase et du désir. Mes mains remontèrent sur ses épaules et je cessai de le repousser. Devant ma capitulation silencieuse, son regard étincela.

J'ignore combien de temps s'écoula pendant que nous dansions l'un contre l'autre. Tous mes sens étaient rivés à lui, concentrés sur la fermeté de son corps contre le mien et le parfum suave de sa peau… sur la façon dont il m'enlaçait, une main entre mes omoplates et l'autre bras autour de ma taille. Nous ne faisions qu'un, nos corps à l'unisson, même si je n'avais pas la liberté de bouger autrement. Au bout d'un moment, sa main quitta le haut de mon dos pour monter dans mon cou. Ses doigts glissèrent sous mes cheveux et entreprirent de me caresser la nuque. Au fond de moi, la chaleur s'intensifia et mon souffle s'accéléra.

Quand il pencha la tête et prit possession de mes lèvres, ce fut presque un soulagement, même si cela ne faisait qu'accentuer la tension qui montait en moi, aiguisant encore davantage mon désir. Il n'y avait aucune hésitation dans son baiser, aucune marque d'incertitude. Vair m'embrassait comme il dansait, avec une autorité experte et une force calme, ses lèvres et sa langue à la fois taquines et insistantes. Il ne demandait pas la réciproque, il l'exigeait, et je ne pouvais m'empêcher de la lui donner, les mains sur ses épaules et les lèvres entrouvertes pour le laisser entrer.

Mon dos heurta une surface dure et je me rendis compte que nous avions atteint un mur. Avant que je puisse me ressaisir, une main s'était glissée dans mes cheveux et se refermait sur mon crâne, tandis que l'autre descendait jusqu'aux courbes de mes fesses. Sans cesser de m'embrasser, il me souleva du sol à une main et me plaqua contre le mur afin de pouvoir placer son sexe en érection dans le renfoncement délicat entre mes jambes. La pression ne fit qu'accroître la tension dans mon bas-ventre et je gémis dans sa bouche, incapable de me contrôler.

— Oui, c'est ça, ma belle, chuchota-t-il.

Son souffle chaud effleura mon oreille tandis que sa bouche caressait ma joue. Il pinça mon lobe d'oreille entre ses lèvres avant de le mordiller, propageant la chair de poule sur tout le côté de mon corps.

— Délicieuse petite beauté…

Je gémis de nouveau, fermant les yeux et renversant la tête en arrière tandis qu'il m'embrassait sous le menton, sa bouche laissant une traînée chaude et humide sur ma peau. La raison me disait que ce n'était pas bien, mais en cet instant, ce n'était pas elle qui gouvernait mes actes. Mon corps était en feu et mon entrejambe palpitait d'un désir sourd.

— Je t'en prie, murmurai-je, au désespoir. Je t'en prie, Vair…

J'ignorais si je lui demandais d'arrêter ou de continuer, mais au fond, cela n'avait aucune importance. J'étais entièrement sous sa coupe. Il pouvait jouer avec mon corps et le manipuler comme bon lui semblait.

Il ricana d'une voix grave avant d'approcher sa bouche de la ligne sensible de mon cou. Je sentis ses dents érafler ma peau et j'éprouvai une légère douleur qui accentua mon désir. Bientôt, je me pressais contre lui.

— Oui, c'est ça, murmura-t-il d'une voix gutturale tout en refermant la main sur mes fesses. C'est ça, ma belle…

Perdue dans mon désir brûlant, je pris à peine conscience que le mur derrière mon dos commençait à céder. Ce ne fut qu'en me sentant allongée sur une surface confortable qu'une alarme se déclencha dans ma tête.

Où étais-je ?

La panique déferla sur moi, dissipant momentanément mon brouillard. En haletant, j'ouvris les yeux et découvris le visage bronzé de Vair au-dessus de moi. On entendait toujours la musique, les lumières clignotaient encore, mais nous n'étions plus sur la piste de danse bondée. Nous avions atterri dans un espace privé, et j'étais étendue de tout mon long sur une sorte de lit.

— Que… où… balbutiai-je, atterrée.

Il se contenta de baisser la tête pour prendre à nouveau ma bouche. En même temps, il captura mes poignets et étira mes bras au-dessus de ma tête avant de libérer l'une de ses grandes mains.

À présent, j'étais sans défense, complètement prisonnière et à sa merci.

Cette réalité aurait dû refroidir mon désir, et pourtant dès qu'il se remit à m'embrasser, une langueur délicieuse m'envahit et je perdis toute envie de me battre. Des vagues de chaleur déferlèrent sur ma peau et mes tétons devinrent si sensibles qu'ils en étaient douloureux. Mon entrejambe était moite et lorsque Vair fit courir sa main libre le long de ma robe, je me surpris à me cambrer pour chercher désespérément les sensations.

Alors que mes yeux se fermaient, j'eus de nouveau l'impression de vivre des instants irréels. On aurait dit que tout n'était qu'un rêve, un fantasme sombre imaginé par mon propre esprit. Quand Vair prit le haut de ma robe entre ses doigts et tira d'un coup sec, la déchirant en deux, la brutalité de son geste me fit sursauter. Mais ce n'était pas suffisant pour me tirer de mon hébétude sensuelle. Seuls le plaisir et la chaleur existaient encore dans mon monde, seuls le poids de son corps sur le mien et ses caresses avides.

Une fois que mon soutien-gorge et ma culotte eurent subi le même sort que ma robe, il descendit le long de mon corps et me libéra les poignets pour prendre mes seins dans ses grandes mains. Sa bouche se referma sur mes tétons, d'abord l'un, puis l'autre, et la pression soudaine m'arracha un cri. Enfin libres de leurs mouvements, mes mains s'étaient posées sur sa tête et j'avais empoigné ses cheveux soyeux. Je ne savais même pas si j'essayais de le repousser ou, au contraire, de l'attirer à moi.

Enfin, il remonta vers mon visage, me recouvrant de son grand corps nu, et je pris brusquement conscience que ses vêtements avaient eux aussi disparu, même si je n'avais aucun souvenir du moment où il les avait retirés. Je n'eus pas le loisir de m'attarder sur ce mystère, car partout où sa peau entrait en contact avec la mienne, j'étais en feu, comme parcourue d'un courant électrique. J'ouvris les yeux. En rencontrant son regard, j'y découvris le même désir éperdu.

Il avait envie de moi.

Il avait envie de moi, et il allait me prendre.

Ses genoux se frayèrent un chemin entre mes jambes et il les écarta. Mon souffle resta suspendu quand je sentis son gland large et lisse effleurer l'intérieur de ma cuisse. Même si je ne pouvais pas le voir, son sexe en érection me paraissait volumineux et une peur toute féminine me contracta les muscles. Allait-il me faire mal ? Et si nos espèces n'étaient pas compatibles sexuellement, contrairement à ce que j'avais entendu dire ?

Quoi qu'il en soit, il était trop tard pour m'en inquiéter. Avant que je puisse parler, il m'embrassa de nouveau, prenant possession de ma bouche avec une habileté dévastatrice, avant de se diriger vers mon ouverture.

Sa pénétration fut lente et attentionnée, me laissant le temps de m'adapter à son gabarit. Malgré tout, la sensation d'étirement était presque douloureuse quand il s'inséra en moi, un épais centimètre à la fois. Mes mains se refermèrent dans ses cheveux. J'aurais pu crier s'il n'avait pas plaqué sa bouche sur la mienne, détournant mon attention par ses baisers enivrants. Une fois qu'il fut entièrement en moi, il m'autorisa enfin à reprendre ma respiration. Impuissante, je le regardai droit dans les yeux, le souffle court et le corps rempli, vaincu, totalement submergé par sa possession.

Il demeura immobile pendant un moment, soutenant mon regard. Puis il se mit à bouger. Si ses coups de reins étaient d'abord délicats, leur cadence ne tarda pas à accélérer. Au bout d'un moment, je n'avais plus mal. Au contraire, une chaleur torride prenait peu à peu le pas sur ma gêne. Je fermai les yeux et mes mains descendirent le long de ses flancs, auxquels je me raccrochai tandis que la tension montait progressivement, chaque assaut m'entraînant vers de nouveaux sommets. J'entendais mes propres cris et mes gémissements étouffés. Je montai les genoux et repliai les jambes autour de ses hanches pour l'accueillir encore plus profondément. Les sensations qui ébranlaient mon corps étaient si intenses que j'avais l'impression de me désintégrer... et bientôt, ce fut ce qui se produisit. Un orgasme explosif me traversa avec une force incroyable. Tout mon corps fut saisi de spasmes et mes muscles internes se contractèrent autour de lui. À son tour, il gémit et sa queue eut un soubresaut lorsqu'il atteignit l'extase.

C'est fini, pensai-je mollement, trop sidérée pour bouger. D'infimes ondes de plaisir se propageaient encore à travers mon corps et j'avais l'impression que mes muscles se changeaient en gélatine. Mes mains étaient toujours crispées contre ses côtes, mes ongles enfoncés dans sa peau, et je me forçai à les poser sur le matelas – ou quelle que soit la surface confortable sur laquelle j'étais étendue.

Enfin, j'ouvris lentement les yeux et je regardai Vair.

Il était soutenu par ses coudes et il me dévisageait. Son souffle était plus court qu'à la normale et son sexe un peu ramolli était toujours enfoui profondément en moi. Quand nos regards se rencontrèrent, je me rendis compte que l'ardeur dans ses yeux ne s'était qu'à peine calmée et, à ma grande stupéfaction, je le sentis durcir de nouveau.

— Ça va ? demanda-t-il d'une voix douce.

J'acquiesçai machinalement. Mon corps tremblait toujours après l'orgasme, ma chair était humide et gonflée autour de sa queue revigorée, et mon esprit était en proie aux tourments.

Moi qui avais toujours été si attentive et prudente avec mes partenaires sexuels, je venais de coucher avec un homme que je connaissais à peine.

Non, pas un homme. Avec un mâle K, un extraterrestre qui avait envahi mon corps sans ménagement, tout comme son espèce avait pris possession de ma planète.

— Bien, murmura Vair avec un sourire sombre.

Lentement, il se remit à onduler du bassin.

— Parce que je n'en ai pas encore terminé avec toi, petite humaine…

Muette de stupeur, je le regardai fixement sans parvenir à croire ce qui se passait – et abasourdie par les réactions de mon corps. Même la douleur que je ressentais n'avait aucune importance. Chaque coup de reins ravivait le feu en moi, me faisant vibrer d'un désir renouvelé. Par réflexe, je levai les mains et les refermai à nouveau sur ses flancs avant de ramener mes genoux autour de ses hanches.

— Oui, comme ça, ma belle, murmura-t-il en penchant la tête pour enfouir son nez dans mon cou.

Ses lèvres chaudes se pressèrent contre la peau sensible sous mon lobe d'oreille et je frissonnai de plaisir, me cambrant vers lui dans une supplication silencieuse.

— Tu es si douce, exactement comme je le pensais…

Tandis qu'il imprimait un rythme régulier, sa bouche me pinçait la peau du cou et il glissa une main entre nos deux corps, plongeant entre mes plis humides. Mon clitoris palpita à son contact et je me raidis en sentant un autre orgasme approcher. Juste avant que je bascule, quelque chose se posa dans mon cou et je ressentis une brûlure piquante aussi douloureuse qu'inattendue.

Stupéfaite, je poussai un cri et me cambrai contre son corps tandis que sa bouche venait se plaquer contre ma chair endolorie. *Ces rumeurs sur leurs mœurs de vampires*, me dis-je, en proie à la panique, *alors c'était vrai…* Bientôt, je perdis ma capacité à réfléchir lorsque tous mes sens explosèrent sous l'effet d'une extase incandescente. L'orgasme qui attendait ce moment me traversa sans jamais s'interrompre. Au lieu de s'apaiser, les sensations s'intensifièrent et je ne pus retenir un hurlement. J'avais la peau brûlante, le cœur battant, et je n'étais consciente de rien d'autre que ce plaisir intense et éblouissant. La succion de sa bouche sur mon cou et la force lancinante de son sexe étaient les seules réalités de mon univers et je lâchai un cri tandis que mon corps était parcouru de spasmes, sans relâche, dans une insoutenable ivresse.

J'ignore combien de temps dura cet état de grâce. Des heures, peut-être même des jours. Tout ce dont j'étais consciente, c'était que cette extase semblait durer éternellement, jusqu'à ce que mon esprit n'y tienne plus et que je perde connaissance dans la sombre étreinte de Vair.

CHAPITRE SEPT

Le réveil sonnait avec insistance, me tirant d'un profond sommeil. En gémissant, je me retournai et abattis la main sur l'agaçante machine, impatiente de la faire taire. Le grésillement cessa et je grommelai en remontant la couverture par-dessus ma tête.

Pfff. Je n'avais aucune envie d'aller travailler. Vraiment, c'était déjà lundi ? On était encore vendredi…

Vendredi ! Me redressant brusquement dans mon lit, je regardai bouche bée les murs de ma chambre, le cœur battant follement dans ma poitrine tandis que les souvenirs de la soirée de vendredi me revenaient à l'esprit. Je m'étais rendue dans un club X avec Jay… J'avais dansé avec un K… J'avais *couché* avec ce K, puis…

Bordel de merde ! Est-ce que Vair m'avait mordue ? Ma main se posa aussitôt sur mon cou, mais je n'y trouvai rien d'autre que ma peau souple et lisse. Dans l'ensemble, mon corps ne souffrait pas, même si je me rappelais nettement la douleur ressentie juste après notre premier corps à corps – et si mes souvenirs embrumés du deuxième, du troisième et du quatrième étaient exacts, je devrais être sacrément endolorie en ce moment. Tout cela n'était-il qu'un rêve, et si c'était réel, que s'était-il passé et comment avais-je pu réintégrer mon propre appartement ?

Je me levai d'un bond et me précipitai vers la commode, sur laquelle trônait mon petit sac à main. Je m'en emparai et en sortis mon téléphone avant de consulter l'écran. Je poussai un profond soupir de soulagement en voyant la date.

C'était samedi. Je n'avais pas perdu tout le week-end. J'avais probablement oublié de désactiver mon réveil avant de m'endormir la veille au soir.

Un frisson me parcourut, car je ne me rappelais absolument pas m'être mise au lit la veille. La dernière chose dont je me souvenais nettement, c'était cette étrange extase qui m'avait fait tout oublier, juste après la morsure de Vair – ou ce qu'il avait fait à mon cou. Je frémis à ce souvenir avant de prendre brusquement conscience que j'étais toute nue, debout au milieu de ma chambre.

Complètement nue, alors qu'en temps normal, je dormais en débardeur et culotte en coton.

Quelqu'un m'avait déposée dans mon lit hier soir… et ce quelqu'un, ce n'était pas moi.

Pour la première fois, je me rendis compte que ce

quelqu'un – vraisemblablement le K – était entré dans mon appartement.

Et qu'il y était peut-être encore.

À cette pensée, je faillis entrer en hyperventilation.

— Ohé ! lançai-je d'une voix chevrotante.

J'ouvris fébrilement la commode, m'emparai du tee-shirt le plus proche ainsi que d'un pantalon de yoga et les enfilai à la hâte.

— Ohé ! Il y a quelqu'un ?

Seul le silence me répondit.

Je repris mon téléphone, ouvris la porte de la chambre et me faufilai dans mon petit salon en essayant de me convaincre de ne pas céder à la panique. Peut-être n'était-ce qu'un rêve, et j'avais simplement trop bu avec Jay, une fois de plus. Je m'étais peut-être écroulée toute nue sur mon lit sans m'en rendre compte. Il se passait toujours de drôles de choses quand on faisait la fête en mode Jay.

Jay ! Mon pouls s'accéléra de nouveau quand je me rappelai qu'il était venu avec moi. La dernière fois que je l'avais vu, il se frottait non pas à un, mais à deux Krinars. Que lui était-il arrivé ? Où était-il maintenant ?

À mon plus grand soulagement, le salon était désert, tout comme la cuisine et la salle de bain. Mon appartement était petit, ce n'était qu'un studio reconverti, et il n'y avait pas beaucoup d'endroits où un K pouvait se cacher. Pour le moment, j'étais toute seule et en sécurité.

Toute tremblante après cette bouffée d'adrénaline,

je m'assis à la table de la cuisine et composai le numéro de Jay. Il ne décrocha pas immédiatement. Je crus bien devenir folle d'inquiétude, mais il répondit enfin d'une voix rauque et ensommeillée :

— Allô ?

— Jay !

Je faillis fondre en larmes.

— Jay, est-ce que tu vas bien ?

— Quoi ? Oh… Amy ?

Il avait l'air complètement déboussolé.

— Que… que se passe-t-il ?

— Jay, qu'est-ce qui s'est passé hier soir ?

— Hier soir ?

Je pouvais presque entendre les rouages commencer à tourner dans son cerveau embrumé par le sommeil.

— Hier soir… Oh, bon sang, miss ! Nous sommes allés au club ! Ce foutu club X ! Ça va ? Tu as disparu avec ce K et ensuite…

— Que t'est-il arrivé ? l'interrompis-je pour éviter de parler de ma propre expérience. As-tu couché avec ces deux K ?

Jay éclata d'un rire amusé.

— Si j'ai couché avec eux ? Miss, on a tout fait *sauf* rester couchés. Je n'avais jamais rien connu d'aussi intense… C'était comme de l'ecstasy combinée à de l'héroïne et multipliée par dix. Je ne sais même pas comment je suis arrivé chez moi. On a dû faire la fête toute la nuit, parce que je ne me souviens absolument de rien.

— C'est ça, euh…

Je me frottai l'arête du nez tandis que l'adrénaline retombait enfin. On aurait bien dit que Jay avait vécu la même expérience que moi. Ce qui nous était arrivé hier soir dépassait de loin ce que l'on pouvait attendre d'une relation sexuelle normale. Voilà qui confirmait toutes ces histoires que j'avais pu lire en ligne.

À présent, j'étais certaine que la soirée avait réellement eu lieu, et mon retour à la maison après ma syncope dans le club demeurait un mystère.

Ou du moins, j'imaginais que j'avais fait une syncope, car la dernière chose dont je me souvenais, c'était d'une partie de jambes en l'air ininterrompue et d'un plaisir incroyablement intense.

Pendant que Jay me parlait en me racontant comment la Barbie K lui avait taillé une pipe tout en se faisant prendre par le Krinar, j'essayais de passer en revue les différentes éventualités. La seule chose qui me paraissait cohérente, c'était que Vair m'ait raccompagnée chez moi… ce qui signifiait qu'il savait qui j'étais et où j'habitais.

Après un long moment de réflexion, j'en déduisis qu'il avait trouvé mon permis de conduire dans mon sac à main. S'il savait autre chose à mon sujet, comme mon statut de journaliste, par exemple, je doutais qu'il m'ait laissé repartir si facilement.

J'avais eu de la chance, et Jay aussi.

Une fois qu'il eut fini de me décrire ses exploits sexuels, je lui parlai de ce qui m'était arrivé, sans préciser que Vair avait employé un mode de séduction plutôt direct ni que j'avais été incapable de lui opposer la moindre résistance. Je m'étais envoyée en l'air tout en sachant que ce n'était pas une bonne idée et il s'avère que je n'avais jamais autant pris mon pied. Je n'avais pas envie de trop analyser ce qui s'était passé.

— Ça alors, miss ! s'exclama Jay avec admiration une fois que j'eus terminé le récit de la soirée dans les grandes lignes. Tu t'es vraiment lâchée cette fois. Je suis fier de toi. Bon, et maintenant ? Tu comptes retourner au club ?

— Non, déclarai-je.

J'avais passé une nuit torride dans la quatrième dimension, et ça me suffisait amplement.

— Maintenant, je vais écrire mon article.

Il était grand temps que ma carrière passe à l'étape supérieure.

PARTIE DEUX

Le souvenir de ses mains agrippées à mes hanches pour les repositionner ne cessait de me hanter tandis que mes doigts faisaient cliqueter le clavier. Les mots devinrent flous sur l'écran et, une fois de plus, je détournai mon attention de l'article que je rédigeais pour me remémorer l'incroyable épaisseur de son sexe qui m'avait lentement pénétrée lorsqu'il m'avait prise par-derrière, ses coups de langue entre mes omoplates, ses dents sur mon lobe d'oreille, le mouvement circulaire de ses doigts fébriles sur mon clitoris détrempé jusqu'à ce que je…

Et merde.

Ça n'avait pas arrêté de la journée. Pendant un moment, je travaillais à ma tribune virtuelle, soutenant les bienfaits du bouillon d'os et du bacon, mentionnant des recherches et des études de cas sur le régime paléolithique, et l'instant d'après, j'étais pratiquement en transe, la peau rougie et les cuisses saisies de contractions spasmodiques sous le bureau lorsque je songeais à la sensation enivrante de son corps à l'intérieur du mien.

Seigneur, je n'avais jamais rien connu de tel auparavant.

Et je ne connaîtrais plus jamais ça.

Parce que j'avais baisé un extraterrestre.

C'était une réalité qui tournait en boucle dans ma tête à longueur de temps.

Tous les jours.

Toute la journée.

Le matin en prenant mon petit déjeuner, en pleine réunion de travail, dans le métro, quand je me lavais les cheveux sous la douche – *surtout sous la douche*. Même en dormant, je rêvais de lui.

Ça faisait un mois. Quatre semaines, deux jours et treize heures s'étaient écoulés depuis que je m'étais aventurée dans un club d'extraterrestres, dans le quartier Meatpacking de la ville de New York.

La gravité de ce que j'avais fait ce soir-là me déconcertait toujours, mais c'était surtout l'ampleur de la situation dans laquelle je me retrouvais prise au piège depuis qui m'étouffait de plus en plus.

Je ne parviendrais pas à l'oublier avant longtemps, et ça ne m'aidait pas de savoir que mes tourments étaient entièrement ma faute.

La vérité, c'était que j'aurais pu m'en aller. À deux reprises. Avant de coucher avec le magnifique propriétaire du club X, et après.

J'aurais pu chasser définitivement cette expérience

éblouissante de mon esprit et faire en sorte qu'aucun être vivant à l'exception de mon collègue et partenaire de crime dans cette soirée à caractère sexuel chez les extraterrestres, Jay, ne sache jamais ce qui m'était arrivé.

Mais, à la place, j'avais fait ce qu'aurait fait n'importe quelle jeune femme de vingt-quatre ans avec de l'ambition et les dettes de son emprunt étudiant sur les épaules.

J'avais rédigé le compte-rendu de mon enquête sexuelle extraterrestre pour le *New York Herald.*

Sauf que… je n'avais pas tout dit. J'avais fait ce que tout bon journaliste était censé faire. Je ne racontais pas à la première personne les événements révélés dans mon enquête X sur les extraterrestres et j'expliquais que l'article était basé sur mes entretiens avec d'*autres* humains anonymes.

Je m'en étais tirée à bon compte. *Jusqu'à présent.* C'était ce qui me troublait et m'inquiétait le plus, alimentant ma paranoïa et décuplant un peu plus chaque jour ma crainte d'une vengeance imminente.

Mon ordinateur émit un signal sonore et une fenêtre pop-up dans le coin inférieur droit de mon premier écran m'indiqua que j'avais reçu un email. Après avoir pris connaissance de son expéditeur, je cliquai sur la croix pour fermer la fenêtre. J'avais des délais à respecter et je ne pouvais pas me laisser distraire ce soir par les messages ridicules de ma mère – si tant est qu'il me reste encore un peu de concentration disponible.

Un autre bip retentit, suivi par une autre fenêtre de notification. En soupirant, je pris mon mal en patience et attendis que huit autres messages se soient manifestés sur mon écran. Elle était pleine d'énergie pour un vendredi soir. Après la onzième pop-up, j'ouvris mon navigateur et me déconnectai de mon compte Outlook personnel.

Ma mère avait toujours été alarmiste, dans le genre de *Chicken Little*, bien avant que les Krinars nous tombent sur le nez et prennent possession de la Terre. Dans la panique de l'invasion des premiers temps, elle avait exécuté une petite danse de la victoire à base de « je te l'avais bien dit », avant de m'inonder d'emails quotidiens reprenant de soi-disant sources d'informations en ligne qui prédisaient toutes les façons horribles dont les humains seraient maltraités et, en fin de compte, anéantis par les K.

La propension de ma mère à abonder sans retenue dans le sens de ces médias aussi absurdes qu'irrationnels m'avait peut-être *légèrement* influencée dans mon désir de rechercher les faits avant tout et de les rapporter fidèlement dans ma carrière de journaliste.

Malheureusement, les faits étaient souvent biaisés par d'autres facteurs. Et la vérité se trouvait quelque part entre le noir et le blanc.

Aussi précise qu'ait été mon enquête sexuelle sur les extraterrestres, elle n'était pas exactement impartiale.

Non seulement mon article au succès retentissant m'exemptait de toute culpabilité en omettant de me présenter comme participante volontaire à ce qui fut la meilleure expérience sexuelle de ma vie, mais il dépeignait également les K sous un jour plutôt négatif, en tant que prédateurs sexuels dont la soif de sang avait sur les humains un effet aphrodisiaque proche de celui de l'ecstasy.

Dans les moments plus calmes, je pouvais avouer que ce biais spécifique était peut-être lié à mon besoin égoïste de rationaliser ma réaction gênante aux initiatives de Vair ce soir-là.

Au cours de mes années d'études, j'avais toujours été particulièrement prudente et circonspecte envers les rares hommes avec qui j'étais sortie. Je m'étais d'abord liée d'amitié avec tous mes partenaires, afin d'apprendre à bien les connaître avant de passer au niveau sexuel. Je n'avais jamais pensé vivre une histoire sans lendemain.

Et soudain, pas plus tard qu'un mois auparavant, la toute première fois où je me lâchais et laissais la passion dicter mes actes, j'avais connu un coup d'un soir avec un dangereux vampire extraterrestre qui m'avait sucé le sang et m'avait baisée jusqu'à ce que je perde connaissance, sexuellement épuisée.

Mon téléphone se réveilla brusquement sur mon bureau et je sursautai. Le numéro de ma mère apparut sur l'écran.

Oh, quoi encore ? De toute façon, je n'avançais pas dans mon travail. Une discussion avec ma mère, c'était encore le moyen le plus rapide et le plus sûr de concentrer mon esprit vagabond sur autre chose que le sexe.

J'appuyai sur le haut-parleur.

— Salut, maman.

— Tu as lu mon email ?

— Tu veux dire la *dizaine* d'emails que tu viens de m'envoyer il y a dix secondes ?

— Oui, répondit-elle du tac au tac, sans hésitation ni excuses dans la voix.

Je réprimai le sourire qui me venait aux lèvres et secouai la tête en levant les yeux au ciel.

— Non. Je suis toujours au boulot. J'ai un article à rendre.

J'entendis une vive inspiration à l'autre bout de la ligne, suivie par des grattements étouffés, puis elle appela mon père en lui demandant de se dépêcher.

— Tu ne travailles plus là-bas, si ?

À présent, elle me paraissait essoufflée.

— Je croyais que tu avais décidé la semaine dernière de quitter le *Herald* et d'aller te cacher ?

— Non. C'est *toi* qui as décidé que je devais démissionner et aller me cacher.

Je baissai le volume du haut-parleur. J'étais pratiquement certaine d'être la seule encore au travail de mon côté de l'étage, mais sait-on jamais.

— Tu n'écris pas un autre article sur les aliens, j'espère ?

— Si. Disons que c'est mon truc maintenant, maman. Je couvre toutes les histoires de Krinars.

Une autre inspiration me parvint, puis un sifflement.

— D'autres témoignages de xénophiles qui viennent se victimiser et te raconter leurs aventures dans les clubs libertins ?

Je fis la grimace. Xénophile – ou xéno en abrégé –, c'était le terme péjoratif évoquant les humains attirés par les K, ceux qui recherchaient des rapports sexuels avec eux. Les « Krinaromanes » étaient un autre terme, plus neutre, pour les désigner. C'était de ce phénomène troublant à l'origine des clubs xéno, également connus sous le nom de clubs X, que je faisais mention dans mon article.

— Non, dis-je en me raclant la gorge. J'y parle de leur régime vegan forcé qui dépouille non seulement les humains de leur libre arbitre, mais qui risque aussi de nuire à notre santé et à celle des générations futures, rien que pour satisfaire *leurs* préférences.

Deux ans plus tôt, quand l'espèce Krinar nous avait envahis et avait pris le contrôle de la Terre, elle s'était immiscée dans tous les aspects de notre monde, jusqu'aux denrées alimentaires déjà disponibles à la consommation. Ils avaient immédiatement mis un terme à notre industrie agroalimentaire et avaient contraint les producteurs de viande et de produits laitiers à cultiver des fruits et des légumes à la place. Désormais, les rares produits issus de la viande ou du lait se vendaient à des prix exorbitants.

Les K prétendaient avoir pris cette décision pour notre bien, afin de nous empêcher de détruire nos corps déjà malades et affaiblis, ainsi que notre planète plus malade encore, par notre surproduction et notre surconsommation de viande et de produits laitiers.

Voilà qui avait donné le ton sur la manière dont nous devions nous attendre à être traités par nos nouveaux intendants : comme une forme de vie inférieure, à l'intelligence trop défaillante pour nous permettre de faire les choix les plus élémentaires quant à la nourriture que nous donnions à nos corps.

— Mais ça fait huit ans que tu es vegan toi-même, intervint mon père, manifestement perplexe.

— Oh, salut, papa. Oui, c'est vrai. Mais ce n'est pas la question. Il s'agit de notre droit à…

— La question, c'est de savoir pourquoi on devrait renoncer au lard alors qu'eux, ils mangent des humains dans leurs discothèques, objecta ma mère sur un ton exaspéré.

Oh, misère.

— Écoute, je dois me remettre au travail. Je vous appelle dimanche, d'accord ?

— Amy.

La voix de mon père était calme, mais chargée d'appréhension.

— On pense que tu devrais arrêter d'énerver les K avec ces articles. Du peu que nous en savons, c'est une espèce dangereuse et violente… capable de tout. Ce n'est pas prudent de risquer…

— Il faut que tu arrêtes ! s'écria ma mère d'une voix haut perchée proche du mi bémol. Ton père et moi, nous sommes morts d'inquiétude à l'idée que ces aliens puissent venir te tuer à tout moment et manger ton cerveau.

Je savais que je n'aurais pas dû répondre à leur appel.

— C'est le sang qu'ils aiment, maman. Pas la cervelle.

— Ils mangent aussi le cerveau, insista-t-elle. Je t'ai envoyé une interview qui en parle sur YouTube.

Et c'est reparti.

— Bon, tu te souviens quand je t'ai dit que YouTube n'était pas le plus fiable des…

— Il a été prouvé que les vidéos YouTube de ces résistants saoudiens massacrés par les K étaient authentiques, précisa mon père. Au début, personne ne voulait croire que c'était réel.

Il marquait un point, mais je n'avais pas envie de le lui accorder maintenant.

— C'était différent, papa.

Le souvenir de cette séquence vidéo des K, filmée dans les premiers temps, me donnait toujours le frisson. Au cours des premières semaines de l'invasion Krinar, des guérilleros du Moyen-Orient avaient pris en embuscade un petit groupe de K désarmés. Le sinistre événement qui avait suivi, filmé sur iPhone, avait révélé au monde entier quel genre d'espèce génétiquement avancée et éminemment cruelle avait pris possession de notre planète Terre. Une trentaine de Saoudiens armés jusqu'aux dents avec des grenades et des armes automatiques n'avaient pas fait le poids face à six K capables de se déplacer à une vitesse surhumaine et suffisamment forts pour déchiqueter leurs assaillants humains à mains nues et projeter leurs membres à vingt mètres de distance sans le moindre effort.

— D'après certaines sources, ils établissent des camps de travail humains au Costa Rica, reprit mon père.

Je soupirai en levant les yeux au ciel. Des « sources », naturellement.

— Ils mettent en place des équipements pour la torture et les exécutions des humains dissidents, renchérit ma mère.

C'était trop, je devais me remettre au travail.

— Ta mère a lu qu'ils décapitaient les criminels en public sur leur planète Krina.

— Et ensuite, ils font un festin où ils boivent leur sang et leur mangent le cerveau et d'autres organes, ajouta-t-elle.

Pouah. Mon estomac vide et révolté se retourna.

— Écoutez, je dois vraiment y aller. Mon patron vient de m'envoyer un message pour savoir où j'en suis.

— D'accord, ma chérie, mais ta mère et moi, nous sommes très inquiets. Nous respectons ce que tu essaies de faire auprès du grand public, mais il vaudrait mieux que tu ailles te cacher et que tu écrives pour l'un de ces sites d'informations clandestins auxquels nous sommes abonnés.

Oui, bien sûr.

— Merci, papa. Mais vous n'avez aucun souci à vous faire. Tout va bien. Croyez-moi, si les K avaient vu d'un mauvais œil mon enquête sur les clubs X, ils l'auraient interdite dès sa parution. Ils n'auraient jamais permis qu'elle bénéficie d'une telle publicité dans les médias.

Ou du moins, je l'espérais. Je misais tout sur cette théorie.

— On ne peut pas dire que le *New York Herald* soit au-delà de leur portée ou de leur influence. Il est avéré qu'aujourd'hui, les K surveillent et contrôlent les médias du monde entier.

— C'est ce que tu dis maintenant, mais que se passera-t-il quand ils s'en prendront à toi et t'enverront dans un camp de torture K...

La voix exagérément aiguë de ma mère se brisa dans un sanglot hystérique, puis elle ajouta :

— ...alors quoi, on se demandera combien d'extraterrestres ont mangé le cerveau de notre petite fille pour le dîner ?

Dans un gémissement de détresse à peine étouffé, elle me dit au revoir sur un ton mélodramatique avant de s'éloigner du téléphone en sanglotant, d'un pas lourd.

C'était ma mère. Si on pouvait toujours compter sur une chose, c'était sur son penchant pour les prédictions de fin du monde et sa propension aux paroles aussi inutiles et inappropriées que terrifiantes, dans les moments les plus inopportuns.

Une longue pause gênée s'ensuivit, à l'autre bout de la ligne. Après vingt-sept ans de mariage, mon père ne savait toujours pas comment réagir aux élucubrations de ma mère. Cette spécificité de leur relation m'avait toujours contrariée.

Il finit par dire :

— Je devrais sans doute te laisser maintenant.

— D'accord, papa. Je vous appelle dimanche.

— À dimanche, alors. Sois prudente, Amy.

CHAPITRE NEUF

Après avoir raccroché, je chassai de mon esprit la relation dysfonctionnelle de mes parents et les peurs irrationnelles de ma mère au sujet des K, et je me remis à pianoter, citant les résultats de recherche de la fondation Weston A Price qui vantaient les mérites de la consommation de graisse animale, de beurre entier et d'huile de foie de morue.

Les Krinars étaient une espèce très ancienne à l'intelligence supérieure qui présentait un net avantage génétique par rapport aux humains, d'après ce que nous avions pu observer en matière de capacités physiques, sans parler de leur espérance de vie exceptionnelle. Ils avaient pris possession de la Terre en quelques semaines, déployant une technologie plus impressionnante que nos romans de science-fiction n'avaient jamais pu l'imaginer. Et bien que nous soyons similaires en apparence, de l'aveu même des Krinars – certes moins beaux et moins parfaits –, notre ADN humain était plus proche de celui du gorille que du Krinar.

Par conséquent, pour qui se prenaient-ils à décider de ce que *nous* devrions manger ?

Je choisis d'ignorer le fait que les gorilles étaient herbivores, parce que ce n'était pas pertinent pour mon étude. Pas vraiment.

Et puis, si le régime vegan convenait si bien à leur espèce, pour quelle raison avaient-ils tant besoin de nous sucer le sang ? Peut-être oubliaient-ils quelque chose dans ce régime vegan soi-disant parfait auquel ils voulaient maintenant soumettre notre planète tout entière. Et si le même chaînon manquant dans leur régime alimentaire conduisait les humains à développer la même envie de sang ?

Oh, merde. Je retirai mes lunettes et me frottai les yeux. J'étais en train de dérailler et de raisonner comme ma mère.

Mon esprit revint sur Vair, et notamment sur la morsure qu'il m'avait infligée ce soir-là au club. Je me demandais comment il percevait le goût de mon sang. Rien qu'en songeant à la sensation de sa morsure, j'étais toujours plus excitée qu'il ne l'aurait fallu. C'était un souvenir qui m'avait aidée à me procurer du plaisir à plusieurs reprises – plus souvent que je ne me l'avouais.

Et si j'étais en train de devenir xéno ?

Cette idée me terrifiait et m'excitait à la fois.

Je n'arrêtais pas de penser à lui.

Souvent, je restais allongée la nuit à me demander ce qu'il faisait au même moment. J'allais jusqu'à m'inventer différents scénarios sur ce qui pouvait se passer si je prenais mon courage à deux mains, sortais de mon lit, m'habillais et retournais au club.

Voilà bien la preuve que j'étais en train de devenir folle.

Dans certains scénarios, j'imaginais qu'il se fâchait contre moi à cause de l'article que j'avais écrit sur son club et qu'il faisait même preuve de violence. Cette seule éventualité suffisait à me dissuader d'y retourner. À d'autres moments, je me le figurais se moquant de moi parce que j'étais revenue, me riant au nez avant de me jeter dehors.

Et pourtant, je pressentais surtout qu'il m'avait déjà oubliée, sans doute trop occupé à baiser et à sucer le sang des plus beaux top models de New York.

Ironiquement, au lieu de faire couler les affaires de Vair, l'enquête que j'avais écrite avait fait du club X le club libertin secret le plus en vue de Manhattan. Sourds aux avertissements, les humains étaient plus curieux que jamais d'explorer les inclinations sexuelles des K, et le nombre de xénos explosait.

Je secouai la tête. Sans le vouloir, j'avais rendu service à Vair avec mon article. Il n'avait aucune raison d'être en colère.

Mais au-delà de ça, je doutais de l'avoir véritablement agacé. Vair était entré en contact avec moi, une seule fois, juste après la publication de mon enquête.

Un énorme panier de fruits exotiques m'avait été livré au *Herald*. Et par exotiques, je veux dire que le panier était rempli de fruits qui n'auraient pu pousser nulle part sur Terre. J'étais trop abasourdie pour oser les toucher, mais Jay ne s'était pas fait prier et avait allègrement fouillé dans le panier, examinant sous toutes leurs coutures ces merveilles aussi appétissantes que délicieuses.

Un message accompagnait le panier. Et les quelques mots écrits en gras sur le rectangle cartonné de couleur crème avaient failli me causer une crise cardiaque.

Voilà un délicieux mémoire d'études, très chère. Félicitations pour ton master !

J'avais relu ces mots un millier de fois, me prenant la tête – et celle de Jay – en analysant tous les messages cachés et assumés qu'il pouvait contenir. Finalement, j'en vins à la conclusion que Vair se moquait de moi. En tant que spécimen d'une espèce inférieure, je n'étais rien pour lui et il jouait à m'embrouiller le cerveau.

Pas étonnant qu'il ait semblé s'amuser de mon mensonge quand j'avais prétendu être une étudiante en master.

En termes Vair, j'interprétais son message comme : *« Félicitations. J'ai vu clair dans ton jeu dès l'instant où tu es entrée dans mon club et, moi aussi, j'en ai joué un. »*

Parce qu'il s'était bel et bien joué de moi.

J'avais succombé trop facilement à son emprise sexuelle indéniable.

Et maintenant, il me faisait comprendre qu'il se fichait éperdument de mon petit article, tout en me rappelant douloureusement qu'il avait le pouvoir, et qu'il pouvait s'en servir pour me broyer s'il le souhaitait.

Il savait où je vivais. Où je travaillais. Il connaissait la vérité de ce qui s'était passé entre nous. Il était au-dessus des lois, comme tous les autres K, et bien plus haut que moi dans la chaîne alimentaire.

Mais il avait laissé paraître l'article et fermé les yeux sur mon mensonge cousu de fil blanc, parce qu'au fond, ça lui était bien égal.

Cette conclusion aurait dû me soulager.

Pourtant, ce n'était pas le cas. Pour une quelconque raison, ça me rendait folle de rage.

Malgré les protestations de Jay, j'avais directement jeté dans l'incinérateur le soir même cet énorme panier de fruits exotiques et la carte ironique qui l'accompagnait.

Et je m'étais engagée à écrire autant d'articles anti-K que le *Herald* voudrait bien en publier dorénavant.

————

Mes doigts voletaient sur le clavier lorsque soudain, les deux écrans d'ordinateur devant moi se mirent à clignoter avant de s'éteindre complètement.

J'abattis ma paume sur le bureau en bois mélaminé tout en maudissant tout bas le *Herald*, ses économies de bouts de chandelle et les technologies de moins en moins fiables avec lesquelles on y travaillait.

Je consultai ma montre. Il était plus de dix-neuf heures.

Génial. Il n'y avait plus personne au service informatique.

Je me penchai et passai la main derrière les écrans pour triturer les câbles en espérant qu'il s'agissait uniquement d'un faux contact. Au même moment, mes écrans se rallumèrent ainsi que mes haut-parleurs – au volume maximum.

Je restai pétrifiée, le cœur figé dans ma poitrine, devant la vision et les sons qui agressaient mes sens.

L'écran de droite diffusait une vidéo de mon aventure au club X : mon corps frémissant, serré entre les bras de Vair, la robe remontée jusqu'à la taille et le dos contre le mur. Le masque de plaisir sur mon visage était nettement visible et l'on entendait distinctement mes « oh, vas-y, Vair » plaintifs par-dessus les basses rythmées en fond sonore dans le club, tandis que l'extraterrestre somptueux se frottait implacablement entre mes cuisses écartées.

Les scènes compromettantes qui se déroulaient sur l'écran de gauche étaient bien pires, et la bande-son plus gênante encore. Je retins mon souffle devant le montage en haute définition de nos corps nus, luisants et entremêlés, en train de copuler dans toutes les positions et de toutes les façons possibles et imaginables, qui défilait sur mon écran.

J'étais dans la merde jusqu'au cou.

CHAPITRE DIX

— Un taxi !

J'appelai les hommes de la sécurité dans le hall d'entrée du rez-de-chaussée, par-dessus les boîtes remplies de dossiers en équilibre instable dans mes bras.

— S'il vous plaît, ajoutai-je en voyant du coin de l'œil l'un des vigiles bondir et décrocher hâtivement le téléphone à côté de lui sur le bureau d'accueil.

Dans mon effort pour maîtriser ma voix, je les avais interpelés comme une vraie garce hautaine et impolie.

L'autre vigile voulut m'aider en récupérant l'une des boîtes et, une fois de plus, je perdis toute contenance et m'exclamai :

— C'est bon, je gère !

Mes nerfs étaient à deux doigts de me lâcher et je n'étais pas disposée à un échange, quel qu'il soit. Les cartons étaient pleins à craquer de dossiers et d'affaires personnelles, formant une barrière physique dont je ne souhaitais pas me départir pour le moment. Elles étaient lourdes et instables, mais j'en avais besoin pour dépenser un peu de cette énergie que l'adrénaline diffusait massivement dans mes veines.

— Je vais attendre dehors, annonçai-je en interrompant le premier agent de sécurité, qui venait d'ouvrir la bouche pour me dire qu'un taxi était en chemin.

Utilisant ce que mon ex-petit ami avait souvent qualifié d'atout majeur, j'ouvris la porte battante d'un coup de hanche, avec plus de force que nécessaire, avant que l'agent numéro deux ait une chance de s'en charger à ma place.

— Merci, grommelai-je tardivement dans un effort de politesse tout en poussant, le postérieur en avant.

Les senteurs du début d'automne à New York m'emplirent les poumons lorsque je débouchai à reculons sur le trottoir, les jambes flageolantes et mes affaires entassées à la hâte sur les bras.

— Eh ! Regardez où vous allez ! lâcha une femme d'un ton sec lorsque je fis volte-face sans faire attention, manquant de la renverser avec mon chargement en équilibre.

— Désolée.

Seigneur, je devais vraiment me ressaisir. Il fallait que je prenne une décision, que je sache vers qui me tourner pour obtenir de l'aide.

Et d'abord, est-ce que quelqu'un pouvait m'aider ?

Ma situation était-elle irrémédiablement

catastrophique ? Combien de chaînes d'actualités et de réseaux sociaux avaient reçu cette vidéo ?

Ma mère la verrait-elle ?

Mon père ?

Les larmes me brûlaient les yeux et j'avais le ventre noué. *Génial.* J'allais vomir en plein Broadway.

Où était ce taxi ?

Je m'efforçai de prendre une grande inspiration pour me calmer, laissant l'air frais de la soirée soulever mes cheveux. Jetant un œil de l'autre côté de mes cartons afin d'éviter la collision avec un piéton, je m'approchai de la route. Le crépuscule gagnait du terrain et si la rue était animée, je me réjouissais qu'il y ait d'autres quartiers plus populaires que le centre financier de Lower Manhattan pour les foules en quête de sorties en ce début de vendredi soir.

En entendant des pneus s'arrêter au bord du trottoir devant moi, je me dévissai le cou pour découvrir une longue limousine noire. Ce n'était pas le taxi que j'espérais. Je commençais à m'éloigner d'une démarche mal assurée afin d'être visible depuis la route quand j'entendis les portières s'ouvrir.

Aussitôt, des bruits de pas légers et furtifs se dirigèrent vers moi.

Trop légers.

Un instinct inné de survie accéléra aussitôt mon rythme cardiaque. J'éprouvai soudain le besoin de laisser tomber mes cartons et de prendre mes jambes à mon cou. Or si mes talons de cinq centimètres étaient bien pratiques, ma jupe crayon étroite l'était beaucoup moins. Je doutais d'être capable de courir plus vite qu'un K.

Une seconde plus tard, je compris que tout espoir était perdu en sentant *sa* chaleur contre mon dos. Elle m'enveloppa sur toute ma hauteur, coupant intégralement la brise du soir. Je restai pétrifiée quand son parfum familier de perfection virile assaillit mon odorat, ravivant le souvenir de la soirée la plus explosive que ma chair n'ait jamais connue.

Oh, merde.

Mon estomac se contracta. Mes tétons durcirent. Le reste de mon corps semblait lui aussi conserver un souvenir vivace de ce soir-là, à en juger par sa réaction pavlovienne immédiate et humiliante à la présence de Vair. Mes muscles internes se mirent à palpiter d'excitation impatiente et je sentis une chaleur humide lubrifier mon sexe.

Je tentai de rappeler à mes stupides organes génitaux que c'était précisément cet extraterrestre qui venait de détruire ma carrière et ma vie. C'était l'ennemi qui avait envahi ma planète. *Un ennemi qui s'apprêtait peut-être même à me tuer.*

Ou pire encore, à me livrer aux autorités Krinars.

Pourtant, quand de longs doigts chauds se refermèrent autour de mon bras, une autre vague d'électricité sexuelle me traversa. Et en sentant son autre main se poser sur ma hanche gauche, je fus étrangement rassurée, comme apaisée et recentrée, tandis que d'autres mains que je ne voyais pas me délestaient du fardeau de mes cartons.

— Par ici, ma belle, fit la voix grave et autoritaire de Vair au-dessus de ma tête.

Joignant le geste à la parole, il m'orienta en direction de la limousine.

Vair s'adressa à la personne qui m'avait confisqué mes dossiers, dans une langue saccadée et gutturale que je ne connaissais pas. Par-dessus mon épaule, j'aperçus un bel homme K en costume noir, qui hocha la tête avant d'emporter sans le moindre effort ma pile de boîtes à l'intérieur de l'immeuble où je travaillais.

Où je ne travaillais *plus*. Un instant…

— Ce sont mes affaires, protestai-je avec un temps de retard. Où va-t-il ? Pourquoi emporte-t-il mes cartons ?

— Monte en voiture, Amy.

Cet ordre était accompagné d'une légère pression sur ma tête. Vair me fit asseoir sur la banquette avant même que je songe à résister.

Il me suivit de près, repliant gracieusement son corps immense dans l'habitacle au revêtement luxueux, où il prit place en face de moi. La voiture se mit en branle. Quant à moi, j'étais encore pétrifiée, figée par un mélange de stupeur haletante, de peur et d'attente impatiente.

Dès l'instant où Vair fut installé, les yeux rivés sur moi, je rougis. Et ce n'était pas une teinte discrète que l'on aurait pu attribuer à la nervosité ou à l'effort physique que je venais de faire en portant mes cartons. Non, mes joues étaient devenues écarlates comme sous un soleil de plomb et j'avais le vertige. C'était le genre de réaction qui revenait à hurler » coupable » devant un tribunal.

Le rouge de ma peau trahissait le souvenir exact que j'avais de son corps au plus profond du mien, de ses gémissements et de ses ahanements virils lorsqu'il avait pris du plaisir en moi... dans ma bouche... contre mon dos, mon ventre, ma...

Je détournai le regard, de peur de perdre connaissance, et je fis mine de m'intéresser à ce qu'il y avait autour de moi. Mais je regardais sans vraiment voir. Toutes les cellules et les fibres de mon être étaient trop intensément conscientes de l'extraterrestre au corps de dieu assis en face de moi.

Il me dévisageait.

Seigneur, il était infiniment plus beau que dans mes séances de masturbation. Plus grand. Plus menaçant.

Bien plus dangereux.

Il y avait trop de place pour nous deux dans cette immense limousine. Et pourtant, j'avais l'impression d'être à l'étroit, incapable de me soustraire à sa présence, à son odeur, aux moindres vibrations qui émanaient de lui dans l'atmosphère environnante.

Il pouvait m'emmener n'importe où. Prévoir de m'infliger d'horribles choses.

Ressaisis-toi, Amy.

— Tu es sexy.

Sa voix grave était badine et enjouée, mais elle me fit sursauter.

— Veux-tu que j'ajuste la température ?

Mes yeux revinrent vers lui et je me rendis compte

qu'il regardait fixement sa paume. Il y traçait un signe avec son index sans me prêter attention. Il portait un pantalon classique, un simple tee-shirt blanc qui mettait en valeur son teint hâlé, et des mocassins. Il avait l'air parfaitement frais et chic, bien plus sophistiqué que je ne l'étais ce matin au sortir de la salle de bain dans ma jupe crayon et mon chemisier en soie… *avant* de me retrouver toute froissée et échevelée en fin de journée.

— Que vas-tu me faire ?

Ma voix me trahissait, avec des trémolos plus aigus que je ne l'aurais voulu. J'avais l'air pitoyable. *Bon sang.*

Tout d'abord, quand il reporta son attention sur moi, il sembla déconcerté par ma question, ou peut-être par mon intonation. Mais aussitôt, un sourire lascif se dessina sur ses lèvres longues et généreuses.

— Bonne question.

Il passa machinalement l'index sur sa bouche sculpturale et je dus faire un effort pour me concentrer sur ses paroles et son ton narquois, cherchant désespérément à ne pas y succomber.

— Que ferais-tu à ma place ?

Il soupira et son visage perdit toute trace d'humour.

— Je crains que ton article ait fâché de nombreux membres très puissants du Conseil Krinar.

Nous y voilà. Mes pires appréhensions devenaient réalité. J'étais morte.

C'était ridicule. Ma mère ne pouvait *pas* avoir raison à ce sujet.

— Quoi ? dis-je en feignant l'étonnement. Comment ça ?

Une bouffée d'adrénaline me remplit de colère et je m'exclamai :

— Je présentais simplement des faits concrets au sujet de ton club… des habitudes sexuelles de votre race. Enfin, ce n'est pas sérieux ! Tu n'es pas sérieux, si ?

Je profitai d'être passée à l'offensive pour continuer :

— Bon sang, ton club est maintenant le secret le mieux gardé et le plus en vue de toute la ville. Les top models les plus canon de New York m'appellent pour me supplier de leur donner ton adresse !

Comme je n'avais pas réussi à masquer ma jalousie en prononçant cette dernière phrase, je m'empressai de poursuivre :

— De toute façon, j'avais l'impression que les membres puissants de ton Conseil contrôlaient nos médias. Je pensais qu'ils auraient simplement supprimé mon article, qu'ils l'auraient complètement effacé de la circulation s'ils n'aimaient pas ce que j'y écrivais.

Les traits de Vair demeuraient impassibles. Inflexibles.

Merde.

La peur et la panique parlaient à ma place.

— Ils l'ont *laissé* publier, dis-je avec emphase comme si cet état de fait à lui seul signifiait leur accord tacite. Eh bien, je suis désolée. Je ne me doutais pas que quelqu'un serait vexé.

Je lâchai un grognement désabusé.

— S'ils n'approuvent pas, pourquoi ne l'ont-ils pas simplement retiré ? Ce n'est tout de même pas ma faute s'ils n'ont pas pensé à le faire ! Enfin, il leur suffisait d'appeler le *Herald* et de leur demander de…

Je m'interrompis en entendant Vair taper lentement dans ses mains, ses yeux noirs pétillant d'amusement.

— Merci pour ces excuses tout à fait charmantes, bien que de mauvaise foi, Mademoiselle Myers. Quel dommage que tu n'aies pas suivi des cours de théâtre en même temps que tes études de journalisme à l'Université de New York.

Merde. J'allais avoir de gros ennuis.

Il soutenait mon regard sans dire un mot. L'air ambiant me semblait refroidir un peu plus chaque seconde.

— Bon… et maintenant ? dis-je en haussant les sourcils d'un air hautain et un peu excédé, avant d'émettre un ricanement sec, bien trop nerveux pour ne pas me trahir. Vous allez me jeter dans la prison des K ? À moins que la peine capitale soit requise dans le cas de révélations sexuelles comme les miennes ?

Oh, mon Dieu, faites-moi taire !

— Hmm… un peu de torture, une décennie dans un camp de travail forcé, et enfin une décapitation publique. Voilà ce qui est *requis.*

C'était impossible. Les sources douteuses de ma mère ne pouvaient pas dire vrai. Il y avait une erreur. Il se moquait de moi. J'en étais convaincue.

Presque.

Je partis d'un rire nerveux, mais il restait de marbre.

— Tu… tu n'es pas sérieux.

Les sourcils froncés, il passa une main dans ses cheveux ébouriffés. On aurait dit que je l'avais agacé.

— Je les ai persuadés que ce ne serait pas bon pour les relations publiques si on te torturait et si on t'exécutait.

— Ah ?

Ma réponse monosyllabique parvenait malgré tout à exprimer une nonchalance affectée, alors que mon cœur battait la chamade.

Se fichait-il de moi ou était-il sérieux ? J'avais perdu toute capacité de discernement.

— Le Conseil a accepté de me laisser… gérer la situation avec toi. Directement.

Son regard s'était assombri au mot « gérer » et un frisson involontaire me traversa.

— Que… qu'est-ce que ça veut dire ?

Qu'il avait le droit de me torturer et de me tuer personnellement ? *Quelque part loin des regards humains indiscrets ?* Était-ce là où nous allions en ce moment même ?

Sans doute mon visage avait-il trahi mes pensées, car Vair leva les yeux au ciel de façon étonnamment humaine, avant de grommeler dans cette langue étrangère gutturale que je l'avais déjà entendu employer. Des jurons Krinars, probablement, à en juger par ses mâchoires crispées de colère et ses poings serrés contre le siège de part et d'autre de son corps.

Pourtant, lorsqu'il s'adressa de nouveau à moi, sa voix était douce. Patiente.

— Nous ne pratiquons pas la peine capitale sur Krina. Nos méthodes pour réformer ceux qui enfreignent nos lois sont très différentes de ce à quoi votre société humaine est habituée. Aucun Krinar ne te fera de mal. Et moi, encore moins.

Les yeux qu'il posait sur moi étaient prévenants. Sans détour. Ils n'exprimaient aucun désir de violence. Au contraire, son regard abyssal semblait porter un désir tout autre. Et dans mon soulagement flou, j'éprouvai une envie soudaine de m'y noyer, de rejeter mes années de santé mentale et de bon sens pour croire à tout ce qu'il me disait.

Je clignai des paupières et détournai volontairement les yeux, rompant le contact visuel en me remémorant les Saoudiens démembrés sur la vidéo YouTube de mauvaise qualité.

— Des K *ont* tué des humains, soulignai-je.

Parce que les faits étaient les faits, quelle que soit la fascination vaudou que ses yeux exerçaient sur moi.

— Il y a des témoignages. Visuels et très explicites, ajoutai-je avec une grimace de dégoût.

— Oui, c'est vrai, admit-il. Nous avons tué des humains quand c'était nécessaire. Notamment en cas de légitime défense, en dernier recours.

Ce fut à mon tour de lever les yeux au ciel. Mais je choisis de ne pas poursuivre le débat, tandis que revenait à mon esprit la raison première de ma panique de ce soir.

La séquence vidéo.

S'ils n'avaient pas l'intention de me faire du mal en

représailles à mon article, alors cela voulait dire qu'il y avait une autre raison à ce rendez-vous. Et à cette vidéo.

Une idée me frappa et mon cœur bondit. *Me faisaient-ils du chantage ?*

L'horreur et l'excitation refermèrent en même temps leurs griffes autour de moi. Si j'avais raison, s'ils avaient l'intention de me faire chanter, alors il y avait une chance que la vidéo n'ait pas encore été diffusée aux masses. Et je ferais tout pour empêcher qu'elle le soit. Même si cela me demandait de…

Très bien. C'était inévitable.

— Tu veux que je revienne sur ce que j'ai écrit dans mon article, dis-je d'une voix atone.

Ma carrière de journaliste serait finie, mais au moins, je m'en sortirais avec un tant soit peu de dignité si je parvenais à empêcher la mise en circulation de cette vidéo porno.

Il se renfrogna.

— Bien sûr que non. Ton enquête était brillante…

Il passa négligemment la langue sur sa lèvre inférieure, rebondie et bien dessinée, tout en me balayant du regard.

— … Et très instructive.

La nouvelle vague de chaleur qui se propagea dans mon ventre était aussi inopinée que malvenue.

Je me ressaisis et demandai :

— Tu ne veux pas que je revienne sur mes déclarations ?

Un sentiment de crainte remonta le long de ma

colonne vertébrale lorsque je me rendis compte que je ne disposais peut-être d'aucun outil de négociation.

— Non.

Il entrouvrit les lèvres dans un sourire las sans me quitter des yeux.

Puis son regard se posa sur ma poitrine.

J'avais les paumes moites de sueur en agrippant le siège en cuir. Je déglutis et pris une inspiration.

— Alors, pourquoi cette vidéo ?

Il se pencha en avant, la mine grave comme la mort, levant de nouveau vers moi son regard désapprobateur.

— Tu n'as pas rappelé, Amy.

J'eus soudain l'impression que l'intérieur de la limousine venait d'être privé d'oxygène.

— Tu n'es jamais revenue à mon club.

J'avais trempé ma petite culotte quand il avait dit « Amy » malgré le trouble et la peur qui s'étaient emparés de moi à cause de sa voix sèche et accusatrice.

— J'ignorais que c'était ce que tu voulais.

La vérité m'avait échappé en guise de défense, trop rapide pour me laisser le temps de bien comprendre ce qu'il venait de dire, tandis que des émotions conflictuelles s'opposaient dans ma tête.

— Enfin… balbutiai-je. Je n'avais pas l'intention que ça se passe… avec toi… ce soir-là au club.

Bon sang, mais qu'étais-je en train de raconter ?

Et lui, qu'avait-il dit ?

Une goutte de sueur coula entre mes omoplates et je frissonnai dans mon chemisier en soie. À présent, il régnait un froid glacial dans la limousine.

— Je vois. Alors, tu étais une victime ?

Son intonation était franche, mais à ses yeux, il avait l'air amusé. Content de lui.

Je sentis ma colère monter en flèche. Il n'y avait aucune réponse facile à sa question. Je gardai les genoux serrés l'un contre l'autre et mes paumes humides collées à la banquette, en m'efforçant de maîtriser mes tremblements.

— Je n'avais pas l'intention qu'il se passe quoi que ce soit entre nous ce soir-là, répétai-je, mes mots plus nets et plus assurés cette fois, en dépit de ma gorge sèche.

Il soupira.

— Les humains compliquent les émotions les plus élémentaires en passant leurs expériences au travers de filtres sociaux superflus.

Dans son regard, je décelais une forme d'étrange pitié et une pointe de déception résignée qui me mettait mal à l'aise.

J'avais besoin d'eau. *Je devais sortir de la limousine de Vair.*

Mais plus encore, j'avais besoin de réponses.

— Est-ce déjà sur internet ? lâchai-je, le cœur battant dans mes oreilles.

— Qu'est-ce qui est sur internet, chérie ?

— Tu le sais très bien !

— Réponds à ma question et je répondrai à la tienne, rétorqua-t-il.

— Je ne suis pas une victime.

— Tant mieux.

Après un bref hochement de tête, il se tourna vers

un compartiment réfrigéré et en sortit une bouteille en verre remplie d'un liquide transparent.

— Je n'apprécie pas beaucoup les victimes.

Il ôta le bouchon de la bouteille et me la tendit.

— Je ne boirai pas ça.

— C'est de l'eau, Amy.

— Et quoi d'autre ?

Il secoua la tête avec un sourire suffisant et murmura :

— Tout ce que tu veux d'autre, ma belle.

Il commençait à me regarder d'un œil alangui qui me rappelait ses manières aguicheuses et séductrices lors de notre rencontre dans son club.

Son regard dévorant contenait des promesses qui dépassaient de loin un simple verre d'eau. Et il produisait sur moi le même effet ensorcelant qu'auparavant. Il m'attirait et me donnait envie de faire des choses dont la raison devrait me dissuader, ce qui me troublait et me rendait vulnérable, comme mise à nu.

Quand son corps massif s'avança au bord de son siège, mon genou nu effleura la bouteille froide et, par réflexe, j'eus un brusque mouvement de recul.

En ricanant, il porta le goulot à ses lèvres et mes yeux restèrent rivés à la bouteille en verre contre sa bouche, aux muscles de sa gorge à l'œuvre tandis qu'il en avalait le contenu.

Une fois qu'il eut étanché sa soif, il me tendit la bouteille en haussant un sourcil et je la pris sans hésiter. J'essayai de me convaincre que c'était parce que j'étais assoiffée, et non en réponse à son défi silencieux ni à cause d'une envie soudaine de coller ma bouche au même endroit de la sienne.

Au moins, je savais que ce n'était pas du poison. Un extraterrestre puissant n'avait pas besoin d'empoisonner mon eau pour obtenir ce qu'il voulait de moi. Je devais juste essayer de comprendre ce dont il s'agissait, puisque manifestement il ne souhaitait pas me faire retirer mon article sur le club X.

Refermant effrontément les lèvres autour du goulot, je penchai la tête en arrière et vidai le reste de la bouteille en une lampée bruyante et peu féminine. *J'emmerde les K, leurs airs supérieurs et l'intimidation constante qu'ils exercent sur ma race.*

Après avoir satisfait ma soif et retrouvé un tant soit peu de dignité, je baissai la bouteille en même temps que le menton et poussai un grossier soupir de contentement, la bouche ouverte. Mais en voyant le visage de Vair, mon estomac dégringola aussitôt jusqu'au sol.

Il avait le regard d'une panthère sur le point de bondir. Le visage d'un homme affamé devant son plat préféré.

Je me raclai la gorge. Les deux mains autour de la bouteille, je la tendis bien sagement devant moi, suspendue au-dessus de mes genoux comme pour me protéger.

— Internet, lui dis-je. J'ai répondu à ta question. Maintenant, réponds à la mienne.

— Non.

Devant son brusque refus, mon ventre se noua.

— Non ? Tu ne veux pas répondre ?

— Non, ce n'est pas sur internet, précisa-t-il.

Son visage s'était changé en masque de pierre et il parlait d'une voix solennelle. Furieuse.

— Pas encore.

Je déglutis.

— Je vois. Alors…

Je faisais rouler la bouteille en verre, la serrant entre mes doigts moites.

— … Va-t-elle être diffusée dans les médias ?

— Non.

Mon soulagement immédiat fut de courte durée. Rassemblant mon courage, je me penchai en avant et demandai :

— Alors, qu'attends-tu de moi ? En contrepartie, si tu ne publies pas cette vidéo ?

Il éclata de rire. C'était un ricanement grave et guttural qui me donna la chair de poule. Il agita la main et une vidéo en trois dimensions se matérialisa entre nous, surgissant de nulle part. C'était un hologramme plus vrai que nature et parfaitement détaillé, diffusé par un projecteur invisible.

Un hologramme de moi.

— Discutons d'abord de cette vidéo, tu veux bien ?

Sur cette séquence, j'étais dans mon bureau. Elle avait été enregistrée depuis pas plus tard qu'une demi-heure. Des caméras avaient immortalisé sous divers angles mon grand moment de honte, depuis mon regard sidéré devant le montage pornographique lorsqu'il était apparu sur mes écrans d'ordinateur jusqu'à l'épouvante qui avait suivie, quand j'avais vainement tenté de les éteindre, d'abord en débranchant les écrans puis mon unité centrale, avant de tirer sur tous les câbles du mur pour finir par céder à la panique la plus totale et réduire les deux moniteurs en charpie avec la première arme qui m'était tombée sous la main, ma perforatrice Swingline à trois trous d'une capacité de vingt feuillets.

Ce n'était pas ma plus brillante réaction à la pression.

CHAPITRE ONZE

Je me demandais ce qui me perturbait le plus : me voir craquer et détruire le matériel du journal dans un accès de panique, ou savoir que Vair – et sans doute d'autres K – avait envahi ma vie privée et m'avait espionnée.

La dernière éventualité, très probablement, bien que la première soit la plus humiliante sur le moment.

Je restais sans voix devant la version holographique de moi-même. Sous mes yeux, mon double se calmait suffisamment pour prendre conscience de ce qui venait de se produire et en être saisi d'horreur.

— Imagine à quel point ça blesse mes sentiments, intervint la voix doucereuse de Vair tandis que mon hologramme sortait en trombe du bureau après avoir rassemblé ses affaires à la hâte… de voir ta réaction violente à ma compilation préférée de nos moments d'intimité !

Une fois de plus, il se moquait de moi.

À moins que ce soit un psychopathe.

Voilà qui m'apprendrait à faire confiance à un extraterrestre vampire pour ma première histoire d'un soir en mode *Liaison fatale*.

J'aurais dû avoir la puce à l'oreille quand il m'avait dit sur la piste de danse qu'il était venu sur Terre parce qu'il s'ennuyait. Il avait dit qu'il voulait se divertir en permanence et qu'il avait épuisé toutes les sources d'amusement sur Krina. *Alors il avait quitté sa planète natale pour ouvrir un club libertin à New York où les K pouvaient sucer et baiser des humains consentants ?*

Et dire que j'avais considéré le manque de perspectives de mon ex-petit ami comme mauvais signe pour l'avenir.

— Tu as jeté le panier de fruits exotiques que je t'avais envoyé.

Il employait un ton de reproche.

Vair se moquait forcément de moi. J'essayai de ne plus l'écouter pour mieux me concentrer sur l'hologramme qui fourrait des papiers et des documents dans divers cartons vides. Mon double était hors d'haleine.

J'étais hors d'haleine. Je fermai les yeux et ma tête se mit à tourner.

— Amy ?

Je secouai la tête, refusant d'ouvrir les yeux. Je ne voulais pas le voir.

Soudain, je l'entendis. Il *ahanait*.

L'instant d'après, une femme gémit.

Je compris sans regarder qu'il s'agissait à présent

d'un hologramme différent. C'était nous, ce soir-là, au club.

« Oh, oui, Vair. Comme ça… vas-y… »

Le bruit de nos corps qui s'entrechoquaient se fit entendre à plein volume dans l'habitacle. En gémissant, mon double le suppliait de continuer.

Oh, mon Dieu.

La bouteille m'échappa des mains.

— Amy ?

La voix sereine du Vair actuel était noyée par les cris de mon hologramme au moment de l'orgasme.

Incapable de respirer, j'appuyai mes doigts sur mes tempes.

— Tu es tellement mouillée, fit sa voix hypnotique de l'autre côté de la limousine.

Mes muscles internes se contractèrent dans le vide.

— Prête pour moi.

Bon sang. *J'étais détrempée.*

Je sentais son regard sur moi, sa présence qui m'appelait. Son avidité sexuelle était comme une attraction viscérale qui prenait possession de tout mon être. Son besoin se fondait avec le mien et le décuplait.

— J'ai pensé à toi, dit-il d'une voix grave et rauque. As-tu pensé à moi ?

J'avais pensé à lui chaque instant de chaque jour ce mois-ci.

— Déshabille-toi.

Je répondis à sa directive en secouant la tête, mais j'avais déjà les mains sur les boutons de mon chemisier et je commençais à les défaire, les doigts tremblants.

— C'est ça… Petite humaine si belle, si délicieuse, susurra-t-il par-dessus le fond sonore, les gémissements que poussait mon hologramme et de petits bruits de succion.

À présent, le Vair de l'enregistrement parlait d'une voix plus forte et je sentis mon sexe palpiter en réaction, en proie à une envie sourde presque douloureuse tandis que son hologramme m'ordonnait de le sucer plus fort, de le prendre plus profondément.

J'en avais l'eau à la bouche. Mes doigts tiraient éperdument sur les boutons de mon chemisier.

C'était de la folie.

— Amy, répéta Vair d'un ton calme.

J'ouvris enfin les yeux.

L'éclairage avait changé. Les vitres teintées de la limousine s'étaient obscurcies et une douce lumière rouge vacillante semblable à celle de son club X illuminait le prédateur extraterrestre assis en face de moi.

Entièrement nu.

Il caressait le sexe en érection le plus impressionnant que j'aie jamais vu.

Et entre nous deux, la séquence projetée en 3D de nos corps nus en train de pratiquer un 69 comme des bêtes affamées.

— Viens ici.

Tout en serrant dans son poing la base de son énorme sexe, il agita le doigt de son autre main dans ma direction.

— Montre-moi que tu n'es pas une victime.

J'éprouvais de nouveau la curieuse impression d'irréel qui m'avait traversée au club. Un instant plus tard, je m'agenouillai entre ses cuisses musclées et refermai les lèvres autour de son gland épais et humide avant de le prendre tout entier dans ma bouche. *Il faut croire qu'attaquer sa queue avec ma langue était le moyen qu'avaient instinctivement trouvé mon cerveau et mon corps pour lui prouver que je n'étais pas une victime.*

— Hmm, c'est bien… fit-il d'une voix sifflante, décollant les hanches vers ma bouche tout en exerçant une pression sur ma nuque.

Bientôt, je fus envahie jusqu'au fond de la gorge, et il n'avait même pas la moitié de son sexe dans ma bouche.

— C'est ça, ma belle !

Mes yeux se remplirent de larmes lorsqu'il imprima un rythme régulier et insistant, bougeant les hanches tandis que sa main limitait la position et le mouvement de ma tête. Il continuait de me baiser la gorge sans ménagement ni faux-semblants, aussi loin qu'il pouvait s'enfoncer sans m'étouffer, tandis que son autre main serrait et caressait la partie de sa queue que ma bouche était incapable de recevoir.

— Oui… c'est ça.

Il m'encourageait d'une voix sèche et des bruits d'aspiration incontrôlables m'échappèrent. J'étais incapable de les retenir, car il allait et venait de plus en plus vite, prenant ma bouche avec une ferveur animale qui, étrangement, me donnait une forte impression de pouvoir.

Ses inspirations saccadées et ses gémissements de satisfaction rauques m'avaient excitée au point de frôler l'orgasme. Le contrôle puissant que j'éprouvais en lui permettant d'assouvir ce besoin primaire et essentiel entrait en conflit avec la soumission que m'imposait une telle situation, et je me laissai entraîner.

— Amy… *Amy…*

Il gémit mon prénom comme une prière salace et ses coups de reins devinrent frénétiques.

J'étais certaine qu'il allait jouir.

Moi-même, j'étais sur le point d'exploser sans la moindre stimulation physique tant notre échange était torride.

Il écarta les doigts, qu'il fit courir sur mon cuir chevelu, propageant des frissons de délice à travers mon corps avant de saisir la racine de mes cheveux dans une poigne presque douloureuse digne d'un homme des cavernes.

Consciente qu'il était sur le point de gicler dans ma bouche d'un instant à l'autre, je succombai à la tentation et glissai ma main entre mes cuisses, relevant ma jupe crayon afin de chercher désespérément ma propre satisfaction.

Dès l'instant où je pressai les doigts sur ma culotte en coton humide, j'éclatai.

J'avais espéré me masturber discrètement sans qu'il s'en aperçoive, concentré sur son propre plaisir. Mais je venais à peine de jouir qu'il me tira vivement par les cheveux, se retirant de ma bouche en redressant ma tête.

J'ouvris grand les yeux tandis que mon corps convulsait, saisi de spasmes. Les bruits de plaisir qui m'échappaient rivalisaient avec ceux de l'hologramme en fond sonore.

Prise la main dans le sac, les doigts sous ma jupe en train de me frotter vigoureusement, le visage rouge ruisselant de bave et de larmes causées par sa queue au fond de ma gorge, je fus incapable d'interrompre la force brute de mon propre orgasme et il en absorba chaque détail dans toute sa réalité crue.

Je n'aurais pas pu retirer les doigts de mon entrejambe même si je l'avais voulu.

Je n'en avais aucune envie.

Seul le petit sourire narquois sur ses lèvres me semblait plus sombre que son regard tandis que je mettais mon âme à nu devant lui. Sa mâchoire était contractée et son poing restait fermement serré autour de son sexe en érection, massif et engorgé, afin de retenir sa propre explosion.

CHAPITRE DOUZE

— Je peux ?

Il passa le pouce sur ma lèvre inférieure, essuyant mon menton humide tandis que ses doigts massaient doucement mon crâne à l'endroit où il m'avait tiré les cheveux.

Nous restâmes en silence l'un en face de l'autre pendant une éternité, dans sa limousine obscure. Il avait comprimé la base de son sexe jusqu'à ce que la douleur dans son regard s'atténue et qu'il soit capable de le lâcher, toujours bien droit et rempli. Je n'avais toujours pas repris ma respiration et mes émotions échappaient encore à mon contrôle.

L'hologramme avait cessé. Et la limousine était à l'arrêt depuis plusieurs minutes. Pourtant, je ne pouvais me résoudre à lui demander où nous étions.

Je restais muette, sidérée, toujours à genoux sur le tapis entre ses jambes, à même le sol de la limousine, tandis qu'il retirait ma main encore nichée entre mes cuisses. Il porta mes doigts à sa bouche et les nettoya avec un gémissement de satisfaction. Puis il tira sur ma jupe pour la remettre en place et reboutonna mon chemisier, tout en examinant attentivement mon visage, comme si j'étais une énigme qu'il tentait de résoudre.

— Tout va bien ?

Je ne lui répondis pas, trop abasourdie par ses attentions presque tendres. De ses pouces, il essuya mes joues humides, sous la monture de mes lunettes où mes yeux avaient coulé.

Bon sang, que venait-il de se passer ?

Il n'avait même pas joui. Il arborait toujours une trique monstrueuse qui ne devait pas être agréable. Et même franchement désagréable.

Malgré tout, il était calme et parfaitement maîtrisé. Du bout des doigts, il écarta les mèches de cheveux fins qui étaient tombées sur mon front. La dernière fois que nous étions ensemble, il s'était montré insatiable, incapable de se retenir en me prenant sans relâche... encore et encore.

Je ne lui plaisais peut-être plus.

Son index traça une ligne entre mes sourcils et je pris conscience de ma mine renfrognée.

— Tout va bien, tu sais, dit-il avec douceur. Tes réactions sont parfaitement saines et normales.

Son sourire était avenant, sincère et étonnamment ouvert. Du dos de la main, il effleura ma mâchoire.

— J'aime que tu sois honnête avec toi-même. J'aime cette lumière qui brille dans tes yeux quand tu vois quelque chose que tu désires.

Il se pencha et déposa un baiser sur ma joue. Son souffle réchauffa mon oreille quand il murmura :

— Mais ce que j'aime par-dessus tout, c'est de te regarder le prendre.

Quoi ?

— La prochaine fois…

Sa voix venait de baisser d'une octave.

— … J'espère que tu oseras réclamer l'intimité que tu cherches vraiment… que tu monteras sur mes genoux pour prendre ce que tu attends de moi.

Ce que j'attends de lui ?

L'intimité ?

Il se trompait sur mon compte. Je ne voulais *rien* de lui, et encore moins l'intimité.

Je détournai le visage et secouai la tête tout en prenant le temps de me ressaisir avec cinq minutes de retard.

— Ce n'est pas… Ce n'était pas…

— Attends, ne me dis pas…

Ses lèvres frémirent et il leva le doigt pour me faire taire.

— Tu n'avais pas l'intention d'en arriver là, c'est bien ça ?

Le Vair moqueur était de retour.

— Tu étais simplement curieuse ? Tu voulais juste observer comme la première fois, pas vrai ?

Il me renvoyait mes propres paroles, les excuses que je lui avais données au club.

Je levai les yeux au ciel en grommelant « sale-fils-de-pute » entre mes dents.

Il avança lentement la main et, avec une vitesse surprenante, il agrippa mes cheveux pour me forcer à le regarder.

Il se pencha vers moi. À présent, il ne souriait plus, fidèle au prédateur qu'il était vraiment. Il approcha sa tête de la mienne.

Je déglutis. Bruyamment.

Baissant ses longs cils noirs, il posa ses yeux bruns sur ma gorge. Son regard cherchait l'endroit où mon pouls devait apparaître avec netteté, tant mon cœur battait frénétiquement.

Contemplatif, il passa la langue sur ses lèvres.

Sans me quitter des yeux.

Malgré mes efforts pour rester calme, mon souffle était rapide et saccadé. Plus j'essayais de m'apaiser, plus je sentais battre mon cœur.

Ses narines frémirent. Son visage s'approcha encore plus, avant de descendre vers mon cou jusqu'à ce que son nez effleure ma jugulaire.

Il allait me mordre.

Les papillons s'envolèrent dans mon ventre. Je me préparai pour l'impact, mais il se contenta de prendre une profonde inspiration, puis d'expirer.

— Délicieuse.

Il libéra mes cheveux et recula brusquement, tandis que je m'efforçais de retrouver mon souffle.

— J'aimerais que tu viennes à mon club demain soir. Mon chauffeur passera te chercher à vingt-trois heures.

Il avait formulé le début de sa phrase comme une requête, et la fin comme un ordre. Me laissait-il seulement le choix ?

— Et si je n'ai pas envie d'aller à ton club ?

Il s'adossa contre les coussins rembourrés de la banquette en cuir, joignit les doigts derrière sa tête et haussa les épaules, sans se soucier le moins du monde de son énorme sexe encore en érection, dressé fièrement dans ma ligne de mire.

— Et si je m'ennuyais et que ma nostalgie me donne envie de diffuser en plein Times Square des vidéos intimes de nous deux ?

Connard.

— Que veux-tu de moi ?

— Je viens juste de te le dire, chérie. Je veux que tu reviennes dans mon club.

— Dans quel but ?

Une fois de plus, il haussa les épaules.

— J'ai besoin que tu y sois.

Soudain, une boule me noua la gorge. J'étais épuisée et j'avais la tête en vrac à cause de tous les petits jeux d'esprit auxquels il se livrait.

— Pourquoi ?

Il répondit avec un sourire narquois.

— Un tas de raisons.

Il avait l'intention de m'humilier en public. C'était la conclusion la plus cohérente. Je me mordis l'intérieur de la joue afin de ne pas céder aux émotions. Stoïque, je demandai :

— Y a-t-il une option B ?

Ses dents blanches, droites et parfaites, brillaient presque dans la pénombre lorsqu'il secoua la tête en ricanant.

— Non, mais je veux bien écouter tes suggestions si tu en as.

— Je retirerai tout ce que j'ai dit dans mon article, proposai-je spontanément.

— Non.

— Et si je le modifiais pour dépeindre les K sous un jour plus favorable ?

— Non.

— Très bien, je vais présenter des excuses publiques à tous les K et à tous les xénophiles ! m'exclamai-je d'une voix forte.

Je ne pouvais pas retourner à ce club. Je ne pouvais pas passer plus de temps avec cet homme... cet *extraterrestre*.

— Non.

— Pourquoi ?

— Rien de tout cela ne m'intéresse.

— Alors, qu'est-ce qui t'intéresse ?

La portière de la limousine s'ouvrit automatiquement, révélant l'entrée de mon immeuble. En la voyant, je fus submergée par le soulagement. Et en même temps, j'étais un peu déçue qu'il me dépose ici.

Avions-nous terminé ?

— Tu es une fille intelligente et curieuse, Amy. Je suis sûr que tu comprendras toute seule.

C'est tout ? Il me faisait baver, puis il me jetait sans sourciller sur le trottoir depuis la banquette de sa limousine et s'en allait avec sa trique phénoménale ?

Bon, tant pis. Je me glissai vers la portière et sortis en essayant de garder un semblant de dignité, priant pour qu'aucun de mes voisins ne soit dans les parages à ce moment-là. Je ne voulais pas que l'on me voie, ni moi ni l'extraterrestre monstrueux qui me renvoyait dans mes pénates.

Heureusement, il n'y avait personne. Je tournai la tête pour lancer une remarque acerbe avant de partir, mais la portière se referma sous mon nez.

Apparemment, les Krinars n'étaient pas très doués pour les adieux.

Je tournai les talons. Je m'avançais déjà vers l'immeuble quand le somptueux K qui avait récupéré mes cartons et mes dossiers se dressa en travers de mon chemin. Il me tendit mon petit sac à main et mes clés.

Oh. Bien sûr. Je les avais abandonnés au fond de l'une des boîtes qu'il m'avait confisquées.

— Euh, merci, dis-je en les prenant.

Il sourit. Son visage à la perfection irréelle était un trésor de symétrie.

— De rien. Vos écrans d'ordinateur ont été réparés et vos affaires ont retrouvé leur place dans votre bureau, m'indiqua-t-il.

Sur ce, il s'éloigna, me laissant sur le trottoir encore plus troublée que jamais.

CHAPITRE TREIZE

— De l'intimité ! Tu t'en rends compte ? Il a dit que j'avais besoin d'intimité. D'intimité avec lui, aussi absurde que ce soit. Non, mais, tu imagines ?

Jay ouvrit des yeux ronds comme des soucoupes.

— Pourrait-on revenir sur la partie où Vair a dit que plusieurs membres éminents du Conseil Krinar étaient fâchés par ton article ? Il t'a dit combien, au juste ? Ou s'est-il contenté de « plusieurs » ?

— Plusieurs, sans précision.

Assise sur le canapé, je fronçai les sourcils en regardant le verre de vin vide dans ma main tandis que Jay remplissait nerveusement le sien derrière l'îlot central de la cuisine.

— Tu as entendu ce que j'ai dit sur l'intimité ?

Jay hocha machinalement la tête avant de boire une gorgée de vin rouge.

Une fois que Vair m'eut déposée, j'étais restée dans mon appartement, le temps de préparer un sac pour la nuit tout en me creusant la tête afin de savoir où les K avaient bien pu cacher leurs caméras. Puis j'avais directement rejoint Jay dans son mini-loft du quartier de Soho. L'appartement que ses parents lui avaient acheté se trouvait dans un immeuble huppé gardé par un portier vingt-quatre heures sur vingt-quatre. Et si d'un point de vue logique je savais que personne n'était à l'abri en face des K, chez les riches au moins on avait l'impression de l'être.

— J'ai un ami de la fac qui travaille maintenant à la CIA... je crois, dit Jay d'un air pensif tout en faisant les cent pas dans son salon exigu, un verre de vin rempli à ras bord dans sa main tremblante. Il pourrait nous aider.

— Hmm, dis-je en agitant mon verre vide. Et moi ?

— Tu ne peux pas retourner au club demain soir.

— Évidemment !

— Qui sait ce qu'il a prévu ?

— Je suis d'accord.

— Tu foncerais peut-être tout droit dans un piège.

— Sans blague.

— Il pourrait te faire n'importe quoi dans ce club, et personne ne l'en empêcherait.

— Jay, je commençais à peine à être pompette et ça retombe déjà. Cette conversation ne m'aide pas beaucoup.

J'inclinai mon verre en cristal pour lui faire comprendre ce que je voulais.

— Il faut qu'on te fasse quitter la ville dès ce soir, ma petite.

Il s'empara de la bouteille de vin sur le plan de travail de la cuisine et revint vers moi.

— Demain matin au plus tard.

— Ce n'est pas si simple, dis-je tandis qu'il remplissait mon verre à pied. Je ne peux pas risquer que cette vidéo soit diffusée.

— Mais ça ne colle pas, fit Jay en secouant la tête. Pourquoi refuse-t-il de te laisser revenir sur ce que tu as écrit ou présenter des excuses publiques ? En quoi ta présence dans son club apaisera-t-elle les membres furieux du Conseil plus que ne le ferait une rétractation ?

Je haussai péniblement les épaules tout en portant le verre à mes lèvres.

— Ça n'apaisera rien, conclut Jay, les sourcils froncés par la concentration.

Il se laissa tomber sur la table basse devant moi.

— Tu sais ce que je pense ? Je pense qu'il savait que nous étions journalistes dès l'instant où nous sommes arrivés au club.

— Moi aussi, j'y ai pensé. Il nous a laissé entrer et nous a même escortés personnellement. Combien de patrons de clubs font ce genre de choses ?

— Exactement. Et il a passé toute la soirée avec toi. C'est vrai, il ne t'a pas quittée une seule minute. Si je n'avais pas été distrait par Shira… Merde, tu penses qu'il voulait que Shira détourne mon attention ?

Ça ne m'avait jamais effleuré l'esprit, mais Jay avait raison. Tous les deux, nous avions été séparés presque immédiatement après notre arrivée au club de Vair. La

Barbie extraterrestre avait accaparé l'attention de Jay et l'avait entraîné loin de moi dès qu'il nous l'avait présentée.

Jay sembla soudain comprendre et il me dévisagea d'un œil étrange et décontenancé. Cette expression ne ressemblait pas à son visage d'ordinaire si joyeux et juvénile.

— Quoi ?

Je baissai les yeux pour m'assurer que je n'avais pas renversé de vin rouge sur mes habits ni sur son canapé couleur crème.

— Pourquoi me regardes-tu comme ça ? demandai-je.

Il se mordit la lèvre et se renfrogna de plus belle.

— Tu commences à me faire peur, Jay.

— Je me souviens d'un échange entre Shira et Kyrel, répondit-il lentement, comme s'il réfléchissait toujours. Tu sais, le K avec qui nous avons passé la soirée, elle et moi ?

Je souris et un gloussement salutaire monta des tréfonds de ma poitrine, atténuant la tension du moment.

— Oh, je m'en souviens. Tu m'as raconté un peu trop d'histoires mémorables à propos de lui et de Shira.

Jay ne riait pas. Une fois de plus, il me dévisageait sans ébaucher le moindre sourire, comme si je lui posais problème.

— Putain. Tu es vraiment canon, Amy. Tu le sais, n'est-ce pas ?

Dans sa bouche, on aurait dit que c'était un problème.

— Euh… ah bon ? Oui, je suis potable. Merci. Et donc ? Qu'est-ce que Shira et Kyrel ont dit ?

— Quand je dansais entre Kyrel et Shira, à un moment donné, je me suis rendu compte que tu avais quitté la piste de danse avec Vair et que tu n'étais nulle part, et j'ai paniqué. J'ai essayé de les abandonner en leur disant que je devais te retrouver. Shira m'en a empêché, elle m'a dit de ne pas m'inquiéter, que Vair s'occuperait de toi. Alors Kyrel a éclaté de rire et il a dit : « Oui, et pour l'éternité, même. » Je ne m'en suis pas vraiment soucié sur le moment. Je me disais, je ne sais pas, que c'était l'équivalent en version extraterrestre de la réplique « moi aimer toi longtemps » de Kubrick, ou quelque chose de ce genre.

Je poussai un soupir de soulagement et je sentis mon ventre se dénouer.

— C'est pour *ça* que tu m'as fait flipper ?

— Non, c'est ce qui est arrivé ensuite. Shira a ri avec lui, puis elle a dit quelque chose sur la possessivité exceptionnelle des K. Elle a plaisanté en me disant que j'avais de la chance de ne pas t'avoir tenu la main dans le couloir devant le club, sinon je serais mort ou à tout le moins amputé d'une main.

— Quoi ?

Mon soulagement avait été de courte durée.

— Elle a vraiment dit ça ? Et tu l'as pris pour une blague, de la part d'une femme extraterrestre capable de t'arracher la main ?

Je levai les yeux au ciel, incrédule.

— Et tu as quand même couché avec elle.

— Pitié, laisse-moi tranquille. Je crois bien qu'elle m'avait déjà mis la main au paquet à ce moment-là. En tout cas, comment veux-tu que je juge le sens de l'humour décalé d'une extraterrestre ? Et puis, c'était une vraie déesse, bordel ! La femme la plus canon que j'aie jamais vue de près.

— Krinar, le repris-je. La *Krinar* la plus canon.

— On s'en fiche. Crois-moi, elle était très féminine. Et elle m'a averti des tendances possessives de Vair, pas des siennes. D'ailleurs, Kyrel m'a prévenu un moment plus tard que je devais faire attention à ne jamais poser la main sur toi si je voulais continuer à vivre. Il a dit…

Jay haussa les sourcils d'un air lourd de sous-entendus, comme si c'était la partie essentielle de son discours :

— Kyrel a dit qu'il avait dû calmer Vair quand il nous a vus pour la première fois en train d'attendre dans le couloir. Il lui a soutenu qu'à notre langage corporel, il était évident que nous n'étions pas ensemble tous les deux.

Vair m'avait directement interrogée sur ma relation avec Jay ce soir-là. À vrai dire, cette question m'avait paru étrangement possessive sur le moment, étant donné que nous venions à peine de nous rencontrer. Mais je m'étais simplement dit qu'il voulait coucher avec moi et qu'il préférait ne pas rencontrer d'obstacles sur son chemin.

— Bon… les hommes Krinars sont compétitifs et

susceptibles dès que leur ego et leur orgueil masculin sont concernés, tout comme les humains ? Je comprends. J'en ferai le sujet de mon prochain article sur les K.

Jay lâcha un grognement.

— Tu ne comprends pas ? Vair nous a vus avant de nous laisser entrer. Comme Kyrel, apparemment. Ils devaient nous observer sur des caméras de surveillance pendant qu'on patientait dans le couloir de l'entrée.

Je me remémorai l'état de nos nerfs lorsque nous attendions devant la grande porte en métal gris pendant un temps qui nous avait paru interminable. J'avais dû rassembler mon courage pour frapper plusieurs fois à la porte avant que Vair finisse par nous ouvrir.

Malgré tout, je ne comprenais pas ce que Jay trouvait de si révélateur dans cette histoire. Il n'y avait rien d'inhabituel à évaluer les clients par écran interposé à travers une caméra de surveillance dans un club exclusif de Manhattan, et notamment un club libertin K.

Ma mine perplexe lui arracha un grognement et il posa la bouteille de vin à côté de lui dans un bruit mat.

— Amy, et si Vair avait décrété que tu serais à lui avant même qu'on entre dans ce club X ? Et si cette histoire de chantage était liée à son désir pour toi – plutôt qu'à la réaction du Conseil Krinar à la lecture de ton article ou à leur souhait de te faire subir une quelconque punition ?

Mon estomac se contracta avec une excitation

d'écolière incongrue étant donné l'absurdité de la théorie de Jay, sans mentionner l'idée gênante sur laquelle cette hypothèse était fondée.

Après tout, je ne voulais pas réellement que Vair me désire.

Non, je n'éprouvais que du soulagement bien naturel. Après tout, il ne s'agissait que de désir, alors que je redoutais quelque chose de plus effrayant et plausible, par exemple d'être envoyée dans un camp de travail extraterrestre au Costa Rica. D'un point de vue purement logique, la perspective de me rendre au club de Vair le lendemain paraissait bien plus sûre en comparaison, quoique plus éprouvante pour les nerfs.

Je secouai la tête.

— Je ne crois vraiment pas que ce soit le cas, Jay.

— Pourquoi ? Bon sang, il a déjà compris tes problèmes d'intimité.

Ma mâchoire se décrocha et je le frappai vivement sur l'épaule, manquant de renverser mon verre de vin sur nos vêtements.

— Retire ça tout de suite !

— *Et...* poursuivit Jay en riant devant ma réaction, un majeur brandi triomphalement... Il n'a pas joui dans ta bouche ce soir. Miss, cet alien en pince sévèrement pour toi.

— Oh, mon Dieu, la ferme !

Je savais que je regretterais d'avoir donné à Jay trop de détails sur ma rencontre avec Vair dans la limousine. Mais je me sentais vulnérable et il fallait que j'en parle à quelqu'un.

— C'est la logique la plus absurde que j'aie jamais entendue.

Afin de détourner la conversation de mes fellations avortées et de mes soi-disant problèmes d'intimité, je demandai :

— Pourquoi ne m'avais-tu pas raconté ce qu'ont dit Shira et Kyrel ?

— Je ne sais pas. Après tout ce qui s'est passé ce soir-là, je crois que je n'y ai plus pensé. Il y avait beaucoup de choses à en dire. Comme la morsure des K, par exemple, dit-il en haussant les sourcils. Ce truc, c'est la meilleure des drogues. Et puis, il ne s'est rien passé de grave. Nous sommes tous les deux rentrés chez nous sains et saufs après la soirée, et à l'exception du panier de fruits que tu as reçu en publiant ton article, tu n'as plus entendu parler de Vair avant aujourd'hui.

Je hochai la tête. C'était presque trop extrême pour que j'y réfléchisse. Je sentais mon corps se désagréger à présent que l'adrénaline de la soirée retombait rapidement. Et pourtant, mon esprit restait en alerte maximale. Sans nul doute, ma nuit s'annonçait blanche en dépit de mon état de fatigue.

— Écoute, ce n'est qu'une théorie. Pas de panique, d'accord ? Nous trouverons quelque chose.

Je fermai les yeux, retirai mes lunettes et me pinçai l'arête du nez.

— As-tu de l'Advil ? De l'aspirine ?

— J'ai encore mieux. Attends.

J'entendis Jay se lever et rejoindre la salle de bain.

Un petit rire m'échappa. J'étais prête à parier qu'il allait revenir avec un mélange pharmaceutique spécial à base d'huile de marijuana.

À l'aveuglette, je repliai mes lunettes sur la table basse devant moi. Voilà qui me posait problème depuis quelques semaines. De toute évidence, j'avais besoin d'une nouvelle ordonnance. Ma vue semblait empirer chaque fois que je les portais, et ça me causait des migraines.

Et si Vair me désirait réellement ?

Mais pour quelle raison ? Dans quel but ? Les top models et les actrices de New York se battaient pour attirer son attention.

Et puis, nos deux espèces n'étaient même pas compatibles. Ou du moins, pas à ma connaissance. Pas vraiment. Je m'efforçai de ne pas penser à la compatibilité que nous avions éprouvée sur le plan sexuel. Ce n'était pas pertinent. C'était une farce.

Il m'avait mordue, voilà ce qui m'avait entraînée vers des sommets aphrodisiaques, rien de plus.

— Tu es toute rouge.

La voix de Jay me tira de mes pensées lorsqu'il revint dans la pièce.

— Je vais te chercher de l'eau.

Il m'apporta un verre ainsi qu'un cachet de Xanax.

— Jay, je ne peux pas prendre ça.

— C'est le plus efficace contre mes maux de tête.

— Oui, parce que ça t'assomme.

— Ça calmera ton anxiété. Amy, nous avons moins

de vingt-quatre heures pour trouver un plan. Tu ne peux pas retourner au club de Vair demain soir.

— Mais je viens de boire du vin.

— Moi aussi, et je prends quand même un cachet. C'est la dose minimale. Le médecin m'a dit que ce n'était pas contre-indiqué avec un peu d'alcool.

J'étais sur le point de lui demander si ce conseil lui venait du même spécialiste que celui qui lui avait prescrit sa marijuana médicinale, mais je me contentai de céder et j'avalai le cachet avant que mes nerfs lâchent. Je doutais de trouver le sommeil autrement, et j'aurais besoin de toute l'acuité mentale dont je serais capable le lendemain si je voulais trouver un moyen d'éviter le club de Vair.

— Prends mon lit, proposa Jay. Je dormirai sur le canapé.

— Hors de question. Je peux rester ici, ça ne me dérange pas.

Dieu seul savait ce qui avait bien pu se passer dans le lit de Jay cette semaine et si sa femme de ménage avait eu le temps de changer les draps.

Je me sentais déjà étourdie et vacillante lorsque je me brossai les dents et fis une rapide toilette dans la salle de bain de Jay.

J'avais à peine enfilé mon pyjama et grimpé sur le canapé que Jay avait préparé pour moi lorsque je succombai au néant bienheureux et dépourvu de rêves que seul le sommeil provoqué chimiquement était capable de procurer.

CHAPITRE QUATORZE

Je me réveillai en sentant que l'on m'ouvrait les paupières et que l'on braquait directement une lumière dans mes yeux. Je gémis mollement pour signifier mon mécontentement.

— Du calme, fit alors la voix apaisante de Vair à mon oreille. Jetons un œil, ma belle.

Je sentis ses bras autour de moi. Ils étaient agréables et tellement réconfortants. Aussi lourde qu'un poids mort, je me retrouvais sur ses genoux.

J'étais en train de rêver. Et je ne voulais pas interrompre ce qui m'apparaissait déjà comme un rêve fabuleux avec Vair.

Malgré mon état somnolent, je ressentais les effets du médicament, une fatigue artificielle. Ainsi, il m'était plus facile de faire ce qu'il me demandait et de me détendre dans ses bras en dépit de cette lumière aveuglante devant mes yeux. Je savourai son odeur masculine, la sensation de ses lèvres rebondies contre ma tempe et de ses doigts chauds me caressant tendrement le crâne.

Enfin, on relâcha mes paupières et la lumière s'éteignit. Je pris alors conscience que ce n'était pas Vair qui me les avait ouvertes. Il parlait dans cette même langue étrangère. Et il ne s'adressait pas à moi. Ce fut du moins ce que je déduisis lorsqu'une voix féminine lui répondit.

Des doigts de femme, frais et délicats, tâtèrent les glandes de chaque côté de mon cou et une jalousie irrationnelle s'empara de moi lorsque Vair rit tout bas à ce que la femme venait de dire dans sa langue.

— Non, murmurai-je. Ce n'est pas drôle.

Je ne savais pas ce que je disais. Ma voix était pâteuse. Confuse.

Cette fois, ils éclatèrent de rire ensemble.

— Je suis d'accord, dit alors Vair. Ce n'est pas drôle du tout de me causer un tel souci. Sans parler de ton mépris pour ton propre foie.

Il me faisait la morale. L'indignation qui montait en moi retomba immédiatement lorsqu'il me serra contre la masse chaude et ferme de son torse.

Parce qu'en cet instant précis, je me sentais en sécurité. Il me semblait normal. Mieux que normal. *Presque humain.*

Et dans mon rêve, je le croyais. Je croyais que Vair était sincèrement soucieux de mon bien-être. Et c'était… agréable. Tellement agréable que je n'émis aucune objection lorsqu'on posa un verre contre mes lèvres et que Vair me demanda de boire.

J'avalai l'intégralité du liquide sucré au goût étrange tandis qu'il me caressait les cheveux et me promettait que j'étais en sécurité avec lui, qu'il ne me ferait jamais aucun mal.

Au bout d'un moment, j'eus l'impression que nous étions seuls. Mais je me gardai bien d'ouvrir les yeux. Je craignais que le rêve s'estompe et je ne voulais pas me réveiller.

Grâce à la boisson qu'il m'avait administrée, mon cerveau me paraissait plus lucide et ma langue plus adroite, car je lui répondis à mi-voix que moi non plus, je ne lui ferais aucun mal. Je lui assurai qu'il était en sécurité avec moi… *s'il* me rendait toutes les copies de cette séquence vidéo qu'il utilisait pour me faire chanter.

Ma remarque fut accueillie par un bref éclat de rire. Je sentis son corps trembler sous le mien.

— Maligne comme un singe et tellement délicieuse, dit-il en ricanant, d'une voix qui fit vibrer son torse contre mon cou.

Je basculai pour me retrouver allongée sur le dos, prise au piège de son corps. Je sentis tout son poids entre mes jambes.

Aussitôt, mes tétons se dressèrent.

Je poussai un gémissement lorsque ses lèvres effleurèrent les miennes. Sa langue vint jouer avec la mienne tandis que son sexe rigide me taquinait, pressé contre le renfoncement sensible et palpitant entre mes cuisses.

Dans mon rêve, je n'avais pas la force musculaire

nécessaire pour céder à mon envie de tendre les bras vers lui et d'attirer sa tête à moi. Mais je voulais qu'il m'embrasse. Qu'il m'embrasse *vraiment*.

Avec toute sa fougue.

Oh, et puis zut ! Oui, je voulais qu'il me baise. *Qu'il me consume.*

Et je le lui dis.

En gémissant, il m'ordonna de me taire. Cette réplique me semblait si contrastée avec sa sérénité et sa dignité extraterrestre que je ne pus me retenir de rire. Ce fut sa bouche ferme et insistante qui parvint à m'intimer le silence.

La sensation de sa langue qui franchissait mes lèvres pour venir caresser la mienne était une véritable torture, surtout avec les gémissements d'excitation virile qui trouvaient écho au fond de ma gorge, en même temps qu'il appuyait son énorme queue précisément à l'endroit où je la désirais.

La plus douce des tortures.

— Je *devrais* te baiser, dit-il entre deux caresses.

Il avait l'air en colère.

Et ça me plaisait.

Mes muscles internes se contractèrent avec impatience. Mon bas de pyjama était presque détrempé. Plaquant son bassin contre le mien, il ajouta :

— Jusqu'à ce que tu ne puisses même plus marcher.

— Qui t'en empêche ? rétorquai-je.

Il grogna et une fois de plus pressa son bassin contre le mien dans un mouvement circulaire.

Puis une deuxième fois. À la troisième…

Oh, mon Dieu…

J'étais au bord de l'orgasme quand il s'arrêta, libérant ma bouche et retirant brutalement son poids exquis de mon corps.

Mes mains encore trop faibles pour se tendre quelques instants plus tôt, lui agrippèrent le tee-shirt afin de l'empêcher de s'en aller. Je produisis un gémissement désespéré à peine humain tandis que son souffle haletant m'éventait le front.

— Je ne veux pas que tu partes.

Je chevrotais, éperdue. Aux abois. Cruellement *en manque.*

Quelle horreur !

J'ouvris les yeux pour mettre un terme à ce rêve changé en cauchemar et je découvris le regard avide de Vair, qui m'examinait dans la pénombre environnante. Son air triste et vulnérable reflétait mes propres émotions tourmentées.

Je ne savais pas si cela devait me rassurer, ou au contraire m'enfoncer.

Ses iris étaient sombres, presque aussi noirs que ses pupilles. Il était effrayant. Et malgré tout, toujours aussi torride.

Une menace d'un autre monde.

Mais tellement canon.

Par-dessus tout, il me semblait réel. Bien réel. La sensation était réelle. Son odeur était réelle.

— Je suis en train de rêver.

Pitié, dis-moi que ce n'est pas vrai. Pitié, dis-moi que ce n'est pas vrai.

— C'est un rêve, insistai-je.

Il se contentait de me regarder. Sans répondre. Enfin, il me demanda de fermer les yeux.

J'obtempérai.

Ses lèvres frôlèrent mon front. Il m'annonça qu'il devait partir et me laisser terminer mon rêve, sans nier ni confirmer qu'en effet, j'étais en train de dormir.

Je serrais toujours son tee-shirt dans ma main. Il me demanda de le lâcher et fit une plaisanterie en observant que même les extraterrestres avaient besoin de repos.

— Je te jure que je n'ai pas envie de te quitter. Mais pour l'heure, tu dois dormir.

Il me dit aussi qu'il espérait que je serais assez courageuse pour aller le voir au club ce soir. *Drôle de façon de me mettre au défi.* Le choix qu'il semblait me donner était tout aussi étrange que mes sentiments et mon comportement envers lui, ce qui ne faisait que confirmer qu'il s'agissait bel et bien d'un rêve.

Je sentis qu'il détachait doucement mes doigts de ses épaules.

Il me dit qu'il attendrait que je m'endorme, et je lui répondis que je dormais déjà.

La dernière chose que je me rappelle lui avoir dit, c'était qu'il se trompait.

Je n'avais aucun problème d'intimité.

CHAPITRE QUINZE

Quelqu'un chantait *Bad Romance*. Ce quelqu'un cuisinait aussi des œufs et du bacon. Et des galettes de pommes de terre. Mais surtout, je sentais l'arôme du café.

Je souris et me frottai les yeux avant de les ouvrir. Jay était en train de préparer le petit déjeuner, à moins de cinq mètres de moi dans sa cuisine ouverte, utilisant des produits d'origine animale auxquels seuls les riches tels que ses parents avaient accès.

— Tu es un ange, lui lançai-je en m'étirant, avant de me lever de mon lit de fortune.

Je me sentais étonnamment fraîche et dispose, l'esprit plus clair qu'il n'aurait dû l'être. Ma tête et mon corps ne souffraient d'aucune des douleurs que j'aurais pu ressentir après ma consommation de vin et de Xanax de la veille, et une nuit sur un canapé. Même mon angoisse à la perspective de me rendre au club de

Vair ce soir s'était apaisée pendant la nuit et la panique de la situation me paraissait bien plus supportable.

— On me l'a déjà dit. Le petit déjeuner est servi dans cinq minutes, fit-il en agitant sa spatule. Hop, hop, hop !

Je me précipitai dans la salle de bain pour faire ma toilette. Dix minutes plus tard, je revenais m'asseoir à côté de Jay à l'îlot central de sa cuisine. Il s'était déjà rasé, douché et habillé pour la journée. Ça ne lui ressemblait pas du tout, dès neuf heures un samedi matin.

— Les galettes de pommes de terre, les fruits et le café sont entièrement vegan, annonça-t-il fièrement.

J'éclatai de rire en le regardant mordre dans son bacon.

— Tu es bizarre ce matin, dis-je sur un ton taquin en m'emparant de ma fourchette pour attaquer les galettes que Jay avait disposées dans mon assiette.

Il avait l'air d'excellente humeur, plein d'énergie et le sourire jusqu'aux oreilles, comme s'il était impatient de commencer sa journée. À moins qu'il ait quelque chose à me dire ?

— Es-tu sorti faire la fête après que je me suis couchée hier soir ?

— Sans toi ? s'exclama-t-il en feignant d'être outré. J'ai dormi à poings fermés, c'est tout. Et toi ?

— Étonnamment bien, moi aussi. Merci de m'avoir invitée à rester. Et d'avoir préparé le petit déjeuner.

— Tout le plaisir est pour moi. Je ne peux tout de

même pas laisser ma seule copine affronter les K le ventre vide.

Il jeta un œil à sa montre.

— Dépêche-toi. Nous avons moins de quatorze heures pour te dégoter une tenue de soirée et trouver des questions brillantes à leur poser.

Je me renfrognai.

— Excuse-moi, j'ai raté quelque chose ? Hier soir, on prévoyait presque de me faire évader de la ville. Et maintenant, tu veux que j'aille chez Vair ?

— Je sais, je sais, mais après une bonne nuit de sommeil, j'ai un meilleur pressentiment. Devine qui t'accompagnera au club X ?

Il arqua un sourcil tout en se désignant.

Mes yeux sortirent de leurs orbites.

— Jay, je ne peux pas te demander ça.

— Tu ne me demandes rien, c'est moi qui m'incruste, dit-il en souriant. J'ai pris l'initiative de contacter Vair ce matin pour lui annoncer que je viendrais. Et aussi pour négocier nos conditions.

Ma fourchette glissa sur le plan de travail en quartz avec un tintement métallique.

— Tu… quoi ?

— Je lui ai dit que tu ne t'y rendrais que si je venais avec toi et s'il me garantissait notre sécurité.

Son regard de chiot brillait d'excitation.

— *Et* si tu pouvais interviewer des K.

— Tu lui as parlé ?

— Non, nous avons échangé des textos.

— Des textos ?

J'en restais bouche bée.

— Tu as le numéro de Vair ?

Il haussa les épaules d'un air penaud.

— Je l'ai chipé dans ton panier de fruits exotiques.

— Quoi ?

Il n'y avait aucun numéro inscrit sur la carte incluse avec le panier que Vair m'avait envoyé. J'avais relu son message un millier de fois.

— Jay, il n'y avait pas de numéro sur sa carte.

— Pas sur la carte personnelle. Mais il y avait une carte de visite glissée dans le panier, avec un numéro de téléphone.

— Et tu l'as gardée pendant tout ce temps sans m'en parler ?

Il leva la paume et s'exclama :

— Tu ne voulais pas entendre parler de ce panier, Amy. Tu es devenue folle et tu as même refusé d'y toucher, tu t'en souviens ? J'ai eu à peine le temps de jeter un œil aux super fruits et de récupérer la carte avant que tu balances le tout dans l'incinérateur.

— Alors tu t'es réveillé ce matin et tu as envoyé un texto à un K, comme ça ?

Je n'en revenais toujours pas.

— Tu as écrit à Vair ?

Il hocha la tête, la bouche pleine d'œufs et de bacon.

— Et il a répondu ?

Un autre hochement de tête. Il leva le doigt en terminant de mâcher.

— Oui. Il a dit que je pouvais t'accompagner ce soir.

Il s'interrompit pour boire une gorgée de café et ajouta :

— Je l'ai aussi interrogé sur les membres du Conseil. Il a dit que tout était cool et qu'il en faisait son affaire.

— Il a dit que tout était *cool* ?

— Je paraphrase. Il a dit que tu ne craignais rien de leur part ni d'aucun autre K choqué par ton article tant que tu restais près de lui. Tu sais, histoire qu'il puisse te surveiller. C'est pour ça qu'il veut que tu ailles à son club.

Pour Jay, cela semblait parfaitement rationnel, comme si ça tombait sous le sens. Vair me faisait du chantage pour me forcer à fréquenter son club libertin, mais à l'entendre, on aurait dit que c'était par pur altruisme.

J'hésitais entre me sentir soulagée et accepter le brusque changement d'avis de mon meilleur ami au sujet de ma situation, ou craindre de revivre la version Krinar du film *L'Invasion des profanateurs de sépultures*.

— Allez, mange. Tout va bien se passer, me dit Jay avec un sourire rassurant. Réfléchis, ce sera bien plus intéressant pour ton prochain article sur les K que cette histoire de véganisme.

L'appétit coupé, je secouai la tête.

— Quel marché as-tu passé avec Vair pour m'obtenir des interviews avec les K ?

— Comme je te l'ai dit, j'ai annoncé à Vair que tu le rejoindrais ce soir si je pouvais t'accompagner, et si tu avais le droit d'interroger les K qui fréquentent son club pour ton prochain article.

— C'est une mauvaise idée, Jay.

C'était justement en écrivant des articles sur les K que je m'étais attiré de tels ennuis.

— Tu veux bien arrêter de secouer la tête et m'écouter une minute ? Vair m'a donné sa parole que nous serions sous sa protection au club.

Il parlait lentement et distinctement, comme s'il croyait que je ne comprenais pas. *Comme si ce que Vair avait dit était parole d'Évangile.*

— Il a également accepté de te laisser interviewer des K, mais seulement les K qu'il aura choisis.

Jay fronça le nez en prononçant la fin de sa phrase. On aurait dit qu'il le déplorait.

— Et uniquement selon ses conditions, ce qui veut dire qu'il sera présent à tous les entretiens. Pour ta protection, naturellement.

Une fois de plus, Jay était prompt à présenter les initiatives de Vair comme des gestes bienveillants, presque nobles. Bon sang, mais que se passait-il ?

— Pour être honnête, j'ai eu l'impression que Vair voulait que tu n'interroges que lui, à vrai dire.

Génial.

— Jay, je suis la première à vouloir aider le grand public à en savoir plus sur les K, mais tu ne penses pas que je devrais éviter d'énerver encore davantage le Conseil Krinar ? Et si Vair mentait, si c'était un piège ?

Jay inclina la tête et me regarda d'un air désinvolte.

— Si tu viens avec moi, nous mettrons nos deux vies en danger, soulignai-je. Nous pourrions disparaître de la surface de la Terre et personne ne saurait jamais ce qui nous est arrivé.

Jay ouvrit de grands yeux, comme s'il venait d'avoir une révélation.

— Mais dis-moi, tu ne portes pas tes lunettes ! Et tu ne plisses pas les yeux comme tu le fais toujours quand elles ne sont pas sur ton nez.

— Tu as entendu ce que je viens de dire ?

— Oui, j'ai entendu. Portes-tu des lentilles de contact ? Je croyais que tu avais perdu ta dernière paire il y a des semaines et que tu n'en avais jamais commandé d'autres !

J'allais lui faire une remarque sur son drôle de comportement quand je pris conscience qu'il avait raison. Je ne portais pas mes lunettes. J'avais perdu mes lentilles de contact depuis des semaines. Plus de quatre, pour être exacte, depuis le soir où j'avais couché avec Vair.

Et à présent, je voyais très bien sans lunettes ni lentilles. *Parfaitement*, même.

J'apercevais des éclats dorés et noirs que je n'avais encore jamais remarqués dans les iris marron de Jay. Je parvenais à lire les lettres minuscules imprimées sur les boutons du petit four à convection de marque Viking intégré aux placards de cuisine sur le mur, deux mètres derrière le dos de Jay.

— Oh, mon Dieu…

Je sautai de mon tabouret et me ruai vers le canapé. Je retrouvai mes lunettes là où je les avais laissées sur la table basse la veille au soir et je les ajustai sur mon nez.

Puis je les retirai. Et je les chaussai de nouveau.

Avec mes lunettes, je n'y voyais absolument rien.

Ce n'était pas d'une nouvelle ordonnance que j'avais besoin. Manifestement, je n'avais plus du tout besoin d'en porter ! Quelque chose clochait.

Soudain, une idée me frappa. Non, *son odeur* me frappa.

Mon cœur se mit à cogner dans ma poitrine. Je posai mes fesses sur le canapé, empoignai les draps froissés et les portai à mon visage, où je pris une profonde inspiration en me remémorant mon rêve.

— Euh… qu'est-ce que tu fais ?

Je levai les yeux vers Jay.

— Je crois que Vair était ici.

— Ne sois pas bête. Il y a des portiers en bas.

— Aucune importance. Jay, nous l'avons vu désintégrer un mur juste devant nous dans ce club, n'est-ce pas ?

— Ce n'est pas faux, dit-il en me rejoignant sur le canapé. Mais c'est peut-être uniquement mon eau de toilette que tu sens.

Il essaya de me retirer le drap des mains et j'eus un mouvement de recul involontaire en serrant le tissu contre ma poitrine.

Comme une xénophile possessive qui prend son pied en reniflant l'odeur des K. Une véritable toxicomane.

Je jetai le drap sur Jay comme s'il venait de prendre feu.

Très subtil.

— Non… Je veux dire que ce n'est pas… euh, ce n'est pas ton odeur.

Je retirai mes lunettes et m'occupai les doigts en triturant la monture.

— Tu peux sentir toi-même.

J'avais l'air d'une folle. Et la tête de mon meilleur ami confirmait mes pires craintes. Je remis mes lunettes.

Tant pis pour ma vue parfaite.

Il se leva.

— Bon. Et si ça venait de ta virée en limousine d'hier ? Tu n'as pas pris de douche en rentrant, si ?

C'était une explication tout à fait plausible. Pourtant, au fond, je savais que cette fois je ne me trompais pas. Vair était venu ici. Et j'éprouvais des sentiments très mitigés à cet égard.

Mon corps aussi, d'ailleurs.

— Tu as sans doute raison.

— Bien sûr que j'ai raison. J'ai toujours raison, dit Jay avec un sourire forcé en faisant de son mieux pour détendre l'atmosphère. Au fait, tu sais quoi ? Je pourrais contacter mon ancien copain de fac.

Il fourra le drap froissé sous son bras.

— Celui qui travaille aujourd'hui à la CIA, il me semble. Tu sais, par simple précaution.

J'acquiesçai. Le gouvernement travaillait peut-être en secret sur un vaccin Krinar capable de m'immuniser contre Vair. Je me porterais volontaire avec grand plaisir pour le tester.

— Je crois que ce serait une bonne précaution, dis-je, même si je doutais qu'un humain puisse nous protéger contre les K. Surtout si nous prenons le risque de retourner au club ce soir.

— Miss, je sais que nous étions plutôt survoltés hier soir, mais je me sens mieux ce matin, maintenant que j'ai écrit à Vair. Je n'ai pas le sentiment qu'il a l'intention de te faire du mal. Réfléchis, il l'aurait déjà fait. Et puis… fit Jay en bombant le torse, avec une posture délibérément comique. Tu seras avec moi ! Qu'est-ce qui pourrait mal tourner ?

Je ne pus m'empêcher de rire.

— On se le demande.

— Enfin, c'est vrai, dit-il en haussant les épaules. Si Vair demande ta présence dans son club, ça n'a peut-être aucun rapport avec les membres du Conseil Krinar furieux ni avec un délire du style Vair-aimer-toi-longtemps. Il cherche peut-être simplement à raviver l'engouement pour son club que ton dernier article a généré.

— Peut-être, dis-je sur un ton circonspect.

— Les extraterrestres vegans et suceurs de sang ne sont peut-être pas tous méchants, pas vrai ? Il se peut que Vair soit simplement un opportuniste à l'esprit capitaliste, comme tout le monde dans cette ville.

Je pouffai.

— On peut toujours rêver.

— Dis-moi, fit-il en tendant la main pour me soulever le menton. Est-ce que tu veux récupérer ton doudou K ?

Il désignait le drap roulé en boule.

— Toi, alors !

Je me levai du canapé en bousculant mon ami hilare.

— Je vais tout de suite prendre une douche.

— Bonne idée, lança-t-il. Débarrasse tes cheveux de cette puanteur extraterrestre.

CHAPITRE SEIZE

— Tu ne peux pas porter ça.

— Pourquoi ?

— Tu ressembles à une maman encore jeune et pas trop mal foutue qui s'est perdue en chemin pour une réunion de parents d'élèves.

Je levai les yeux au ciel et lui montrai la robe suivante.

— Celle-là ?

Jay fit semblant de vomir.

— Tu vas à un mariage ou dans un club libertin ? Et je te l'ai déjà dit, la couleur puce, c'est non.

En grommelant, je piochai mes dernières options vestimentaires dans mon sac TJ Maxx.

— Et ça ?

Jay lâcha un « mouais » sans conviction et fit un geste « bof » de la main.

— Il faudrait que tu l'enfiles pour me le montrer. Ce que j'en dis comme ça, c'est que si Diane von

Fürstenberg et Tory Burch avaient un enfant illégitime créateur de robes mal taillées et vulgaires pour Bebe, c'est à peu près ce que ça donnerait.

Je lançai la robe sur la chaise à côté de son lit et levai les mains vers le plafond, découragée.

— Eh bien, je suis à court d'options.

— Justement parce que tu as insisté pour faire du shopping dans des magasins où il n'y avait aucune option.

Jay m'avait proposé de faire les boutiques dans le quartier branché de Soho en affirmant qu'il m'imaginait très bien « affronter le club de Vair avec une robe tendance et sexy, ultra-moulante et minimaliste dans le style Helmut Lang », à savoir une tenue bien trop chère pour mon budget.

La dernière fois que je m'étais rendue dans son club, Vair avait réduit en lambeaux ma plus jolie robe de soirée ainsi que mon soutien-gorge et ma culotte, alors je ne comptais pas dépenser la moitié de mon salaire pour une tenue de créateur qui subirait le même sort.

Au lieu de ça, j'avais acheté six robes chez TJ Maxx avec l'intention de toutes les rapporter – et dans l'idéal, même celle que je porterais ce soir au club si je réussissais à cacher les étiquettes.

— As-tu appelé ton copain de la CIA ? demandai-je.

— Non, mais un ami commun m'a confirmé qu'il y travaille. J'ai son numéro de téléphone et je lui ai laissé un message.

C'était un progrès, pensai-je, mais ce n'était guère rassurant, car nous devions retourner au club de Vair dans moins de cinq heures. Il pouvait nous arriver n'importe quoi ce soir, et ni lui ni moi ne saurions comment réagir.

— Pendant que tu étais en train de choisir des robes de mauvaise qualité, figure-toi que j'ai trouvé des idées de questions à poser aux K.

Jay sortit son téléphone de sa poche.

— Tu veux les entendre ?

Je n'en avais aucune envie. Néanmoins, je lui répondis en souriant :

— Vas-y, je t'écoute.

J'avais l'estomac noué et je n'avais presque rien avalé de la journée. J'étais passée chez moi après mes emplettes pour récupérer ma trousse à maquillage, une sélection de chaussures et autres accessoires nécessaires avant d'aller me préparer chez Jay. Pendant tout le temps où j'étais chez moi, la paranoïa ne m'avait pas quittée. Je craignais d'être épiée. J'avais perdu tout sentiment d'intimité dans mon propre appartement, ce qui mettait mes nerfs à rude épreuve.

Jay s'assit au bord de son lit, sortit son iPhone et lut la première question :

— Quels sont les objectifs des Krinars pour notre société ?

Je fis la grimace.

— Passe. C'est une question raisonnable, mais elle est trop vague. Ils pourront trop facilement la contourner en répondant à côté. De toute façon, il est bien évident qu'ils ne veulent pas que l'on connaisse leurs intentions. Je doute fort qu'un K nous donne une réponse intéressante à cette question.

J'imaginais déjà Vair botter en touche avec de l'humour et des sous-entendus graveleux.

— Ensuite ?

— Pourquoi intervenir et vous immiscer maintenant dans notre société si vous avez la capacité de le faire depuis des milliers d'années ? Si vous vous souciez de la santé de notre planète, pourquoi ne pas être venus la secourir plus tôt ?

— Exactement ! approuvai-je. C'est vrai, pourquoi ? Ça me plaît, mais les K ne répondront probablement pas. Nous devrions peut-être commencer par des questions liées au club X, avant d'essayer d'intercaler les autres dans la conversation si possible.

— Nous ? fit-il en secouant la tête. Miss, j'ai bien peur que tu sois toute seule sur ce coup-là. Je meurs d'envie d'interviewer un K, mais Vair m'a clairement fait comprendre que tu serais la seule à poser des questions une fois à l'intérieur.

Évidemment.

— Très bien. *Je* commencerai par des questions liées au club X. En as-tu quelques-unes ?

— À ton avis ? fit Jay d'une voix chantante. Voilà celle que j'ai écrite pour Vair : D'après les rumeurs, de plus en plus d'humains fréquentent votre club X. De nombreux humains racontent leurs histoires sur des forums en ligne. Ils disent tous que se faire mordre et sucer le sang par un extraterrestre Krinar est une expérience addictive. Est-ce que boire le sang humain est tout aussi addictif pour un Krinar ?

— Bien vu. C'est une question importante, absolument essentielle.

D'un point de vue professionnel et personnel. Et il était possible que Vair ou d'autres K acceptent d'y répondre et nous accordent en prime d'autres renseignements desquels je serais en mesure de tirer une demi-vérité ou deux.

— Tu aimeras encore plus la prochaine. Elle est pour Vair. Alors que les Krinars continuent de vanter les mérites du véganisme et ont imposé à la planète tout entière un mode de vie majoritairement vegan, vous avez créé un club exclusif où les Krinars peuvent accéder au sang frais d'humains consentants. Alors, comme ça, la version Krinar du régime végétarien inclut le sang des mammifères ? Pourriez-vous expliquer cette hypocrisie au public humain ?

Je gloussai tout en sautillant sur mes plantes de pieds.

— Je vais devoir modérer tes propos, mais j'adore ça. Quoi d'autre ?

— Avec combien d'autres femmes avez-vous couché ce mois-ci ?

— Jay !

— Quoi ?

Il leva les yeux de son téléphone avec un sourire sournois.

— D'accord, j'avoue qu'au fur et à mesure que je les écrivais, ces questions ont eu tendance à s'orienter sur la rencontre entre Vair et Amy plutôt que de rester générales, à propos des K et des clients du club X.

Il posa son doigt sur l'écran pour faire défiler son texte.

— Voyons… Je vais passer les suivantes, dit-il en ricanant. Nous pourrons toujours revenir sur celles qui évoquent le goût de ton sang.

— Pouah ! Ce n'est *pas* drôle.

Jay parvint à maîtriser son rire. Il s'éclaircit la voix et reprit :

— J'ai entendu dire que les Krinars pouvaient se montrer très possessifs. Cela signifie-t-il qu'ils se mettent en couple pour la vie, comme les pingouins, les coyotes et les termites ?

J'enfouis mon visage dans mes mains.

— Quand un Krinar dit qu'il va « prendre grand soin de quelqu'un » *pour l'éternité*, qu'est-ce que ça veut dire ? Est-ce un euphémisme pour désigner un rapport sexuel ?

— Oh, mon Dieu.

Je me laissai tomber sur la chaise recouverte de mes diverses tenues « de mauvaise qualité ».

— Je ne poserai pas ces questions. Passons à autre chose. Et si je les interrogeais sur leur langue ? Ou sur leur capacité à comprendre toutes *nos* langues si rapidement ? Ou sur leurs technologies, ont-ils l'intention de partager leurs avancées avec nous ?

Ou ont-ils l'intention de continuer à s'en servir contre nous – à des fins de contrôle, d'intimidation, d'espionnage en général et de vidéos pornographiques en particulier ?

— C'est nul ! Songe à l'endroit où tu seras, Amy. Ce n'est pas une interview à la boutique Apple. Tu interroges Vair et d'autres K en chaleur dans un club libertin. Et puis, Vair m'a précisé qu'ils ne répondraient à aucune question barbante ou classique.

— Quoi ? fis-je en me redressant sur mon siège. Tu as discuté avec Vair pendant que j'étais sortie ?

— Par textos.

— Je veux voir ! Je l'exigeai en tendant la main pour lui faucher son téléphone. Montre-moi aussi les messages de ce matin.

— Je te les aurais montrés, mais ils ont été effacés.

— À d'autres !

Je bondis et lui arrachai le téléphone des mains.

— Pourquoi les as-tu effacés ?

— Ce n'est pas moi, c'est Vair. Ou *quelque chose*, en tout cas. Parce qu'ils ont disparu quelques secondes après que je les ai lus.

En faisant défiler ses messages les plus récents, je compris qu'il disait vrai.

— C'est leur technologie, j'en suis sûr.

— Sans aucun doute, marmonnai-je en hochant machinalement la tête.

Une nouvelle vague d'angoisse me nouait le ventre. J'entendis la voix de ma mère dans ma tête. *Ils ne veulent laisser aucun indice prouvant leur implication dans la décapitation de deux journalistes humains innocents.*

Je réprimai un frisson. Je ne pouvais pas me permettre d'y penser. Jay semblait convaincu que nous serions en sécurité ce soir au club de Vair et je devais lui faire confiance. Je savais que mon instinct était biaisé, orienté par le prosélytisme forcené de ma mère, des années à vivre dans la crainte et la perspective d'une catastrophe.

J'avais consulté un psychologue à cause de cela, à l'université. En me retrouvant toute seule à la fac, loin de l'influence de ma mère pour la première fois, j'avais pris conscience de mon incapacité à estimer le degré de danger de chaque situation. J'avais appris en thérapie que les enfants éduqués à avoir peur de tout étaient susceptibles de devenir plus souvent victimes à l'âge adulte, car en apprenant à voir le danger partout dans le monde, *y compris dans les lieux et les situations qui n'en comportaient aucun*, ils ne disposaient pas du recul nécessaire pour identifier les vraies menaces lorsqu'ils y étaient confrontés.

D'après mon psychologue, quand le danger devient une norme, les gens ne se fient plus à leur intuition, si bien qu'ils ne sont plus capables de faire la différence entre les menaces nébuleuses et alarmistes du quotidien et les menaces « évidentes pour tout le monde sauf vous », selon lui, « comme un type louche au bar qui cherche à droguer votre verre ».

Mon psy avait aussi attiré mon attention sur le fait que parfois, ceux qui avaient été éduqués pour voir la peur partout se mettaient inconsciemment à rechercher le frisson ou devenaient accros à l'adrénaline en grandissant.

Consciente que mon instinct était peut-être défectueux, je me fiais autant que possible à l'observation et aux données concrètes. Ainsi qu'à l'instinct des personnes de confiance.

Au début, Jay était farouchement opposé à l'idée que j'aille mener l'enquête dans les clubs X. Or une fois que nous étions entrés et que nous nous étions retrouvés face à face avec Vair, c'était moi qui étais restée presque pétrifiée par la peur et la stupéfaction, tandis que Jay s'était plutôt réchauffé, son instinct lui laissant comprendre que la menace n'était pas aussi grande qu'il l'avait craint à l'origine. Et il avait raison.

Pour cette fois, fit la voix de ma mère dans ma tête.

Je rendis à Jay son téléphone et restai debout en silence à côté du lit, perdue dans mes pensées.

— Tu veux lui écrire toi-même et voir ce que ça donne ? proposa-t-il un instant plus tard en me tendant l'appareil dans un geste maladroit.

— Oh, non. Absolument pas.

— Je pourrais te donner son numéro et tu lui écriras avec ton propre téléphone…

— Non, c'est bon ! m'exclamai-je avant de me reprendre. Désolée. On ne pourrait pas traîner sans rien faire pendant un moment ? Regarder un film ou autre chose ? Je veux me changer les idées.

— Bien sûr. J'ai *Men in Black, Alien contre Predator, Independence Day*…

— Attention, tu risques de finir étranglé par une robe couleur puce.

Il éclata de rire et je lui jetai au visage la robe en question.

CHAPITRE DIX-SEPT

Je finis par choisir l'enfant illégitime entre von Fürstenberg et Burch comme tenue de soirée pour le club.

Le K au visage parfaitement symétrique qui m'avait confisqué, puis rendu mes affaires de bureau dans mes cartons la veille, attendait devant l'immeuble de Jay où il était venu nous chercher à vingt-trois heures précises. Il conduisait une limousine Lincoln hybride, élégante, mais discrète. Nous apprîmes qu'il s'appelait Zyrnase.

Zyrnase était amical et d'un naturel avenant. Il bavardait avec nous et nous interrogeait sur notre vie en ville jusqu'à ce que Jay commette un terrible faux pas en évoquant les allergènes, lui demandant si c'était un problème sur Krina comme ça l'était sur Terre avant de conclure par une plaisanterie sur son prénom, « Zyrnase », et ceux des autres K qui ressemblaient à des noms de médicaments antihistaminiques.

Je tressaillis et me ratatinai sur mon siège tandis que Zyrnase nous informait sur un ton stoïque qu'une telle affection n'existait pas sur Krina parce que le problème ne venait pas des allergènes, mais des systèmes immunitaires humains trop faibles. Le silence retomba pendant un long moment gênant, puis Zyrnase activa la vitre teintée de séparation, nous masquant entièrement à sa vue.

— Sérieusement ? Un antihistaminique ?

— Quoi ? C'était drôle. De l'humour à la K. Ces gars-là devraient se décoincer un peu, marmonna Jay dans sa barbe. On se lasse vite des visages même les plus parfaits quand la personne est incapable de rire d'elle-même.

— Je le savais ! m'exclamai-je à mi-voix. Tu en pinces pour lui.

— Bah, oui. Il est canon. Il *était* canon. Avant que ses troubles de la personnalité jettent un froid sur notre petite fête en limousine. D'ailleurs, ça craint. Il n'y a pas d'alcool ni rien à grignoter ici.

Jay entreprit de fouiller tous les compartiments qu'il avait déjà mis à sac.

— Tu sais, je comprends pourquoi boire de l'alcool avant de se faire sucer les veines peut être une mauvaise idée, mais ils pourraient offrir à leurs donneurs humains des quartiers de pomme ou un mélange de noix ! Même les organismes de don de sang offrent des biscuits salés et sucrés aux donneurs.

— Oh, mon Dieu, tu es nerveux, pas vrai ? Tu regrettes d'être venu ce soir. Tu crois vraiment qu'ils ont l'intention de nous mordre ? Je comprendrais si tu changeais d'avis et si tu préférais ne pas m'accompagner une fois arrivé là-bas, tu sais ? Aucun jugement.

— Mais de quoi parles-tu ? Bien sûr que je t'accompagne.

— Tu n'es pas obligé. Je suis sérieuse, Jay. C'est mon problème. C'est moi qui ai insisté pour y aller la première fois. C'est moi qui ai écrit l'article qui a fâché le Conseil Krinar.

— Eh bien, moi, je suis le meilleur ami qui a insisté pour t'accompagner la première fois. Et j'ai connu la nuit de baise la plus torride de ma vie, merci beaucoup. Je suis aussi ce même ami qui a négocié pour y retourner ce soir, et je ne raterai pas l'événement.

— Mais, Jay…

— Il n'y a pas de *mais*.

Il ferma le pouce et ses autres doigts devant mon visage pour me clouer le bec.

— Si tu crois que je vais te laisser accaparer tous les extraterrestres canon, tu es plus bigleuse qu'avec ces lunettes que tu portes encore sans aucune raison valable. Vair a dit que je pouvais venir, et je compte y aller. Fin de la discussion.

— Oh, Jay…

Clignant frénétiquement des paupières pour chasser les larmes qui me piquaient le fond des yeux, je m'approchai et glissai mon bras au creux du sien. Posant ma tête contre son épaule, je lui dis :

— Tu es le meilleur, tu sais ? Merci.

Ces mots paraissaient bancals, même à mes propres oreilles. Ils étaient bien fades, étant donné tous les risques que Jay prenait pour moi. Mais je n'avais jamais été douée pour exprimer ce genre de choses. Et je ne pouvais pas me permettre de verser dans les émotions ce soir.

Je savais que Jay avait toujours compris ça chez moi, parce qu'il n'avait jamais insisté sur la question de mes émotions contrairement à certains de mes autres amis. Bien sûr, il me taquinait parfois à cause de mes réticences vis-à-vis des rapports intimes, mais c'était toujours léger. Et il s'arrêtait dès qu'il me sentait mal à l'aise. C'était l'une des qualités qui faisaient de lui un ami si remarquable.

— Oui, oui, marmonna-t-il. À ce qu'il paraît.

Il posa sa tête sur la mienne et me serra le bras.

Nous roulâmes sur plusieurs pâtés de maisons dans un silence contemplatif.

— Mais sérieusement, reprit-il alors que nous traversions Greenwich Village, pourquoi portes-tu toujours ces lunettes si elles gênent ta vue au lieu de l'améliorer ?

Je poussai un soupir en me redressant sur mon siège, détachant mon bras du sien.

— Parce que ce n'est pas logique. Je porte des lunettes depuis le CE1. La vue ne s'améliore jamais.

— Et si c'était le cas ?

— Ce n'est pas possible.

— Alors, tu les portes uniquement par pur déni ?

— Non, bien sûr que non. J'aime peut-être leur sensation, pourquoi pas ?

Ma réponse s'était terminée par une interrogation.

Au sourire en coin affiché par Jay, je comprenais qu'il n'était pas dupe.

Je ne pouvais pas le lui reprocher, moi non plus je n'y croyais pas vraiment.

— Quoi ? Elles sont assorties à ma robe ! insistai-je en gloussant. J'aime porter des lunettes, d'accord ? On peut passer à autre chose ?

Il haussa les épaules.

— Si tu le dis, miss, répondit-il avec un clin d'œil. Après tout, si tu veux cacher ces magnifiques yeux verts derrière des carreaux qui t'empêchent de bien voir, libre à toi.

Son expression amusée se changea en étonnement et il reporta son attention sur la vitre derrière moi lorsque la voiture fit un virage à droite.

— Pourquoi tourne-t-on ici ? Ce n'est pas le trajet que nous avons fait la dernière fois.

Je tournai la tête et constatai que nous nous étions engagés dans une ruelle. Je n'avais pas un sens de l'orientation très affûté, mais en effet, ce chemin ne m'évoquait absolument rien. Cela dit, je n'y voyais pas grand-chose entre la pénombre de la ruelle mal éclairée et le flou causé par mes lunettes.

— Non, dis-je avec inquiétude. Ça ne me dit rien.

Mon cœur se mit à cogner dans ma gorge tandis que toutes sortes d'affreux scénarios me venaient à l'esprit. Je regrettais de ne pas avoir prêté plus attention au trajet emprunté par Zyrnase.

— Eh bien, je suppose que c'est logique, dit Jay tandis que la panique montait en moi. Il nous emmène sans doute vers l'entrée de service secrète réservée aux célébrités de haut rang.

Un rire nerveux m'échappa, sans grande conviction. Jay me prit alors la main et la serra doucement pour me rassurer. Au même moment, notre voiture s'arrêta à l'arrière d'un vieil immeuble en brique sans charme.

— Et maintenant ?

J'avais à peine osé murmurer lorsque, à ma grande surprise, les briques à côté de notre voiture commencèrent à se dissoudre, créant une ouverture suffisamment large pour un véhicule. Et ce fut exactement la direction vers laquelle Zyrnase tourna le volant.

Les ténèbres nous engloutirent tandis que nous descendions une rampe d'accès pour pénétrer dans une sorte de tunnel souterrain. Nous progressâmes lentement, nos phares pour seule source lumineuse. J'essayai de garder mon calme, mais au bout d'une distance équivalente à trois pâtés de maisons, je commençai à craindre de céder à l'hyperventilation.

— D'accord, je n'aurais peut-être pas dû le comparer à une marque d'antihistaminique, avança Jay à mi-voix, à côté de moi.

Je savais qu'il essayait d'apporter une touche de légèreté dans ce moment chargé de tension, histoire de me changer les idées, mais je décelai malgré tout l'appréhension et l'affolement derrière son trait d'humour quand il demanda :

— On ne devrait pas sauter en marche et prendre nos jambes à nos cous ?

— Tu sais, je doute qu'on aille bien loin, lui dis-je avec honnêteté. Ne paniquons pas.

— Qui panique ? bredouilla-t-il. Personne dans cette voiture. Toi et moi, nous ne sommes pas du genre à paniquer.

Je choisis d'éclater de rire pour éviter que la peur ne finisse par avoir raison de ma vessie.

Mon pouls s'accéléra lorsque les pneus s'arrêtèrent doucement au beau milieu du tunnel obscur.

— Tout bien réfléchi…

Jay s'interrompit lorsqu'une lumière d'un rouge presque pourpre inonda l'habitacle. Un énorme trou venait de s'ouvrir dans la paroi du tunnel, à l'endroit où nous nous étions arrêtés. Zyrnase nous y engagea et nous nous retrouvâmes dans un parking souterrain.

Six mètres plus loin, nous finîmes par nous arrêter sur un emplacement signalé par la lettre Z. Zyrnase coupa le moteur.

— Seigneur.

Jay poussa un soupir de soulagement exaspéré quand Zyrnase quitta d'un bond le siège du conducteur et contourna la voiture jusqu'à ma portière.

— C'était un poil trop théâtral, dans le genre passage secret d'un film de capes et d'épées, tu ne trouves pas ?

Ce n'était rien de le dire. Mais je fis taire Jay en lui

rappelant à mi-voix qu'il devait être gentil avec les K, avant que Zyrnase m'ouvre la portière.

— Merci… euh… de nous avoir conduits ici, dis-je sur le ton le plus affable possible tout en sortant de la voiture.

Mes jambes étaient aussi incertaines que mon pouls après ce trajet difficile pour les nerfs. Je lui tendis ma main tremblante et il écarquilla curieusement les yeux. Puis il recula d'un pas, observant ma main comme s'il s'agissait d'un serpent venimeux.

— Il n'y a pas de quoi, répondit-il poliment.

Sans serrer la main que je lui tendais.

Je laissai retomber mon bras et m'écartai de lui.

Lorsque Jay sortit à son tour et lui tendit la main, Zyrnase la lui serra sans la moindre hésitation.

Waouh. Comme c'est sexiste !

— Merci pour le trajet, vieux. Désolé pour ma blague de mauvais goût, tout à l'heure, dit Jay.

Une fois de plus, j'étais émerveillée par le calme et la sérénité dont mon ami parvenait toujours à faire preuve – du moins, en apparence.

— Quelle blague ? répondit Zyrnase avec une expression impassible. Je ne me rappelle rien de comique.

Il referma la portière et nous tourna le dos.

— Suivez-moi.

— Euh. D'accord. C'est justement pour ça que j'ai dit *mauvais goût…*

— Laisse tomber, dis-je à Jay en lui décochant un

coup de coude dans les côtes, tandis que nous emboîtions le pas à Zyrnase.

Il nous conduisit à travers un trou qu'il venait de pratiquer dans le mur du parking. Nous remontâmes un long couloir gris avant de franchir une autre ouverture qui débouchait encore sur un couloir interminable.

— Sérieusement, c'est pour bientôt ? Ça commence à bien faire, se plaignit Jay à haute voix, suffisamment fort afin que Zyrnase l'entende.

Une fois de plus, je lui intimai de se taire, même si mes pieds engoncés dans des chaussures à talons aiguilles commençaient à lui donner raison.

J'avais très froid et je frissonnais presque dans ma robe courte sans manches tandis que nous progressions dans les couloirs nus et glacials.

En silence, nous empruntâmes un ascenseur exigu pour monter deux étages, avant de suivre Zyrnase dans un autre long couloir aux murs stériles de style industriel.

— Au fait, chuchota Jay en ralentissant le pas pour se pencher vers moi. Je n'en reviens pas d'avoir oublié de t'en parler. J'ai eu des nouvelles de Stephen pendant que tu te préparais. Ça m'est complètement sorti de la tête dans la précipitation.

— Qui ? répondis-je tout bas.

— Mon ami de la CIA, fit-il discrètement du bout des lèvres. Il veut te parler. Il m'a dit que ton nom figurait sur une liste.

— Quoi ? me récriai-je dans un souffle, abasourdie.

Il hocha la tête avant de désigner Zyrnase en murmurant :

— On en discutera demain.

— Mon nom est sur une liste ? Quel genre de liste ?

Les yeux de Jay lancèrent des éclairs en signe d'avertissement, mais il se contenta de secouer la tête en chuchotant :

— Aucune idée. Il a dit que c'était classé confidentiel.

— Tu es sérieux ?

— Plus tard, insista-t-il en plaquant un index sur ses lèvres.

Je fermai la bouche, mais mon esprit était en ébullition.

Comment avais-je pu atterrir sur une liste classifiée au gouvernement ?

Nous franchîmes l'angle du mur au bout du couloir et mon cœur eut un raté quand j'aperçus Vair à quelques mètres de nous. Son corps imposant, autoritaire et bronzé, irradiait d'une beauté tellement irréelle qu'un frisson d'excitation purement féminin me traversa de part en part.

— Ravi de te revoir, petite humaine, dit-il. Une fois de plus, bienvenue dans mon club.

CHAPITRE DIX-HUIT

J'aurais dû me sentir insultée par son « petite humaine », mais sa voix était trop chaleureuse. Le regard enchanté qu'il m'adressait me donnait l'impression d'avoir reçu le plus beau des compliments.

— Salut.

Plantée là, à le regarder, je ne trouvai rien de plus éloquent à dire. Sans prévenir, un sourire idiot me barra le visage et je m'en rendis compte en sentant un tiraillement dans mes joues. Je savais exactement de quel sourire il s'agissait. C'était le même que l'on retrouvait sur toutes mes photos d'école primaire, avant que j'apprenne avec l'âge et le bon sens à le réfréner et à sourire comme une personne normale.

C'était mon sourire surexcité et débridé, qui n'avait absolument aucune raison d'apparaître maintenant, devant ce satané extraterrestre railleur, dominateur et sexy en diable qui s'était servi d'une sex-tape comprommettante pour me contraindre à remettre les pieds dans son club X ce soir.

Vair s'approcha de moi et je parvins à maîtriser mon sourire exubérant, même si j'avais encore toutes les peines du monde à soumettre les traits de mon visage à une retenue plus convenable. À chaque pas gracieux qu'il faisait dans ma direction, avec sa carrure et son magnétisme surnaturel, j'hésitais un peu plus entre tourner les talons pour m'enfuir au plus vite et me jeter dans ses bras afin de l'escalader comme un arbre.

Malgré la distance, et les lunettes qui floutaient ma vision, ses yeux d'un brun sombre m'attiraient dans leurs profondeurs abyssales, me faisant oublier toutes les raisons qui m'avaient dissuadé de venir à son club ce soir, toutes les raisons qui faisaient de lui un danger non seulement pour moi, mais aussi pour la race humaine tout entière.

En cet instant, je ne ressentais plus que cette alchimie entre nous, une force qui défiait la logique et la raison, au mépris des différences inhérentes entre nos deux espèces et de nos politiques interplanétaires complexes.

— Salut, mec. Content de te revoir.

Jay s'avança devant moi, lui barrant la route par le geste le plus courageux et le plus suicidaire qu'un meilleur ami puisse faire pour calmer les ardeurs d'un homme trop entreprenant.

— Merci de nous recevoir une fois de plus dans ton club.

J'avais complètement oublié que Jay et Zyrnase se trouvaient dans ce couloir avec nous.

La taille et la musculature de Jay étaient peut-être impressionnantes pour un humain, mais le physique du Krinar l'éclipsait aisément. Et Vair ne semblait pas content de l'intervention de Jay. Son regard noir versatile, de chaud et affectueux tant qu'il était rivé sur moi était devenu possessif et dissuasif en se posant sur Jay.

Ce fut la peur pour mon ami qui me rendit enfin l'usage de ma voix.

— Vair, tu te souviens de mon meilleur *ami*, Jay, dis-je en mettant l'accent sur le mot « ami ».

Sa mâchoire se contracta et une ébauche de sourire apparut sur ses lèvres. Vair donna à Jay une tape énergique sur l'épaule avant d'écarter mon meilleur ami de son chemin sans ménagement.

J'avais retrouvé mon sourire d'écolière, accompagné par un rougissement puéril des plus embarrassants. Vair se tenait juste devant moi. Sa présence imposante occultait tout le reste et la chaleur qui émanait de son corps puissant embrasait chaque partie de mon corps.

— Salut, répétai-je bêtement.

Il eut un petit rire et m'imita en répondant :

— Salut.

Puis il prit mes mains tremblantes dans les siennes. Aussitôt, elles se réchauffèrent et mes craintes furent dissipées, remplacées par une excitation toute nouvelle lorsqu'il porta mes mains à ses lèvres, l'une après l'autre, y déposant des baisers brûlants qui me firent regretter de ne pas avoir emporté une culotte supplémentaire dans la minuscule pochette qui pendait à mon épaule.

— Tu es en beauté, Amy.

Sa voix grave et ensorcelante m'hypnotisait tandis que ses lèvres effleuraient la peau sensible de mes doigts.

— C'est bon de te revoir.

Tout mon corps s'anima à son contact. Mes muscles se crispèrent dans une attente impatiente et mon ventre se liquéfia. Je fermai les yeux et m'avançai imperceptiblement, inspirant son parfum comme la xénophile que j'étais devenue.

— Je suis content que tu aies trouvé le courage de venir ce soir, ma belle.

Les mots qu'il avait employés dans mon rêve la nuit passée me firent l'effet d'un seau d'eau glacée sur la tête, exactement ce dont j'avais besoin.

J'ouvris brusquement les yeux en comprenant que j'avais raison. Vair m'avait bel et bien rendu visite dans l'appartement de Jay la veille au soir. Ce n'était pas un rêve.

Je m'assénai une gifle mentale.

Bon sang, mais qu'est-ce qui n'allait pas chez moi ?

Je retirai mes mains des siennes. Il les libéra à regret, les sourcils froncés, et je reculai d'un pas pour mettre une distance salutaire entre nous.

J'étais restée bêtement debout, les joues écarlates, les yeux plongés dans ceux de Vair en humant sa puissante odeur de K. Je me comportais comme si nous étions un couple classique lors de notre deuxième rendez-vous amoureux, alors qu'il s'agissait pourtant du même K avec ses moqueries, son harcèlement, sa dissolution de murs pour aller et venir à sa guise, ses vidéos gênantes et son chantage sordide, celui qui menaçait à la fois ma carrière et ma vie.

— Du courage ? s'exclama Jay en riant, volant à mon secours alors que j'étais à court de mots. Vair, mon vieux, ne le prends pas mal, mais Amy et moi, nous sommes déjà allés dans des clubs libertins infiniment plus déjantés que le tien.

Je faillis m'étrangler avec ma propre salive et je tournai vivement la tête en direction de mon ami. Soit Jay était la personne la plus téméraire que je connaisse, soit il souhaitait vraiment mourir.

— C'est vrai ? demanda Vair à voix basse.

— Oui, fit Jay en haussant les épaules.

Il ne semblait pas troublé par la promesse froide et assassine que l'on devinait dans l'intonation du K.

— Nous sommes journalistes, comme tu le sais. Ça fait partie du métier.

Je frémis intérieurement.

Sans prêter attention à moi, mon collègue en remit une couche avec vantardise sur sa connaissance des clubs libertins et confia en riant, le visage hilare :

— Comme Amy et moi, nous sommes les journalistes les plus jeunes et les plus beaux du *Herald*, on se tourne logiquement vers nous pour les missions sous couverture dans les clubs libertins les plus sélects de la ville.

Une fois de plus, il haussa les épaules.

— L'appel du devoir, ajouta-t-il d'une voix chantante. Et nous voilà. Sans fausses identités, prêts à vous suivre partout avec ces questions auxquelles vous avez promis à Amy de répondre.

Je déglutis. Vair regardait Jay comme s'il s'apprêtait à supprimer mon ami sur-le-champ.

Malgré tout, il esquissa un petit sourire et répondit avec nonchalance :

— Bien sûr. Et je me ferai un plaisir de tenir ma promesse. Mais d'abord, je crois que vous devriez faire un tour et peut-être jeter un œil derrière le bar pour vous faire une idée du travail dans notre club, comparer son fonctionnement avec celui des autres établissements que vous connaissez.

Nous demandait-il de jouer les barmen ?

— Formidable, acquiesça Jay avec enthousiasme. On te suit.

— Je crains d'avoir d'autres affaires à régler et d'autres invités à voir. Je serai occupé pendant la majeure partie de la soirée. Zyrnase vous fera visiter.

Je m'efforçai d'ignorer la déception soudaine – sans parler de l'angoisse – qui me traversa à la perspective de ne pas passer tout mon temps avec Vair pendant la durée limitée de ma présence au club.

Si mon abattement se voyait sur mon visage, Vair ne s'en rendit pas compte. Parce qu'il ne me regardait pas, ce qui ne faisait qu'accentuer mon découragement devant ce désagréable retournement de situation. Hier encore, dans la limousine, Vair avait prétendu qu'il avait *besoin* que je revienne dans son club. Il avait fait savoir à Jay que nous bénéficierions de sa protection. Et maintenant, il nous laissait en plan ?

Tourné vers Zyrnase, Vair ordonna :

— Emmène-les au bar de l'étage et veille à ce que Tauce garde un œil sur eux. Explique-lui qui elle est, et dis-lui que je lui ai donné le droit de l'interroger.

Il m'accorda un bref coup d'œil avant d'ajouter :

— J'enverrai Shalee s'entretenir avec elle, quand elle sera disponible.

Zyrnase hocha la tête, mais j'avais l'impression qu'il n'était pas franchement ravi de ce nouveau programme improvisé. Et je ne parvenais pas à me défaire du pressentiment que l'on allait nous jeter en pâture aux loups.

— Attends. Tu ne dois pas être présent pour son entretien avec ce Tauce ? demanda Jay. Ou cette Shalee ?

Vair sourit.

— Je ne doute pas que Tauce et Shalee se débrouilleront très bien sans moi.

— Mais je croyais que la protection d'Amy vous…

— C'est bon, l'interrompis-je. Ça va aller.

Je l'espérais.

Je ne voulais pas que Vair s'imagine que j'avais besoin de lui ni que je souhaitais qu'il me surveille dans son propre club. Et j'étais parfaitement capable d'interviewer les K toute seule, sans sa supervision – ni son intervention.

Vair me sourit. C'était un sourire de prédateur qui

faisait briller ses dents blanches au milieu de son visage bronzé et parfaitement sculpté.

— C'est évident, dit-il.

Il s'approcha pour me serrer les épaules. La chaleur de ses paumes imprégna ma peau nue tandis qu'il envahissait mon espace personnel. Ses lèvres frôlèrent ma joue avant de descendre vers mon oreille pour murmurer :

— Je compte sur toi pour être gentille avec les autres extraterrestres, ma belle. Ne me déçois pas.

Comment ça ?

Que voulait-il dire ?

Vair changea de langue pour parler avec Zyrnase tout en s'éloignant, un sourire sexy et désarmant sur son visage parfait.

Après son départ, nous nous engageâmes dans un autre couloir derrière Zyrnase, à une distance prudente. Je frappai Jay sur le bras et lui soufflai à l'oreille :

— Arrête de te mettre à dos tous les K !

— Moi ? C'est toi qui as commencé.

— Qu'est-ce que j'ai fait ?

— Miss, tu as intérêt à museler un peu mieux ton désir quand tu es avec Vair. Il ne faut pas regarder les hommes comme ça.

Zut.

— Comment ? Comment était mon regard ?

— On aurait dit que tu voulais faire des bébés aliens avec lui.

— Non, c'est faux.

— Si, c'est vrai. Et tu voulais les faire tout de suite, là dans le couloir, devant Zyrnase et moi.

— Tu te fais des idées.

Il éclata de rire.

— Eh bien, je n'étais pas le seul à me faire des idées. Je suis à peu près certain que Vair allait accepter ta proposition tacite avant que je m'interpose.

— Oui, eh bien… merci, au fait. J'apprécie. Mais c'était fou et dangereux. Ce qui me rappelle…

Une fois de plus, je lui assénai un coup sur le bras.

— Essaies-tu de te faire tuer en te vantant d'une expérience en clubs libertins fabriquée de toutes pièces ?

— Oh, allez, c'était marrant. Et maintenant, on sait que les Krinars peuvent prendre la mouche aussi facilement que les humains. J'envisage d'en faire le sujet de ma propre enquête sur les K.

———

Nous pénétrâmes au bar de l'étage du club X de Vair par une ultime ouverture dans le dernier couloir. Les lumières multicolores qui nous accueillirent ravivèrent les souvenirs de notre première visite, tout comme les nuances mélancoliques et éthérées d'un mystérieux instrument, les vibrations rythmées et les basses en fond sonore.

L'espace-bar ressemblait à celui que nous avions visité la fois précédente, mais ce n'était pas le même. Je me demandais à quel point le club était vaste. Cette salle était plus petite que la première, mais il y avait plus de banquettes où l'on pouvait se détendre, l'intimité assurée par des rideaux le long des murs, à la place des tables rondes qui tenaient lieu de bars lors de notre première visite. La piste de danse était légèrement surélevée, et il y avait un bar semi-circulaire, futuriste et imposant, composé de métal et de verre blanc soufflé, illuminé de l'intérieur.

Les Krinars étaient facilement repérables. Leur taille supérieure, leur peau bronzée et leur beauté saisissante dignes des plus grands top models les distinguaient immédiatement, même parmi les beaux spécimens humains présents sur la piste de danse. Comme la fois précédente, les K portaient des vêtements simples aux couleurs claires qui accentuaient leur teint frais et hâlé et épousaient leurs corps à la perfection, soulignant leurs physiques aussi gracieux qu'impressionnants. À côté d'eux, je ne me sentais pas à ma place et je regrettais mon choix de tenue. Discrètement, j'essuyai mes paumes moites sur ma robe.

Après un mois d'attente obsessionnelle depuis ma visite précédente, j'étais officiellement de retour dans le club X de Vair. Je commençais à peine à retrouver le contrôle de mes nerfs et un visage de circonstance quand un remue-ménage attira mon attention vers la piste de danse.

— Je t'avais dit de ne pas revenir ici !

CHAPITRE DIX-NEUF

La musique se tut et l'intensité lumineuse s'accentua, éclairant la scène mouvementée juste devant nous.

Un Krinar énorme, le crâne intégralement rasé et des yeux d'un vert jaunâtre saisissant, tenait à une main et par le col un jeune humain, de grande taille et au style élégant. Aussi imposant que soit Vair, ce K chauve paraissait encore plus massif, peut-être plus grand de quelques centimètres et plus lourd de quinze kilos tout en muscles.

Si je l'avais aperçu dans la rue en plein jour, un sac de courses sur les bras, il m'aurait suffisamment intimidé pour me faire changer de trottoir. C'était proprement terrifiant de voir la facilité avec laquelle il décollait du sol l'humain qui se débattait.

— Mais qui a laissé revenir ce type, *cusack* ? tonnait le K effrayant.

Ses yeux, à présent plus jaunes que verts, balayèrent nonchalamment la salle d'un regard accusateur avant de se tourner de nouveau vers l'homme, qu'il agrippait avec un dédain manifeste.

— Dernière chance. Est-ce qu'un Krinar le réclame ?

Dans ces yeux jaunes implacables, parfaitement symétriques, sur ces traits ciselés et prononcés et sur cette peau au bronzage intense, aucune compassion ne transparaissait envers la victime dans sa main, qui virait au pourpre par manque d'air, battant désespérément des bras pour se dégager de l'étau autour de sa gorge.

Et, par aucune, *je veux dire* aucune.

Je tirai sur le coude de Jay.

— Il faut faire quelque chose.

— Je sais, mais quoi ? murmura-t-il, le visage blême. Nous faire tuer ?

— Tauce ne le tuera pas, dit Zyrnase pour nous rassurer, d'une voix dénuée d'inquiétude.

C'était *lui*, Tauce ? Le K que Vair avait choisi pour « veiller sur nous » était ce tueur aux yeux fous en train d'étrangler un homme à mort en plein milieu d'une piste de danse ?

Jetés en pâture aux loups, décidément.

— Tu te fous de moi ? s'exclama Jay. C'est le type qu'elle est censée interviewer ? Toute *seule* ? Où est Vair ? Je veux lui parler.

— Pas besoin. Tauce !

En entendant Zyrnase l'appeler, le K gigantesque laissa le pauvre humain retomber mollement par terre, à moitié inconscient.

— Ne reviens pas, ordonna-t-il froidement.

Sa victime se contorsionnait en toussant sur le sol. Elle se tenait la gorge tout en inspirant péniblement de grandes goulées d'air.

Dans les paroles du K, on devinait une promesse de mort certaine si l'homme était assez insensé pour oser lui désobéir.

Mais pourquoi ?

Qu'avait pu faire ce malheureux ? Il ne semblait pas avoir plus d'une vingtaine d'années. Et de toute évidence, il n'était pas de taille contre un K. Que lui avait donc valu un tel traitement ?

Ravalant ma peur, je m'approchai du K aux yeux jaunes tandis que Jay et Zyrnase se lançaient dans un débat quant au baby-sitter et interlocuteur que Vair avait choisi pour moi.

D'autres employés arrivèrent pour emmener l'humain hors de la salle. Les lumières redevinrent tamisées et la musique reprit tandis que Tauce s'éloignait d'un pas pesant en direction du bar, une expression toujours dégoûtée et furieuse sur le visage. Après tout, c'était peut-être sa tête habituelle.

Le cœur battant dans ma gorge, je fis un pas de plus, puis un autre.

Je me persuadais que ma curiosité guidait mes pas. Que c'était simplement la journaliste en moi qui cherchait à connaître les tenants et les aboutissants de la situation, à comprendre ce qu'un humain pouvait avoir fait dans un club libertin extraterrestre pour mériter d'être agressé et menacé comme je venais de le voir.

Je voulais surtout me convaincre que ce n'était pas parce que Vair m'avait lancé un défi en me recommandant d'être gentille avec les autres extraterrestres ni parce que je voulais lui montrer que j'étais suffisamment courageuse pour affronter n'importe quel alien sinistre il souhaitait m'imposer.

Et ce n'était certainement pas parce que j'étais inconsciemment une droguée à l'adrénaline et aux sensations fortes et que je manquais de jugeote au point de ne pas savoir mesurer le vrai danger quand je le rencontrais. Non, il s'agissait uniquement des faits réels et des réponses dont j'avais besoin de la part des K pour mon prochain article.

Rassemblant tout mon courage, je me rapprochai d'un pas nonchalant jusqu'à rejoindre le colosse qui fulminait derrière le bar. Il leva les yeux et sourit en me voyant, *réussissant l'exploit de paraître encore plus effrayant.*

— Tiens, tiens, salut beauté.

Ses yeux verts lascifs m'avaient déshabillée en quelques secondes.

— Je suis Tauce.

Il se pencha par-dessus le bar éclairé qui nous séparait, me tendant sa gigantesque main étrangleuse.

— C'est ta première fois au club ?

— *Yieeeccch !*

Zyrnase venait de produire un drôle de cri de détresse derrière moi, sans s'éloigner de Jay.

— C'est l'humaine de Vair ! précisa-t-il.

Tauce retira aussitôt sa main à une vitesse surnaturelle, lâchant un juron à peine audible, un peu comme « putain », mais avec plus de syllabes.

Il écarquillait de grands yeux incrédules, qu'il leva par-dessus mon épaule en direction de Jay et Zyrnase.

— *Charl* ? demanda-t-il.

— Euh, non, je m'appelle Jay.

Mon ami s'empressa de me rejoindre, se campant à côté de moi comme pour me protéger. Il tendit la main à Tauce.

— Je suppose que vous connaissez déjà Zyrnase ?

Tauce ne prit pas la main de Jay. Le regard plein de mépris qu'il darda sur mon ami me fit détester ce K encore plus que je le détestais dix secondes plus tôt.

— Je faisais référence à la dame, dit-il en avançant vers moi son menton large et carré.

— Elle ne s'appelle pas Charl non plus, lui dit Jay. C'est Amy.

Les yeux de Tauce prirent une teinte presque jaune fluo tandis que son regard agacé passait de Jay à Zyrnase.

— Ne me le demande même pas, Z. Pas ce soir.

— Vair veut que tu t'occupes d'eux.

— Oh, *cusack !*

J'en déduisis que « cusack » devait être l'équivalent Krinar de « putain », ou quelque chose dans ce goût-là. Quoi qu'il en soit, ce n'était pas une expression de joie.

Zyrnase et Tauce se disputèrent en Krinar. Ce ne fut pas long et je sus que Tauce avait capitulé quand il frotta son énorme main sur son visage en lâchant trois « cusack » d'affilée.

———

Zyrnase nous laissa entre les mains aussi expertes qu'assassines de Tauce. Ce dernier passa les vingt premières minutes à servir des cocktails, ignorant notre présence alors que nous attendions tranquillement derrière le bar, nous efforçant de lui laisser le champ libre.

Quand il ne servait pas à boire à un client, il dessinait sur sa paume du bout de l'index. En même temps, ses narines frémissaient et il retroussait sa lèvre supérieure en signe de mépris. Parfois, il semblait lire quelque chose sur son avant-bras. Je me demandais s'il ronchonnait toujours à cause de l'homicide qu'il avait failli commettre sur la piste de danse, ou si toute sa rage extraterrestre était dirigée contre nous.

Jay essaya d'engager la conversation, mais en vain. Ce ne fut que lorsque nous décidâmes de le laisser bouder dans son coin pour explorer la salle de notre côté qu'il décida d'interagir – *de nous arrêter.*

Il nous ramena derrière le bar en nous faisant clairement comprendre que nous avions l'interdiction de nous éloigner de lui. De toute évidence, Vair avait chargé Tauce de jouer les gardes du corps ou baby-sitter, une révélation plutôt rassurante, car elle signifiait que Vair tenait à ce que nous soyons en sécurité dans son club. Et pourtant, j'étais un peu déçue.

Patienter en compagnie d'un K maussade qui travaillait en ruminant sa colère, c'était une franche désillusion après tout le temps que Jay et moi avions passé à stresser ces dernières vingt-quatre heures en imaginant toutes sortes de scénarios.

— Nous avons traversé une vingtaine de murs pour ça ? se plaignit Jay. Quitte à gober les mouches, autant commencer à boire.

Malheureusement, le bar du club X ne disposait pas de la vodka que Jay consommait en temps normal. À vrai dire, il ne disposait pas de grand-chose. Ce n'était ni plus ni moins qu'un bar vide.

Il suffisait à Tauce d'agiter la main ou de demander un alcool en particulier pour qu'il apparaisse, sortant d'un compartiment caché sous la surface en verre blanc du bar. À mon avis, son rôle de barman n'avait pas grand intérêt.

Le jus violet de fruits exotiques à la liqueur que Vair m'avait servi la fois précédente semblait être le choix le plus populaire parmi les clients humains. Jay le désignait sous le nom de « menu enfant » depuis qu'il en avait bu deux verres sans ressentir la moindre ivresse.

— Je crois qu'ils le font exprès, dit Jay en aspirant bruyamment la fin de son deuxième verre, toujours sans effet, pendant que Tauce nous observait d'un œil sombre depuis l'autre côté du bar.

— Quoi donc ?

— De servir des boissons si légères et insignifiantes qu'au bout d'un moment, on est tellement désespéré d'avoir des sensations qu'on est prêt à signer pour donner ses veines au premier K disponible. C'est logique, non ?

J'éclatai de rire en secouant la tête.

— Je ne sais pas. J'en suis encore à mon premier verre et je ressens un peu les effets de l'alcool. En tout cas, je sens quelque chose… comme une chaleur ou une énergie à travers moi. C'est peut-être juste la musique.

À moins que ce soit le contrecoup de ma bouffée d'adrénaline.

— Je crois que ce sont les yeux de braise de Tauce braqués sur ton postérieur. Sérieusement, je vais le provoquer en duel pour sauver ton honneur s'il ne détourne pas le regard.

— Chut, moins fort, il va t'entendre.

— C'est le but. Tu sais quoi ? La dernière chose à laquelle je m'attendais ce soir, c'était de m'ennuyer.

Jay posa son verre vide sur le bar.

— C'est vraiment le seul scénario qui ne me soit jamais venu à l'esprit.

J'étais forcée de lui donner raison. Mais j'étais gênée d'être déçue. Au contraire, nous devrions être soulagés de nous ennuyer.

— Écoute, au moins, nous sommes sains et saufs, rappelai-je à Jay. C'est le principal. On n'aurait pas pu rêver mieux.

— Parle pour toi. Tout le monde ne place pas la sécurité au sommet de son échelle de valeurs, miss.

Jay agita la main par-dessus son verre comme il avait déjà vu Tauce le faire.

Rien ne se produisit. Quand Tauce l'avait fait, le bar s'était ouvert et le verre avait été absorbé sous la surface.

— Je t'ordonne d'emporter mon verre, scanda Jay d'une voix ridicule, suffisamment fort pour s'attirer un regard courroucé de la part du barman.

— Arrête. Il va croire qu'on se moque de lui.

— Tant mieux. Vair a sous-entendu qu'on travaillerait au bar. Il a dit que nous pourrions nous promener et mieux comprendre le fonctionnement interne de son club. Pour l'instant, rien de ce que nous avons fait avec Tauce ne s'en rapproche.

Jay ajouta d'une voix forte, tourné ostensiblement vers l'extraterrestre :

— Il a dit aussi que nous pourrions interviewer Tauce, mais ce type refuse de parler avec nous. Il reste planté là, à faire semblant de dessiner sur sa paume et à lire des trucs sur son avant-bras.

J'aurais juré avoir entendu les dents de Tauce grincer à trois mètres de nous, alors que Jay terminait sa tirade. À présent, le K traçait des lignes furieuses sur sa paume.

— Et chaque fois qu'un autre K ou qu'un humain essaie d'interagir avec nous, ce crâne d'œuf antisocial les fait fuir. Vair nous traite comme des enfants, Amy. Soit nous obtenons des boissons dignes de ce nom et une véritable interview avec un K, soit je te propose qu'on mette les voiles.

Bien sûr. Comme si c'était aussi simple. Il était évident que Vair avait une idée derrière la tête, mais je ne la comprenais pas. En attendant, je devais calmer Jay et le faire taire avant qu'il pousse à bout notre baby-sitter extraterrestre.

Mais Jay s'interrompit de lui-même, soufflé par l'apparition d'une K brune sculpturale qui s'approchait du bar.

Ses cheveux brillants tombaient en boucles naturelles sur ses épaules et elle portait une robe fourreau blanche moulante, courte et asymétrique, offrant le mariage le plus sobre et le plus parfait entre le sexy décontracté et le chic haute couture. Son regard s'attarda un instant sur Jay avant de croiser le mien. Elle sourit et me tendit la main. Je remarquai les somptueuses nuances ambrées dans ses yeux marron.

— Je m'appelle Shalee.

Je pris la main que Shalee me tendait et la lui serrai fermement. Tauce ne chercha pas à m'en empêcher.

— Enchantée de vous rencontrer. Je suis Amy.

— Je le sais. Je travaille étroitement avec Vair. C'est un plaisir de faire votre connaissance, Amy.

Mon cœur s'accéléra et quelque chose se tordit dans mes tripes, en dépit du sourire que j'affichais toujours.

— Oh ? Comme c'est gentil. Depuis combien de temps ?

Je n'avais pas l'intention de poser cette question, mais constatant que je ne pouvais plus faire machine arrière, je décidai de développer :

— Quel genre de travail ? Que faites-vous avec lui ?

Est-ce que vous couchez ensemble ?

— De la recherche.

Elle pencha la tête et m'examina en plissant les yeux, tandis que le côté droit de sa bouche esquissait un demi-sourire.

— Pour la plupart, ajouta-t-elle.

Garce.

— Je m'appelle Jay.

Mon meilleur ami tendit la main, me bousculant presque pour se camper devant Shalee.

Je saisis l'allusion et m'écartai.

Le sourire de Shalee s'agrandit.

— Bonsoir, Jay.

Elle lui prit la main et je vis Jay, habituellement si avenant et habile socialement, rester sans voix devant la splendide collègue de Vair, comme s'il pouvait se mettre à baver d'un instant à l'autre.

— Nous ne sommes pas ensemble, finit-il par dire en me désignant d'un mouvement de tête. Au cas où… au cas où vous vous poseriez la question.

Il n'avait toujours pas lâché sa main.

— Je le sais.

— Ça va vous paraître la réplique de drague la plus mièvre du monde, commença-t-il avant de s'interrompre pour reprendre son souffle.

Je songeai à l'entraîner à l'écart pour lui épargner une humiliation, mais je ne parviendrais sans doute pas à détacher sa main de celle de Shalee. Et mon petit côté sadique avait envie d'entendre la réplique de drague la plus mièvre de Jay, histoire de rigoler un peu.

— Je vous jure que j'ai rêvé de vous hier soir, avoua Jay avec une franchise totale.

Oh, misère.

Shalee haussa les sourcils. Je crus un instant qu'elle voulait dire : « pitié, dites-moi que vous n'êtes pas sérieux », mais au lieu de ça, elle exprimait un intérêt authentique.

— Vraiment ? Et que faisions-nous ?

Elle plaisantait, j'espère ! Elle me paraissait bien trop futée pour tomber dans le panneau. N'avaient-ils jamais entendu cette accroche éculée sur Krina ?

— Dans mon rêve, vous étiez infirmière, fit Jay avant de se racler la gorge. Et vous faisiez… une visite à domicile.

Je toussai. Sans discrétion. Mais Jay ne détourna même pas les yeux de Shalee pour capter mon signal.

— Vous m'en direz tant !

Elle avait l'air sincèrement intriguée. *Impossible qu'elle se laisse avoir.*

— Et quel était le traitement ?

— Vous m'avez donné une sorte de médicament contre la gueule de bois.

Elle se mordit la lèvre, lui adressant un sourire enjôleur.

— Ça a fonctionné ?

J'avais l'impression de regarder un mauvais film porno. Elle se moquait *forcément* de lui.

Il hocha la tête. *Et il rougit.* Je n'avais encore jamais vu mon ami rougir.

— Très bien, à vrai dire, fit-il avant de désigner la piste de danse. Voudriez-vous… ?

— Oui, répondit-elle. Je veux bien.

Incroyable.

Elle se tourna vers moi.

— Ça ne vous dérange pas si je vous l'emprunte un moment ?

Si, pour tout dire, ça me dérangeait. Je pinçai le coude de Jay pour attirer son attention. Il ne tressaillit même pas. On aurait dit que le visage de Shalee l'hypnotisait.

— Euh, en fait, je crois que Tauce veut que nous restions…

— Emmène-le, intervint alors le colosse, me clouant le bec. C'est bon.

CHAPITRE VINGT

Je perdis de vue Jay et Shalee après leur deuxième danse. Ils se retirèrent sur une banquette le long du mur et tirèrent le rideau pour plus d'intimité. D'après ce que j'avais vu de leur proximité sur la piste, je ne m'attendais pas à les revoir avant un moment.

Étrangement, ça me faisait penser à la dernière fois que j'étais venue, quand Jay m'avait abandonnée pour Shira, la Barbie extraterrestre, mais c'était encore pire cette fois, parce que je n'avais pas Vair pour me tenir compagnie. Le départ de Jay avec Shalee, et leurs débordements de sensualité sur la piste de danse, ne faisaient que rendre l'absence de Vair encore plus prononcée.

Et me retrouver seule avec Tauce était presque insupportable.

Mais au moins, me dis-je pour me rassurer, j'étais en sécurité.

La sécurité, c'était essentiel.

J'avais capitulé et relevé mes lunettes sur ma tête au lieu de les porter devant les yeux, afin de mieux observer la foule et les danseurs. C'était toujours mieux que de regarder Tauce penché sur sa propre main. Je commençais à me faire à l'idée que mes lunettes ne me servaient plus à rien.

Trente minutes et un « menu enfant » plus tard, mes talons aiguilles me faisaient un mal de chien. La soirée s'écoulait au ralenti. Comme je n'avais rien à perdre, je décidai de tenter quelques questions que Jay avait préparées en vue de l'interview.

— Euh, alors… Vair m'a dit… il m'a dit que je pouvais vous interviewer. Est-ce que… Vous voulez bien ?

Tauce ne réagit pas. Même pas un battement de paupières. Il restait là, à me regarder fixement.

Nerveuse, je changeai de position et glissai une mèche derrière mon oreille.

— Dites-moi, quels sont les projets des Krinars envers notre société humaine ?

Je savais que c'était une mauvaise question. Tauce me le confirma.

Il écarquilla les yeux. Puis il cligna lentement des paupières.

— C'est ce que vous faites pour gagner votre vie ? Et on vous *paie* pour ça ?

Connard.

Très bien.

— Pourquoi imposer le véganisme sur la planète

alors que vous êtes tous ici à vous envoyer du sang humain ? On a vu mieux comme régime vegan.

Il poussa un grognement et se pinça l'arête du nez en secouant la tête.

Et merde.

— Depuis combien de temps travaillez-vous ici ?

Il me tourna carrément le dos.

Même à cette question il refuse de répondre ?

— Aimez-vous la vie à New York ? lui demandai-je alors qu'il s'éloignait à l'autre bout du bar.

— Salut, Tauce.

Une blonde somptueuse se dirigea vers le point qu'il avait rejoint en me tournant le dos et elle s'accouda au bar, son imposante poitrine débordant de sa robe minimaliste et ultra sexy.

— Je te vois plus tard au sous-sol ?

D'abord, j'avais cru que c'était une Krinar, mais je me rendis compte qu'elle était trop petite. En l'examinant attentivement, je la trouvai vaguement familière, et pourtant je savais que je ne la connaissais pas.

Alors que j'assistais à la réaction indifférente de Tauce à ses minauderies, je me rappelai soudain où je l'avais déjà vue : sur les couvertures des tabloïds à la caisse du supermarché. C'était une actrice de télévision qui jouait dans le même feuilleton depuis une éternité. J'étais presque certaine qu'elle avait gagné de nombreux Emmy Awards. Cela dit, je ne me rappelais pas son nom, car je n'avais jamais regardé la série populaire dans laquelle elle figurait.

Elle abandonna l'idée de l'allumer et s'éloigna d'un pas vif en constatant que Tauce ne prêtait pas attention à son décolleté, préférant dessiner sur sa paume comme il le faisait constamment.

Je me ruai vers lui dès qu'elle fut partie.

— Oh, mon Dieu. C'était… ?

— Oui, m'interrompit Tauce en levant les yeux au ciel. C'était elle. Apparemment, c'est une sorte de… personnalité de la télévision.

Il avait prononcé ces mots comme si c'était le boulot le plus stupide que l'on pouvait avoir – et par lequel se laisser impressionner.

— Tous les humains me le demandent chaque fois qu'elle entre.

C'était rassurant de savoir que j'étais exactement comme chacun des humains stupides que Tauce rencontrait dans le club de Vair.

— Elle vient souvent ?

Il haussa les épaules et je crus qu'il en avait terminé avec la conversation. Mais un instant plus tard, il ajouta :

— C'est une nymphomane. Elle aime avoir un K dans chaque trou quand elle vient ici. Personnellement, j'aime la prendre par-derrière.

Bon, d'accord. Ce fut à mon tour de cligner des paupières.

Je résistai. Parce que c'était une ouverture chez Tauce. Si le sujet était le sexe, peut-être me parlerait-il ?

— Avez-vous une société polyamoureuse sur Krina ?

Ses yeux d'un vert jaunâtre me toisèrent lentement.

— Nous aimons le sexe. Parfois en groupe, le plus souvent en couple.

Intéressant. *Quelle était la préférence de Vair ?*

— Nous ne subissons pas les restrictions sociales bigotes qui entravent votre société.

— Qui *entravent* ?

Je ne pus m'empêcher de glousser. J'étais presque euphorique de constater qu'il s'intéressait enfin à mes questions et acceptait d'y répondre.

— C'est un peu mélodramatique.

En réponse, il afficha sa mine la plus impassible.

Très bien.

— Les Krinars s'unissent-ils pour la vie ? Vous savez, le mariage ? Ou quelque chose d'approchant ? Comme les humains ?

Il fit la grimace comme s'il venait de sentir une mauvaise odeur.

— Oui, s'ils n'ont pas de chance.

D'accord. Et j'étais prête à parier mon rein gauche que la femme K à qui Tauce passerait la bague au doigt se considèrerait comme la plus malchanceuse des deux.

— Alors, c'est plutôt une sorte d'arrangement sociétal ? Ce n'est pas parce que les couples Krinars le veulent ?

— Non. Ils le font parce qu'ils en ont envie.

Il baissa les yeux sur sa paume, déconcentré par ce qu'il y voyait.

J'étais en train de le perdre. Je devais ramener la conversation sur le terrain du sexe.

— J'ai entendu l'actrice blonde vous demander si elle vous verrait dans le sous-sol plus tard. C'est là-bas que vous, euh… que vous l'avez fréquentée ?

Tauce leva les yeux de sa paume, haussant les sourcils d'un air amusé.

— Fréquentée ? Vous voulez dire baisée ?

Il secoua la tête.

— Je n'en reviens pas que tu sois l'humaine de Vair.

— Qu'est-ce que ça veut dire ?

Sa remarque m'avait vexée et cela s'entendait dans ma voix. Zyrnase aussi m'avait qualifiée en ces termes quand il m'avait présentée à Tauce. Sur le moment, je n'avais pas voulu me poser de questions sur leur signification.

— Quand vous dites ça, vous voulez dire que je suis l'invitée humaine de Vair ? demandai-je avec espoir.

Il afficha un sourire suffisant. Certains arrivent à se donner un air de bel insolent en souriant de la sorte, mais pas Tauce, qui avait juste l'air d'un enfoiré.

— Non, petite journaliste, ça veut dire que tu es la propriété de Vair. Ça veut dire qu'il te possède.

Je pris une inspiration en sentant le sang quitter mon visage.

Pas de panique, pas de panique. Ce n'est pas l'impression que ça donne.

— Tu veux dire pendant que je suis au club ? Comme une sorte d'échange de pouvoir érotique ? Dans le genre dominateur et soumise ? Parce que je n'ai pas… je ne suis pas d'accord avec ça…

Ma phrase resta en suspens et je déglutis

péniblement devant l'amusement arrogant qu'exprimaient les traits de Tauce.

Il approcha sa tête de la mienne, ses yeux vert-jaune pénétrants rivés sur moi.

— Les K n'ont pas besoin de la permission des humains, m'informa-t-il dans un murmure froid. Nous prenons ce que nous voulons. Nous gardons ce dont nous faisons l'acquisition.

Mon visage brûlait sous l'effet de l'indignation.

— Personne ne me possède, Tauce.

Il éclata de rire. Sur l'échelle de la saloperie, son rire était encore plus sinistre que son sourire insolent.

Reconnaissant la futilité d'un tel débat avec lui étant donné ma situation délicate, je décidai de changer de sujet.

— Dites-moi, que s'est-il passé avec ce type tout à l'heure sur la piste de danse ?

Je chaussai de nouveau mes lunettes afin de ne pas voir le visage de Tauce plus nettement que nécessaire.

— Que s'est-il passé ?

— Je l'avais averti de ne pas revenir.

— Oui, je l'avais compris d'après votre échange. Mais pourquoi ? Qu'a-t-il fait pour être banni du club ?

Sans surprise, j'eus droit au visage fermé de Tauce, bien qu'un peu flou, en guise de réponse, puis il se remit à triturer sa paume.

— Et d'abord, que faites-vous avec votre main ?

J'outrepassais les limites.

Il leva brusquement la tête en m'entendant.

— Je travaille, dit-il comme si c'était une évidence.

— Vous travaillez ? Sur votre paume ?

— Oui.

— Je suis désolée, fis-je en secouant la tête. Je ne vous suis pas. Comment ça fonctionne ?

— De la même manière que vous utilisez vos téléphones portables.

— Vous avez un téléphone miniature dans votre main ? Où ça ?

Je m'approchai et, la curiosité prenant le dessus, je lui saisis la main.

Il la retira avant que je puisse le toucher.

— Ce n'est pas un téléphone. Et ce n'est pas destiné aux humains.

Ah. D'accord. Un délire façon *Les Habits neufs de l'Empereur* – un dispositif K invisible pour ne pas être utilisé par les humains. C'était parfaitement logique, si l'on considérait leurs avancées technologiques leur permettant de dissoudre les murs.

C'était l'enchaînement idéal pour aborder la question des technologies K et demander à Tauce si les Krinars avaient l'intention de les partager avec nous. Mais au lieu de ça, je me surpris à demander :

— Avez-vous des alcools plus forts ici ?

Une fois de plus, je remontai mes lunettes sur ma tête et frottai mes yeux endoloris.

Ce que j'avais très envie de lui demander, c'était à quelle heure mon service se terminerait ce soir. Parce que c'était exactement l'impression que cela me donnait : un travail pourri à surveiller l'horloge, perdant des heures de ma vie à discuter avec des gens auxquels je ne me serais jamais intéressée si nous n'étions pas collègues.

— Pas pour toi, répondit Tauce.

Je hochai la tête et remis mes lunettes en place.

— Je m'en doutais.

— Et si on changeait de décor ? suggéra alors Tauce.

— Oui ! m'empressai-je d'acquiescer avec un peu trop d'enthousiasme. Je veux dire, oui, ce serait formidable. J'aimerais beaucoup visiter d'autres parties du club.

Je retirai une fois de plus mes lunettes afin de bien voir son visage et d'évaluer sa sincérité, mais il avait reporté son attention sur sa stupide paume de main. Lorsqu'il eut terminé, il leva les yeux et me dit d'un ton neutre :

— Viens avec moi. Je dois travailler au bar du sous-sol, maintenant.

———

Nous franchîmes une ouverture que Tauce avait pratiquée dans le mur derrière le bar, nous engageant dans un couloir sombre étonnamment court avant de déboucher dans un petit ascenseur.

J'étais un peu anxieuse de laisser Jay au bar de l'étage, mais j'avais le pressentiment qu'il était en sécurité avec Shalee. Et je ne serais pas absente longtemps, essayais-je de me persuader, même si je n'avais aucune idée de la durée du service de Tauce à ce bar du sous-sol où nous nous rendions.

Quand l'ascenseur s'ouvrit à l'étage inférieur, je m'attendais à découvrir un couloir, ou du moins un autre mur que Tauce devrait dissoudre avant que nous atteignions notre destination. Mais au lieu de ça, les portes coulissèrent et nous nous retrouvâmes immergés en plein cœur d'une foule active dans les sous-sols du club.

Et c'était une scène à laquelle je n'étais absolument pas préparée.

Des gens – et des extraterrestres – s'envoyaient en l'air. *Partout.* Dans des cages suspendues au plafond, dans des cages au sol, sur la piste de danse, contre le mur – et même, dans certains cas, accrochés à des chaînes.

Une femme était en train de se faire dévorer sur une table à quelques pas de nous !

Ma bouche se dessécha lorsque je croisai le regard narquois de Tauce. De toute évidence, ma gêne l'amusait beaucoup. Je parvins à articuler :

— Je préférais encore le bar de l'étage.

Il me regarda comme pour me dire que je n'obtiendrais pas ce que je voulais, en tout cas pas de sa part.

— J'aimerais en parler à Vair.

Il sourit avec arrogance.

— Tu as de la chance. C'est à cause de Vair que tu es ici. Suis-moi.

Il s'éloigna à grandes enjambées. Quant à moi, j'étais tiraillée entre le refus d'être laissée toute seule dans ce sous-sol aux scènes classées X et celui de le suivre au risque de découvrir à quel point cela pouvait être pire ailleurs. Constatant que je ne le suivais pas immédiatement, il se retourna et siffla pour attirer mon attention.

Il venait de me siffler.

Oh, mon Dieu. Quel sale type ! Je levai les yeux au ciel et me mordis la lèvre pour me retenir de lui lancer d'aller se faire *cusack*.

En un clin d'œil, il fut devant moi, avec son expression immuable, renfrognée et presque constipée, que j'en étais venue à surnommer son visage « par défaut » depuis que je le connaissais – à savoir une heure et quarante-trois minutes de souffrance.

— Tu comprends le verbe *suivre*, humaine ?

— Oh, c'est ce que vous m'avez demandé ? Je n'entendais rien par-dessus la musique et les hurlements.

Son sifflement se changea en grondement sourd. Puis il sembla faire l'effort de se ressaisir.

— Écoute, *Amy*…

C'était la toute première fois qu'il employait mon prénom et, dans sa bouche, on aurait dit une maladie contagieuse qu'il craignait de contracter.

— Si tu ne restes pas près de moi, quelqu'un risque de t'attraper pour te sucer et te baiser sans poser de questions.

Aussitôt, je lui emboîtai le pas, levant ma paume en signe de capitulation.

— J'ai compris. Marchez devant. Je vous *suis*.

Sur les talons de Tauce, je traversai le sous-sol digne

de Sodome et Gomorrhe. Aussi atterrée que je l'étais par le spectacle et les bruits qui m'entouraient, j'étais également excitée contre mon gré par certains d'entre eux.

Si j'avais vaguement espéré que Vair ne soit pas adepte des pratiques les plus osées, j'eus tôt fait de redescendre sur terre lorsque nous passâmes devant des personnes entièrement nues, bâillonnées et attachées à des installations érotiques, ligotés en forme de X, les membres disposés comme la croix de Saint Andrew.

Pourquoi, mais pourquoi n'avais-je pas tenu ma langue ? Je serais restée en haut, au bar le plus tranquille.

Mon organisme était en surchauffe. Mes doigts tremblants ne cessaient de remonter et de baisser mes lunettes, entre l'arête et le bout de mon nez, tant j'étais tiraillée entre l'envie de voir et de ne pas savoir.

J'étais tellement déboussolée que je remarquais à peine où je mettais les pieds et la direction qu'ils prenaient. Avant de m'en rendre compte, j'avais franchi une ouverture que Tauce avait pratiquée dans un mur. Devant moi se trouvait la célèbre actrice blonde de tout à l'heure, engagée dans une scène à laquelle je me serais bien passé d'assister.

CHAPITRE VINGT-ET-UN

De nombreux hommes, ou plutôt Krinars, la touchaient.

Et la pénétraient.

En même temps.

D'autres attendaient leur tour. Et à en juger par les bruits aussi euphoriques que surhumains qui émanaient d'elle, cela convenait à cent pour cent à la belle actrice aux multiples Emmy Awards. Mais sans doute l'avaient-ils mordue – comme Jay l'avait dit, une morsure de K était semblable à la plus puissante des drogues.

Tauce me donna un coup de coude dans le dos et j'entrai en titubant dans la pièce, trébuchant presque sur ma mâchoire qui s'était décrochée, tandis que j'essayais vainement de me fermer aux bruits environnants, d'oublier ce que je venais de voir.

Vair était assis sur une chaise longue blanche et surélevée, au bord du lit. Sa chaise semblait flotter au-dessus du sol, tout comme la plateforme circulaire qui tenait lieu de lit. Mon irruption maladroite attira son attention et sa chaise flottante pivota dans ma direction. On aurait dit le dieu grec Dionysos en personne, sur son trône, splendide et ténébreux, observant d'un œil désinvolte l'orgie qui se déroulait devant lui. *Entièrement nu.*

Je tournai les talons avec la ferme intention de détaler jusqu'au bar de l'étage, pour découvrir que Tauce avait déjà disparu et que l'ouverture dans le mur par laquelle j'étais arrivée venait de se refermer.

— Allez, viens, ne sois pas timide.

En un instant, les bras de Vair furent autour de moi. J'entendais à peine son rire grave et guttural par-dessus le rugissement paniqué de mon sang dans mes oreilles et l'orgasme de la femme derrière moi. Il m'entraîna vers la chaise qu'il venait de quitter, me portant presque.

— Je veux que tu observes et que tu prennes des notes pour moi.

Que je prenne des notes ?

Il m'attira sur ses genoux en se rasseyant, le bras bien serré autour de ma taille. Je n'aurais même pas pu bouger d'un centimètre si la stupéfaction ne m'avait pas rendue aussi raide.

— C'est l'occasion pour toi d'obtenir des réponses. Tu aimes observer et raconter les faits, n'est-ce pas ?

Une fois de plus, il se moquait de moi. Mais j'étais trop terrorisée pour m'en soucier. Je me retrouvais sur ses cuisses nues dans une salle aux murs scellés où une orgie d'extraterrestres se déroulait.

Mon réflexe de résistance se déclencha tardivement et je me débattis farouchement contre son étreinte.

— Non, je ne peux pas ! Je ne fonctionne pas comme ça. Les partouses, ce n'est pas pour moi. Je ne suis absolument pas multitâche !

— Là, là, calme-toi.

Sa paume se posa sur ma bouche.

— Je t'ai demandé d'observer et de prendre des notes.

Ce fut l'agacement dans sa voix qui m'apaisa, plus que ses paroles. Il pencha ma tête en arrière, à un angle plutôt désagréable, pour me forcer à regarder son visage renfrogné.

— Personne ne te touchera à part moi, petite humaine. C'est compris ?

Il avait asséné cette déclaration avec humeur, presque méchamment. Cette fois, franchissant ses lèvres pincées par la colère, « petite humaine » me parut insultant et absolument pas attendrissant. Je ne comprenais pas pourquoi mon cœur se réchauffait ni pourquoi la peur paralysante que j'avais ressentie s'apaisait brusquement.

Personne ne me toucherait à part lui. Ça me convenait, pour le moment du moins.

Il plia les doigts, qui s'enfoncèrent dans les creux sous mes pommettes, exigeant silencieusement une réponse. Je hochai la tête contre sa paume et ses yeux se radoucirent, à défaut de sa bouche.

Retirant alors la main, il me redressa brusquement sur ses genoux et déposa entre mes doigts moites un curieux bloc-notes électronique. Il était légèrement plus volumineux que mon téléphone, mais également plus léger. Un peu étourdie, j'écoutai ses instructions sommaires. Il m'expliqua les caractéristiques de l'outil, me montrant comment saisir un mémo manuellement ou à l'aide du dictaphone.

Oh, mon Dieu, mais il comptait sérieusement me faire prendre des notes ?

Très bien, j'en étais capable. Après tout, j'étais une journaliste. Prendre des notes sur une orgie, c'était toujours mieux que de devoir y participer.

Je déglutis et détournai les yeux de l'engin électronique dans mes mains pour regarder le groupe de corps masculins, parfaits et nus, qui ondulaient et se déhanchaient juste devant moi.

Déconnecte tes émotions et contente-toi des faits, Amy.

Loin de moi l'idée de juger les fantasmes des autres, mais bon sang ! Il y avait beaucoup de choses à voir une fois que je n'essayais plus de faire l'autruche.

Le Krinar viril, véritable perfection génétique dont Miss Emmy Awards chevauchait la queue, jouait avec son clitoris et lui embrassait les tétons, suçant l'une après l'autre ses aréoles d'un rose parfait. Mais ce qu'il lui disait entre deux seins contrastait avec la douceur apparente de ses caresses. Parce qu'il la traitait de salope et lui disait qu'elle n'était qu'une pute insatiable.

En revanche, l'extraterrestre qui lui agrippait les hanches et contrôlait sa position pour s'assurer une pénétration maximale en la baisant par-derrière ne cessait de lui dire en gémissant qu'elle était belle et précieuse, lui répétant qu'elle était une bonne fille avec eux et que ses fesses étroites étaient un vrai délice autour de son sexe.

En même temps, un troisième K la provoquait par ses paroles tout en l'empoignant par la racine des cheveux pour mieux frotter son énorme verge en érection sur son visage.

— Montre-moi comment une belle salope supplie son étalon extraterrestre, lui dit-il avant de lui offrir les gouttes qui perlaient au bout de son sexe.

Elle referma ses lèvres avides et gonflées autour de son gland épais, puis il tira violemment sur ses cheveux pour l'écarter de sa queue et entreprit de se caresser juste devant sa langue tendue. Aussitôt, pour son plus grand plaisir, elle se mit à le supplier.

Mes joues étaient si rouges qu'elles me faisaient mal. Sans cligner des paupières, je ne tardai pas à avoir les yeux brûlants. Ce spectacle était si profondément malsain.

Absolument affreux.

Et affreusement torride.

J'étais tellement excitée que j'étais certaine que Vair le sentait sur sa cuisse à travers le tissu fin de ma robe TJ Maxx dont je n'avais pas retiré l'étiquette. Maintenant, je ne pourrais plus la rendre pour me faire rembourser.

Concentre-toi sur les faits. Tu dois juste énoncer les faits.

— Me demandes-tu de l'aide pour décrire les faits ? demanda Vair en posant son menton sur mon épaule.

Zut. Avais-je parlé à haute voix ?

— Sens-toi libre de m'interroger, proposa-t-il.

Son torse ferme était plaqué contre ma colonne vertébrale et le bras autour de ma taille m'attira un peu plus sur ses genoux jusqu'à ce que mes fesses viennent se coller contre son entrejambe.

D'un côté, je me sentais en sécurité et rassurée par sa proximité à l'intérieur de cette petite salle largement occupée par de grands K excités qui arboraient des érections surhumaines sur la plateforme flottante faisant office de lit juste devant moi. Mais d'un autre côté, le sexe rigide d'extraterrestre que je sentais entre mes fesses troublait fortement la tranquillité d'esprit relative à laquelle je me raccrochais. Soudain, son autre paume se posa sur ma cuisse, juste sous l'ourlet de ma robe, et son doigt commença à décrire de légers cercles à l'intérieur de mon genou.

Je ne parvenais pas à coordonner mon cerveau et ma bouche pour formuler une réponse. Pas plus que mes mains tremblantes pour utiliser le bloc-notes électronique qu'il m'avait donné.

— Voici un fait…

La voix grave de Vair se fit entendre à mon oreille lorsque ses lèvres l'effleurèrent.

— Une femme humaine bénéficie de plusieurs orgasmes explosifs grâce aux mains, aux bouches et aux sexes de multiples Krinars depuis plus de trente minutes maintenant.

Étais-je censée prendre des notes ?

Je n'en fis rien. C'était déjà bien assez difficile de faire entrer suffisamment d'air dans mes poumons.

— Un autre fait : Une femme humaine s'est fait injecter de la salive de Krinar à sa demande, poursuivit Vair. Ce qui la rend plus réceptive à l'orgasme, son corps prêt à s'engager dans un rapport sexuel prolongé avec de nombreux partenaires.

De la salive de K ? Injectée ?

Ses cercles lents dérivaient vers le haut, à l'intérieur de ma cuisse.

— Ils ne l'ont pas mordue ?

J'essayais de paraître analytique. Détachée.

J'y échouais lamentablement.

— Non.

Interroge-le comme une journaliste. Tu es une journaliste.

— N'est-ce pas tout l'intérêt de ce club, que les K puissent boire du sang humain ?

— Oui et non.

Utile.

— Que… pourquoi l'injection de salive ?

À présent, j'avais le souffle court.

— Notre salive dans votre système sanguin, c'est ce qui provoque la sensation aphrodisiaque à l'effet identique à celui de l'ecstasy dont tu as parlé avec tant d'intérêt dans ton article.

Était-ce une pointe d'amertume que je décelais ? Un point pour Amy.

Et c'était un renseignement inestimable. *Concentre-toi sur l'information.*

— Comment ? Pourquoi votre salive…

— Votre hémoglobine contient les mêmes caractéristiques que le sang des primates Kriniens qui représentaient notre principal moyen de subsistance sur notre planète autrefois, avant leur extinction il y a des millions d'années à cause de notre chasse intensive.

Ce n'était pas l'explication que j'attendais.

Ses cuisses musclées se contractèrent et bougèrent sous mon corps, écartant mes jambes par le même mouvement. Sa main remonta sous ma robe comme s'il en avait le droit, propageant un frisson d'impatience au creux de mon ventre – un frisson contrastant nettement avec l'élan de peur qui accélérait mon rythme cardiaque.

— On trouve un produit chimique dans notre salive, initialement conçu pour droguer nos proies et les rendre dociles, nous permettant de les consommer sans qu'elles opposent de résistance.

Voilà qui était foutrement tordu.

— Ce même produit chimique a pour effet de décupler votre expérience sexuelle humaine quand on vous mord.

J'étais officiellement une *proie.*

Et je venais juste d'écarter les jambes devant le prédateur qui me tenait.

— Grâce à l'invention des substituts synthétiques à l'hémoglobine et la manipulation de notre propre ADN au cours de ce dernier million d'années, nous n'avons plus besoin du sang d'une espèce cousine pour survivre.

Alors, ils le faisaient pour le plaisir ?

C'était tellement perturbant. Et pourtant, étrangement torride… dans ce que la science de l'évolution faisait de plus dingue et de plus dégoûtant.

— Mais pourquoi… pourquoi l'injecter ?

À présent, sa main touchait au but. La chaleur qui en émanait entre mes cuisses faisait palpiter mon clitoris avec une impatience fébrile.

— Parce qu'ainsi, les hommes Krinars gardent le contrôle de leurs propres désirs.

Sa voix était désinvolte, alors même que la jointure de son doigt entrait enfin en contact avec ma culotte détrempée, révélant la preuve de ma réaction instinctive de « proie ».

— Ils n'ont pas à craindre de s'emporter en présence d'une humaine et de la baiser trop violemment. Trop énergiquement. Les humains sont une espèce fragile. Nous avons appris à être tendres avec notre nourriture.

Charmant. Mon alien avait le sens de l'humour. *Un humour noir.*

— C'est plus facile pour eux de se concentrer uniquement sur les besoins de la cliente humaine.

— De la cliente ?

— Invitée, sujet, patiente… comme tu préfères. Nous sommes également moins possessifs quand nous ne buvons pas le sang de notre proie. C'est plus facile de partager.

Patiente ? Partager ?

Je sentais battre mon cœur entre mes jambes tandis que son doigt commençait à me caresser délicatement.

— Comment… ce n'est pas… ce n'est pas sexy.

Il exerça une pression supplémentaire et je pris une grande inspiration.

— Pas du tout.

Oh, mon Dieu, mais qui essayais-je donc de convaincre ? Moi-même ? Vair ? Les trois extraterrestres qui attendaient leur tour près de la star de série télé et qui me dévisageaient maintenant avec des regards lubriques tout en se caressant, sentant l'odeur de ma propre excitation ?

— Hmm.

Vair inspira, le nez dans mon cou.

— Je ne suis pas de cet avis, chérie.

— Ce n'est pas toi qui te fais manger, soulignai-je en décochant un regard dissuasif à l'un des K qui avait eu l'audace de passer la langue sur ses lèvres tout en me dévorant des yeux.

— Les humains sont obsédés par les vampires, répondit Vair sur un ton amusé. C'est un objet de romantisme depuis des siècles chez vous.

Ses lèvres caressaient mon oreille.

— Ils fantasment d'être leur proie.

Bon sang, c'était la vérité.

— Pas tout le monde.

— Bien sûr. Pas *toi*, Amy, fit-il en ricanant. Jamais toi. À mon tour de poser des questions.

Je n'opposai aucune objection. Une fois de plus,

j'étais dans le monde de Vair, je jouais selon ses règles et tombais sans retenue sous son charme.

— As-tu déjà eu le fantasme d'être partagée ?

Je secouai la tête, soulagée par la facilité de cette question.

Il me caressait toujours. Légèrement. *Oisivement.* Juste assez pour m'exciter, me mettre les nerfs à vif.

— Tant mieux. Parce que je ne te partagerai jamais.

J'étais si excitée que je me sentais fondre.

— Dis-moi, aimes-tu sentir le regard des autres hommes sur toi en ce moment ?

— Non, avouai-je dans un souffle. Pas du tout.

Encore une question facile.

— Très bien. À moi non plus, ça ne me plaît pas.

Il prononça quelque chose en langue K. Soudain, l'air se mit à onduler comme de l'eau juste sous mes yeux, formant des vaguelettes avant de prendre une teinte argentée translucide qui se propagea sur toute la longueur de la pièce pour former un mur entre nous et les autres occupants, semblable à un miroir sans tain.

Mais je n'eus pas le temps de m'interroger sur ce phénomène impressionnant, car le doigt de Vair se glissa dans ma culotte, qu'il déchira d'un coup sec à l'entrejambe.

L'air frais m'effleura. J'étais exposée et je mourais d'envie de sentir ses doigts chauds.

Et bien plus encore.

— C'est mieux ? demanda-t-il en m'écartant les jambes avec ses genoux, passant sa main sur ma poitrine en remontant jusqu'à mon cou.

Je ne répondis pas. Mon cœur cognait dans ma poitrine tandis que ses lèvres se pressaient contre mon oreille et que ses doigts se resserraient autour de ma gorge.

— Un autre fait : Tu es prête pour que je te baise maintenant. Tellement prête que tu pries pour que je le fasse sans que tu aies besoin de me le demander. Tu espères que je te mordrai, n'est-ce pas ? Que je te donnerai l'excuse dont tu as besoin pour perdre le contrôle et me supplier de te baiser jusqu'à ce que tu oublies pourquoi tu as toujours cru que jouer la sécurité dans la vie était une bonne idée. C'est pour ça que tu te frottes contre moi, tout contre mon doigt. C'est pour ça que tu appuies tes belles fesses rebondies sur mon sexe en érection, n'est-ce pas ? Tu espérais que je perde le contrôle. Tu espérais que je me change en prédateur sauvage et fougueux qui prendrait ce qu'il veut pour que tu n'aies pas à admettre que tu le désires aussi. Eh bien, poursuivit-il avec un ricanement sombre. Tu as de la chance. J'ai été un sauvage très patient, Amy. Pendant *un long mois*. Je t'ai laissé du temps. Du temps pour écrire ton article. Du temps pour faire le tri dans ta tête. Du temps pour venir à moi selon tes propres conditions. Tu ne l'as pas fait. Alors maintenant, c'est moi qui mène la danse. Et je vais te baiser.

Il avait prononcé cette dernière phrase lentement, son souffle chaud contre mon oreille tandis que mon pouls battait frénétiquement sous ses doigts.

— Ensuite, je te mordrai.

Sa voix était calme et mesurée, en opposition radicale à l'urgence violente qui émanait de lui.

— Et puis, je te baiserai *vraiment*.

Immobilisée par la peur et l'excitation, je restai muette tandis que son autre main retirait le bloc-notes de mes doigts moites. Je ne pris même pas la peine de regarder ce qu'il en faisait.

Ensuite, il m'ôta mes lunettes.

Je ne protestai pas.

— Enlève ta robe si tu tiens à la garder.

Je ne bougeai pas.

Mon corps sursauta par réflexe lorsque ma robe et mes sous-vêtements me furent arrachés quelques secondes plus tard.

CHAPITRE VINGT-DEUX

Vair se leva et je quittai ses genoux. Mon corps nu tituba en avant et je fis un pas de côté, déséquilibrée dans mes talons aiguilles, jusqu'à ce que mes paumes trouvent un appui contre l'étrange paroi de verre qui nous séparait de l'orgie de la star de télé.

Je connus un moment de panique à l'idée d'être complètement exposée, debout sans rien d'autre que mes chaussures, mon nez à quelques centimètres de la surface en verre qui paraissait à la fois solide et vivante, aussi fluide que de l'eau, ondulante et vibrante d'énergie sous mes paumes. Aux premières loges, j'avais une vue imprenable et détaillée sur le corps à corps extraterrestre qui devenait de plus en plus torride à chaque instant.

De l'autre côté de la glace, personne ne me regardait. J'en déduisis qu'ils ne pouvaient pas me voir, qu'il s'agissait d'un miroir à deux faces étant donné que Vair m'avait avoué ne pas apprécier que d'autres hommes se rincent l'œil en ma présence. Malgré tout, je ne m'étais jamais sentie aussi nue et vulnérable.

Je reculai d'un pas en repoussant la vitre, mais je n'allai pas plus loin. Mes fesses heurtèrent les cuisses fermes de Vair. Soudain, ses mains étaient partout. Son corps se frottait contre le mien, par-derrière, me recouvrant intégralement.

Et mes mains étaient… prises au piège.

Littéralement.

Cette vitre surnaturelle était vivante. Elle s'était enroulée autour de mes poignets, qu'elle détenait sous sa surface. Mes mains étaient positionnées à hauteur de poitrine et je pouvais voir l'endroit où le verre s'était changé en menottes claires et épaisses autour de mes poignets fins.

— Vair ? lançai-je d'une voix terrifiée.

J'étais terrifiée.

Sa paume droite se referma sur la mienne par-dessus le verre tandis que sa bouche me frôlait la joue, murmurant des paroles rassurantes qui ne me faisaient aucun effet. En vain, je continuais à me débattre.

Aussitôt, je compris pourquoi les gens utilisaient des mots de sécurité.

Parce que j'en avais besoin. Et je n'en avais pas.

— Du calme, ma belle.

Il glissa ses doigts dans les miens contre le verre mouvant, tandis que son poing gauche se refermait dans mes cheveux.

— Tout va bien. Le mur ne te fera aucun mal.

Il pencha ma tête en arrière.

— Je ne laisserai jamais rien te faire du mal.

— Je n'aime pas être attachée !

Mes yeux suppliaient les siens, deux cercles obscurs remplis de désir qui m'examinaient. Je me rendis compte que son regard n'était pas dénué de compassion. Pendant un bref instant, il sembla sincèrement sensible à ma requête.

Puis ses lèvres se posèrent sur les miennes pour le premier véritable baiser conscient que nous échangions depuis nos retrouvailles.

— Cette fois, tu vas aimer, me promit-il d'une voix douce.

Il mordilla ma lèvre inférieure, tirant délicatement dessus entre ses dents en me suçotant légèrement.

— Parce que tu es avec moi.

Il se plaqua contre moi et son sexe en érection vint exercer une pression contre mes fesses, si dur et si énorme qu'une autre vague d'appréhension m'assaillit.

— Et tu sais que je te protègerai toujours.

Je l'ignorais.

Pourquoi le saurais-je, d'ailleurs ?

Son espèce était l'ennemie de ma planète. Il me soumettait au chantage. Il me retenait prisonnière contre un mur transparent et mouvant sorti tout droit d'une histoire d'horreur et de science-fiction, avec l'intention de me baiser pendant que j'étais contrainte de regarder la folle orgie érotique qui se déroulait à quelques pas de moi, de l'autre côté de ce mur sinistre.

Je n'avais jamais été aussi terrifiée et à la fois excitée de toute ma vie.

— Je t'adore, petite humaine.

À nouveau, « petite humaine » redevenait un mot tendre, et il m'embrassa sans la moindre agressivité, contrairement à ce que j'avais pensé quand il m'avait d'abord annoncé qu'il allait me baiser, me mordre et ensuite « vraiment » me baiser – dans cet ordre-là. Sa douceur me déstabilisa lorsque ses lèvres me caressèrent et me pincèrent. Ma bouche finit par se détendre, l'autorisant à approfondir le baiser.

— Je t'adore, répéta-t-il avant d'enfoncer sa langue dans ma bouche pour un baiser langoureux et enivrant.

Mon corps devint si lourd de désir que je fus presque contente que les attaches murales soient là pour me maintenir en place.

— Je ne te ferai jamais de mal, murmura-t-il.

Ses paroles n'avaient aucun sens. Les K n'adoraient pas les humains. Et je ne doutais pas qu'il me fasse du mal tôt ou tard.

Mon corps ne connaissait pas la différence. Il se fichait bien que Vair soit cette menace évidente que même mon instinct défectueux devrait pourtant repérer.

Je me laissai aller contre lui, mes tétons douloureusement tendus, avides de friction alors que seul l'air frais les effleurait. L'excitation inonda mon sexe, ruisselant à l'intérieur de ma cuisse. J'étais contractée par le désir de le sentir à l'intérieur de moi. Je voulais qu'il enfonce sa verge extraterrestre au plus profond, là où je pourrais à peine le contenir.

Mon corps ne se souciait pas de savoir que j'étais en

territoire dangereux et instable. Il n'avait qu'une envie, perdre le contrôle.

Au diable le danger et les conséquences, parfois une fille a juste besoin de s'envoyer en l'air.

Alors je lui rendis son baiser comme une femme embrasse un homme quand c'est exactement ce qu'elle veut, le défiant en silence de tout me donner, sachant que Vair le ferait.

Son gémissement d'approbation mourut dans ma gorge tandis que ses mains remontaient le long de ma peau hérissée par la chair de poule. Son toucher était trop léger et trop bref pour satisfaire pleinement mon bas-ventre tremblant et mes tétons endoloris.

J'écartai les jambes et appuyai mes fesses contre son aine pour le supplier.

Il interrompit notre baiser et me dit dans un souffle rauque :

— Tu es si douce. Exactement comme je le pensais.

Sa main descendit vers mon pubis et se posa entre mes cuisses humides, avant de me contourner pour m'agripper la fesse.

— Ce cul me hante depuis un mois, avoua-t-il en traçant un chemin de baisers le long de ma colonne jusqu'à se retrouver à genoux derrière moi.

Il m'embrassait, me léchait et me suçait, mordillant ma fesse avec avidité. J'étais certaine qu'il y laisserait des marques.

Même si mes ex-petits amis avaient toujours été fous de mon postérieur, aucun d'entre eux n'y avait encore jamais fait de suçon. Il y avait quelque chose de tellement érotique et légèrement tabou, comme une leçon d'humilité dans la façon dont Vair rendait hommage à mes fesses.

En entendant les bruits qu'il faisait, et en sachant à quel point il était excité de m'embrasser cette partie du corps, je perdis complètement la notion préconçue de dignité que j'avais si longtemps retenue. Je ne me souciais plus d'être enchaînée à une vitre mouvante, sur le point de me faire dévorer l'arrière-train par un extraterrestre dominateur et terrifiant. Me hissant sur la pointe des pieds dans mes chaussures à talons, je me cambrai au maximum tandis que ses doigts écartaient mes fesses rebondies afin de laisser passer sa langue exploratrice.

Quand cette langue chaude entra en contact avec ma peau, me léchant sur toute la longueur, du clitoris jusqu'à l'anus, je perdis les pédales. Je veux dire par là que je gémis sans retenue.

Tandis que Vair commençait à mordiller, sucer et lécher chaque millimètre carré de mes parties intimes exposées et énergiquement stimulées, je rejetai des années de bonnes manières savamment inculquées et je me mis à produire des sons qui rivalisaient avec ceux de la star de séries télé de l'autre côté de la vitre. Défoncée à la salive de K, elle se faisait baiser par tout un tas d'extraterrestres Krinars bouillants et insatiables.

Lorsque les yeux des participants à l'orgie se tournèrent dans ma direction, je me rendis compte que s'ils ne semblaient pas en mesure de me voir, ils m'entendaient sans le moindre doute. Et ce qu'ils entendaient leur plaisait. Beaucoup.

À leurs iris luisants d'excitation, leurs pupilles dilatées et l'accélération de leurs mouvements – que ce soit en se caressant la queue ou en pénétrant de plus belle la cliente, invitée ou encore patiente humaine dont ils s'occupaient –, je compris que mes gémissements les excitaient terriblement.

Leurs yeux avides regardaient dans ma direction sans me voir et je savais qu'ils imaginaient ce que Vair pouvait me faire derrière la cloison sans tain.

J'avais envie de me taire, mais c'était impossible.

Tout cela était torride à la limite du supportable. Si inconvenant et enivrant à la fois que j'avais du mal à croire que c'était bien réel.

Pourtant, c'était vraiment en train de se produire.

C'était trop pour que je résiste plus longtemps : la pression de la langue de Vair contre mon clitoris, ses doigts qui m'écartaient les fesses, s'enfonçant dans ma chair, et son pouce qui caressait doucement ma vulve.

Soudain, son long doigt humide commença à exercer une pression à l'intérieur de moi, là où aucun homme n'avait encore osé s'aventurer, déclenchant un chapelet de supplications ponctuées de jurons tandis que je me disloquais contre son visage.

CHAPITRE VINGT-TROIS

Je n'eus pas le temps de retrouver mes esprits. Mon orgasme venait à peine de s'estomper que Vair était déjà debout derrière moi, enfonçant sans ménagement son érection volumineuse entre mes parois détrempées en dépit des dernières contractions qui s'y attardaient.

Mes jambes tremblaient si violemment qu'elles ne supportaient presque plus mon poids. Les menottes du mur et la poigne de Vair me maintenaient debout. Ses grandes mains autour de ma taille et ses cuisses puissantes plaquées derrière les miennes, il me pénétra de toute sa longueur.

Un bruit à mi-chemin entre le grognement et le cri de plaisir m'échappa lorsqu'il heurta mon col de l'utérus.

Il me paraissait plus imposant que dans mes souvenirs. *Énorme*, en dépit de l'orgasme qui m'avait mouillée et des fluides qui lubrifiaient suffisamment mon sexe pour le laisser entrer.

Mais ce n'était pas une simple pénétration.

J'avais l'impression qu'il s'agissait d'un accouplement primitif, d'une invasion profonde et dévorante. Ses doigts se resserraient autour de ma taille jusqu'à la douleur.

Un grognement de satisfaction fit vibrer sa poitrine. Je le sentis résonner à travers moi, du bout de mes orteils jusqu'à mes doigts emprisonnés. Et je compris…

Il prenait possession de moi.

Si j'avais encore le moindre doute, il se dissipa dès l'instant où il commença à bouger. Il s'enfonçait jusqu'aux bourses à chaque coup de reins, maîtrisé, mais brutal, à la fois tendre et implacable. Ses coups de boutoir me remplissaient entièrement jusqu'aux frontières de la souffrance malgré ses doigts attentionnés qui prodiguaient leurs caresses à mon renflement nerveux et ses mots doux qui m'encourageaient à en accepter encore plus, à l'accueillir sans retenue.

Dans mon dos, il se mit à débiter des paroles incompréhensibles : je lui appartenais, j'étais faite pour lui. Il me jurait que je me moulerais à lui, que mon corps était conçu pour accepter le sien pour l'éternité.

Je savais qu'il était sérieux. Instinctivement, je comprenais que ce n'étaient pas des paroles en l'air ni des exagérations susurrées sur l'oreiller. Il s'engageait en me promettant de me garder, cette fois, avec la ferme intention de me baiser *éternellement.*

La logique ne m'était d'aucun secours pour comprendre ce que cela signifiait. C'était une prise de conscience plus ancrée, une certitude viscérale. Quelque chose que je sentais dans les va-et-vient de sa queue, tandis qu'il me remplissait là où aucun homme ne m'avait encore jamais atteinte, dans la chaleur qui se propageait dans ma poitrine. Je savais qu'il me désirait, qu'il avait besoin de moi à ses côtés.

C'était terrifiant et merveilleux à la fois.

Grisant et déconcertant.

Mais surtout, je n'étais pas préparée à affronter des émotions si complexes et contradictoires tout en étant attachée, en train de me faire labourer par-derrière devant une scène d'orgie extraterrestre dans le sous-sol d'un club X.

Je chassai donc ces pensées de ma tête, les refoulant au fin fond de mon intuition bancale, les déconnectant et les isolant dans la matière grise de mon esprit pour y revenir plus tard.

Ce n'était que du sexe.

Du sexe explosif, dépravé et détonant, au parfum de chantage.

Je n'avais pas besoin de m'appesantir sur des émotions indésirables et troublantes pour essayer de discerner le sens des paroles de Vair ou comprendre les intentions plus profondes qu'étaient les siennes au-delà de cette baise intersidérale. Tout mon corps était vibrant de tension, et mon sexe à vif, mûr pour une explosion que je serais impuissante à contenir.

J'émettais des gémissements bestiaux et passionnés, haletant au rythme des claquements de ses bourses contre mes fesses. Je hurlais des mots sans queue ni tête. Personne n'avait jamais autant utilisé et vénéré mon sexe.

Et chaque K dans la pièce attenante prenait son pied dans l'attente collective de mon prochain orgasme. J'avais réussi à supplanter une somptueuse actrice, m'accaparant toute leur attention.

D'après les bruits qui provenaient de notre côté de la cloison, ils comprenaient que j'étais en train de me faire baiser dans les règles de l'art et que Vair rattrapait le temps perdu. Cette seule idée était bien plus excitante qu'elle n'aurait dû l'être.

Dans l'ensemble, le plaisir que je tirais de cette scène me perturbait intensément. *Mais pas assez pour freiner le train à grande vitesse de mon orgasme en approche.*

— Ça y est, ma belle. Lâche-toi. Montre-moi qui tu es vraiment.

J'explosai.

Violemment.

Me contractant autour de la plus grosse verge qui m'ait jamais pénétrée, je ressentis une vague de tension jusqu'aux tréfonds de mon être, avec plus de force que jamais. Mes muscles internes frémirent, se resserrant avec ardeur par vagues successives, pompant Vair et prenant possession de lui en exigeant sa capitulation.

Enchaînée à un sinistre mur mouvant dans les entrailles d'un club libertin extraterrestre, penchée en avant en train de me faire baiser plus fort que jamais, je n'avais pourtant pas l'impression d'être une victime. Les coups de reins de Vair se firent plus brefs, presque punitifs, tandis que son souffle s'accélérait et qu'il poussait des jurons en Krinar, hachés et d'une voix forte.

Soudain, j'eus l'impression que c'était moi, la prédatrice sauvage, l'espèce conquérante et dominante qui tenait Vair et les autres K dans la salle à ma merci tandis que mon orgasme déclenchait enfin celui de Vair, aspirant hors de son puissant corps de Krinar chaque goutte de sa substance et l'absorbant au plus profond du mien… là où je voulais qu'il demeure.

CHAPITRE VINGT-QUATRE

Il s'effondra contre moi.

À moins que ce soit moi qui me sois effondrée ?

Pendant un moment, je crus avoir perdu connaissance, mais je me rendis compte que c'était la cloison de verre qui venait brusquement de s'obscurcir, devenant complètement opaque. Les grognements des autres K et les claquements de leurs corps s'étaient atténués. Mon propre souffle me parut soudain retentir trop fort dans la pièce silencieuse que je ne partageais qu'avec Vair.

Je l'entendais respirer dans mon dos. Son souffle effleurait le sommet de ma tête.

Le mur avait libéré mes poignets. J'étais prise en étau entre la paroi et Vair. Son bras autour de ma taille me maintenait contre lui et sa queue à demi dure était encore enfouie en moi.

Ses lèvres descendirent sur le côté de mon visage

humide de sueur, y posant des baisers tandis qu'il chuchotait :

— Ça va ?

Je n'avais pas de réponse à lui donner.

J'ignorais si j'allais bien.

J'ignorais ce qui venait de m'arriver et s'il était possible que j'aille bien un jour.

— Il le faut, dit-il devant mon absence de réponse. Parce que ce n'est pas fini, ma belle.

En réaction, mes muscles palpitèrent et se resserrèrent autour de lui.

— C'est bien, susurra-t-il à mon oreille.

Je le sentis durcir et s'allonger de nouveau à l'intérieur de mon corps.

— Toujours prête pour moi.

Je grimaçai lorsqu'il se retira. Après notre étreinte vigoureuse, j'étais rincée. Mais par-dessus tout, c'était de ne plus le sentir en moi qui me déprimait. Même si ce fut de courte durée, car il me retourna dans ses bras pour me regarder en face.

Il agrippa mes fesses, et mes talons quittèrent le sol. Il souleva mes jambes afin de les enrouler autour de sa taille. Le mur était froid contre mon dos humide lorsqu'il m'y appuya.

— Tu m'as manqué, dit-il en unissant nos lèvres.

D'abord, ce fut timide, puis il me dévora.

Son sexe rigide écartait déjà les replis entre mes cuisses et je me raccrochai à ses épaules pour l'inviter plus près. Je voulais sentir mon corps se fondre dans le sien tandis que les caresses douces et sensuelles de sa langue se calquaient sur celles du membre épais qui se frayait un chemin en moi.

Cambrée contre le mur pour garder l'équilibre, j'inclinai le bassin en avant, oscillant en me plaquant contre lui. J'avais beau me sentir encore endolorie et gonflée, je voulais qu'il prenne possession de moi.

Mon besoin était plus intense encore que la douleur.

J'avais l'impression d'être folle de le désirer à ce point. Et plus folle encore à la perspective que cette soirée prenne fin.

Car elle se terminerait. C'était pratiquement la seule certitude qui existait au cœur de cette danse insoutenable que nous avions entreprise.

Et pourtant, je voulais que ce moment s'éternise. Je voulais que ces sentiments et cette connexion entre nous soient bien réels, qu'ils élisent définitivement domicile en moi, même si c'était impossible.

Il s'enfonça plus profondément, me pénétrant tout entière. J'étais tellement remplie qu'un cri m'échappa. Il s'immobilisa pour me laisser m'ajuster.

Nos fronts se rejoignirent. Son nez frôla le mien et nos souffles se mêlèrent.

— Et moi, je t'ai manqué ?

Je ne comprenais pas vraiment ce qu'il me demandait. Voulait-il savoir s'il m'avait manqué depuis le début de soirée, quand nous nous étions retrouvés, ou bien depuis le mois dernier ?

Quoi qu'il en soit, je n'avais aucune réponse. Le

manque n'était pas un luxe que je pouvais me permettre avec quelqu'un comme Vair.

— Te souviens-tu de cette pièce, lors de ta dernière visite ?

Je secouai la tête. Étais-je dans le sous-sol de son club X ce soir-là ? C'était nouveau. En même temps, c'était plausible, étant donné que les détails de ce qui s'était passé après qu'il m'eut mordue demeuraient flous dans mes souvenirs pourtant vivaces.

Ce qui ressortait nettement, c'étaient les sensations que j'avais éprouvées à son contact. L'odeur de sa peau, le goût de sa bouche et de son sexe, les bruits qui lui échappaient. Je me rappelais aussi les nombreuses positions dans lesquelles il m'avait prise, mais ce n'étaient que des instantanés en couleurs dans ma tête, en alternance avec les vagues puissantes de désir qui m'avaient portée sans relâche.

Je sentis son sourire contre mes lèvres.

— Aimerais-tu voir *mes* souvenirs préférés ?

C'était l'une des questions typiques de Vair qui n'attendaient pas vraiment de réponse. De toute façon, il allait me les montrer.

J'entendis les « souvenirs » de Vair avant de les voir tandis que des images en trois dimensions prenaient vie tout autour de nous dans l'espace jusqu'à présent silencieux.

Un gloussement nerveux monta dans ma poitrine, plus euphorique qu'anxieux, bien qu'il n'y ait absolument rien de drôle dans les images érotiques de nos deux corps enlacés qui apparurent lorsque je tournai la tête, découvrant de nouvelles séquences de ma première visite au club X.

À ma grande surprise, je constatai que ce n'était pas la première fois que je couchais avec Vair tout en étant attachée.

Et de toute évidence, ça m'avait beaucoup plu.

On voyait Vair me prenant par-derrière alors que j'étais penchée, attachée à une sorte de tréteau capitonné. Puis il baisait ma bouche en profitant du fait que j'étais cambrée et ligotée à l'envers sur un banc.

Mon sexe palpitait autour du sien tandis que je regardais la vidéo honteuse.

Il commença à bouger à l'intérieur de moi, lentement, avec douceur, mais à un angle tel qu'il m'atteignait au plus profond.

Je repliai les cuisses et mes chevilles se resserrèrent autour de sa taille.

— Tu vois comme nous allons bien ensemble ? fit-il en mordillant mon lobe d'oreille. Comme c'est parfait ?

Ses questions étaient autant d'affirmations qu'il m'assénait.

Ce que je voyais, c'était que mon extraterrestre était un enfoiré pervers, au-delà de tout ce que mon expérience sexuelle plutôt fade et limitée avait jamais connu.

Nous étions radicalement incompatibles.

Sur un autre hologramme, j'étais attachée à l'une de ces croix de Saint Andrew en forme de X, gémissant et hurlant à tue-tête tandis que Vair était agenouillé devant moi, la bouche et les mains actives et sans merci sur mon sexe.

À cette vue, mon bas-ventre se contracta autour de Vair. J'écrasai mon bassin contre lui dans un mouvement circulaire.

C'était sans doute le spectacle le plus torride que j'aie jamais vu. C'était une image qui me hanterait. Une image que je ne pourrais jamais oublier – et je n'en avais *aucune envie*.

Nous n'étions vraiment pas faits l'un pour l'autre.

— Tu vois pourquoi je voulais que tu reviennes au club ?

À présent, sa bouche imbibait ma gorge et ses doigts tiraient sur mes tétons.

Je voyais très bien.

Et en même temps, je ne voyais pas.

— Tout va bien, chérie ?

Je hochai la tête. Je me sentais submergée, j'avais besoin de plus, mais j'avais envie de moins. Je désirais tout ce que mon amant extraterrestre avait à me donner, aussi effrayant que ce soit.

— Ça va ?

Il s'enfonça lentement, puis se retira.

Il m'étirait.

Il m'apaisait.

Il me faisait brûler de l'intérieur, d'un désir presque douloureux.

Incapable de parler, je hochai de nouveau la tête.

— Je vais te mordre, Amy.

C'était une affirmation. Mais à la façon dont il

l'avait annoncée, je comprenais qu'il me laisserait le choix, il me donnait une occasion de refuser si je n'étais pas d'accord.

Et ça ne faisait que raviver mon désir.

Je hochai la tête en la penchant pour m'offrir à sa bouche inquisitrice. Je glissai les doigts dans ses cheveux soyeux, l'attirant encore plus près tandis que mes hanches ondulaient tout contre les siennes, accueillant ses coups bien trop lents et trop doux.

— Oui… c'est ça, ma belle. Montre-moi. Je te donnerai tout ce que tu veux.

Ses mouvements accélérèrent. Ses hanches allaient et venaient entre mes cuisses, avec une vigueur renouvelée, tandis que sa bouche se pressait contre la colonne de mon cou. Sa main se fraya un chemin entre nos deux corps pour toucher mon clitoris palpitant.

Je sentis la douleur vive de la morsure et je poussai un cri, traversée par la peur. Ses dents acérées déchiraient ma chair fragile. C'était douloureux, une brûlure charnelle et perverse. Bientôt, la succion érotique de ses lèvres et de sa langue m'arracha un orgasme avec une force chauffée à blanc qui m'aveugla, m'enflammant la peau et m'éperonnant le cœur.

Après quoi, seul un plaisir éperdu parvint à ma conscience. Mon corps fut saisi de spasmes continus, enchaînant les sommets d'extase, perdu dans un monde où rien d'autre n'existait que Vair et notre étreinte, atteignant une béatitude absolument divine.

———

J'étais vaguement consciente des mains de Vair en train de me laver. C'était bien plus tard, des heures, peut-être même des jours. Ensuite, sa collègue Shalee m'examina et mesura mes signes vitaux en des endroits inhabituels et avec des outils médicaux inconnus tout en échangeant à mi-voix avec lui.

Il me semblait que j'étais épuisée au plus haut point. J'étais lessivée, mais je luttais contre l'appel du sommeil, car je ne voulais pas que ma nuit avec Vair se termine. Je me rappelle m'être humiliée en le suppliant, lui expliquant que je ne voulais pas m'endormir pour me réveiller seule dans mon appartement, une fois de plus, comme la première fois où j'étais allée dans son club. Puis j'avais essayé de me rattraper en prétextant que c'était sa salive de K qui avait parlé pour moi.

Il m'embrassa et me promit d'être présent quand je me réveillerais, puis il me déposa dans le lit le plus confortable où je m'étais jamais allongée. Je m'endormis peu de temps après, bercée par les mots en Krinar qu'il prononçait de sa voix grave et par la sensation de ses doigts qu'il passait avec douceur dans mes cheveux.

CHAPITRE VINGT-CINQ

Mes nouveaux draps frottaient contre moi de la plus sensuelle des manières. Ils caressaient légèrement mes jambes nues, les épousant de façon divine. Mon Dieu, qu'ils étaient doux ! J'en commanderais d'autres… si seulement je me rappelais quand et où je les avais achetés.

Un instant… Avais-je vraiment acheté de nouveaux draps ?

Je me rendis compte que la pièce était trop lumineuse derrière mes paupières closes. Il ne faisait jamais aussi jour dans ma chambre le matin. C'est alors que je me souvins que Jay m'hébergeait. Je dormais sur son canapé pour que nous puissions décider de la marche à suivre au club X de Vair dès le…

Oh, merde !

Brusquement, je me redressai.

Le cœur battant, je restai bouche bée devant ce décor inconnu. Je n'étais pas chez Jay. J'étais dans une chambre immense, avec une grande baie vitrée révélant un splendide paysage, tout en nuages et en ciel. Dans un moment de folie absurde causée par le manque de sommeil, je craignis que Vair m'ait enlevée dans son vaisseau extraterrestre.

En sautant du lit, je découvris avec soulagement les gratte-ciel familiers de la ville de New York en contrebas.

En contrebas ?

Seigneur, j'étais très haut. Dans un loft quelque part.

— Bonjour.

En entendant la voix de Vair, je fis volte-face si rapidement que je faillis trébucher.

— Salut, répondis-je machinalement, les joues rouges et le regard méfiant.

Il était appuyé nonchalamment contre le mur près de la porte et je pris conscience que je devais me trouver dans sa chambre.

Zut. J'avais passé la nuit chez Vair ?

Baissant furtivement les yeux, je fus satisfaite de constater que je n'étais pas nue. Je portais une chemise d'homme très douce et *ample*. Celle de Vair, sans nul doute.

Ce dernier était déjà habillé pour la journée. Il était tiré à quatre épingles, très élégant et d'une attirance dévastatrice. Il me dévisageait de son regard sombre et scrutateur.

— Bonjour, dis-je comme une idiote.

J'étais désarmée et je ne savais pas quoi dire ni que faire.

Il sourit.

— La salle de bain est par ici, si tu en as besoin, fit-il en tendant le doigt sur ma droite. Tu trouveras des serviettes et des articles de toilette.

— Super !

J'avais presque crié et je détalai sans demander mon reste dans la direction qu'il m'indiquait en m'efforçant de ne pas courir et cachant du mieux possible ma stupeur en voyant que le lit et les tables de chevet flottaient au-dessus du sol comme les meubles dans le sous-sol du club X.

— Oh, et… Amy ! lança-t-il alors que j'atteignais la porte ouverte de sa salle de bain luxueuse.

— Oui ?

Je sursautai et fis volte-face, lâchant un cri de surprise en le découvrant debout juste derrière moi.

Il me prit par les épaules et m'aida à retrouver l'équilibre, les sourcils froncés. On aurait dit qu'il allait me demander si tout allait bien, comme il le faisait toujours, et je le devançai :

— Je dois *vraiment* me soulager.

— Bien sûr, fit-il en relâchant mes épaules. Je voulais juste te dire que la salle de bain est intelligente, comme le reste du logement. Elle est équipée par une technologie Krinar programmée pour répondre à ma voix, mes gestes et mes commandes mentales. Je ne l'ai pas encore programmée pour réagir à ta présence, alors tu auras peut-être besoin d'aide pour paramétrer la douche comme tu le veux si jamais tu décides d'en prendre une ce matin.

J'avais cessé de prendre ses mots au sérieux dès qu'il avait qualifié son immense loft de simple « logement ». Et lorsqu'il avait expliqué qu'il allait programmer sa douche de sorte qu'elle réponde à mes commandes, comme si j'allais l'utiliser assez souvent pour que cela devienne nécessaire, je m'étais fermée et j'avais fait la sourde oreille.

Secouant la tête, je le chassai par un geste évasif avec un sourire hésitant.

— Je vais juste au petit coin, puis je rentrerai, d'accord ? Je me… doucherai chez moi.

Je m'enfermai dans la salle de bain et verrouillai la porte avant qu'il puisse ajouter un mot. Puis je me forçai à prendre de grandes inspirations en comptant jusqu'à dix.

En un mot, la salle de bain était *ridicule*. Mon regard étonné découvrit le marbre noir et blanc, une énorme baignoire creusée et une douche à l'italienne d'une capacité de vingt personnes, avec une paroi de verre offrant une vue sur la ville.

Ce n'était pas le moment, il fallait vraiment que j'aille aux toilettes.

Je n'apercevais aucune cuvette normale, mais il y avait un cylindre creux en porcelaine avec des rebords arrondis à l'endroit où des toilettes auraient pu se trouver. Il manquait de nombreuses composantes habituelles, notamment de l'eau et un mécanisme de chasse d'eau.

Oh, et puis zut. Je m'y assis néanmoins et soulageai ma vessie. Une fois que j'eus terminé, je me rendis compte qu'il n'y avait pas non plus de papier hygiénique. Je levai les yeux au plafond. *Manifestement, les négligences typiques des hommes célibataires s'appliquaient aussi aux extraterrestres.*

J'étais en train de réfléchir à mes options quand un air chaud se mit à me souffler sur les fesses sans prévenir. Je bondis du cylindre en poussant un cri.

Baissant les yeux sur la porcelaine blanche, je n'aperçus aucune trace d'urine, bien qu'il n'y ait toujours pas d'eau dans la cuvette et aucun bruit de chasse d'eau. Je me sentais propre et sèche.

Disons que c'était différent, mais sacrément pratique, je devais bien l'avouer.

Le lavabo paraissait un peu plus normal, même s'il n'avait ni boutons ni têtes de robinet. Partant du principe qu'il fonctionnait avec capteur de mouvements, j'agitai les mains. Une substance savonneuse en sortit, suivie par un jet d'eau quelques secondes plus tard.

Pas mal du tout.

Après m'être lavé le visage, je l'examinai dans le miroir, remarquant que j'avais l'air bien plus en forme à l'extérieur que je ne l'étais à l'intérieur. Ma peau était nette et rayonnante de santé. Je n'avais pas d'affreux cernes noirs sous les yeux comme je m'y attendais.

Il y avait une brosse à dents flambant neuve et un tube à dentifrice de voyage sur le bord. J'en fis bon usage. On aurait dit que c'était là spécialement pour moi et je me demandai comment le Krinar se lavait les dents.

Même si j'avais transpiré abondamment la veille au soir, je me rendis compte que je ne sentais pas mauvais. À vrai dire, mes cheveux et mon corps donnaient l'impression d'avoir été fraîchement lavés. Des souvenirs désarticulés de Vair en train de me faire prendre un bain, à un moment donné la nuit dernière, revinrent à la surface.

Et de Shalee, s'assurant de ma bonne santé.

Malgré le brouillard causé par la morsure, qui m'avait engourdie aux petites heures du jour et commençait seulement à se dissiper, je me rappelais avoir trouvé ses méthodes « de vérification des signes vitaux », pour reprendre ses termes, franchement peu orthodoxes.

Mon pouls s'accéléra. Je me souvenais qu'elle avait inséré en moi un outil médical étroit, de la taille d'un tampon. Me laissant tomber sur un banc en marbre devant l'entrée de la douche, je relevai les pieds en écartant les genoux.

Après la durée et l'intensité de mes rapports avec Vair, qui était surdimensionné selon les normes humaines, j'aurais dû avoir mal rien qu'en urinant ce matin. Mais je me sentais parfaitement bien. Et visuellement, il n'y avait rien à signaler, exactement comme le lendemain matin de ma première rencontre avec Vair. Cette fois-là, je m'en étais déjà étonnée, ce qui m'avait même fait douter de la réalité des événements survenus la veille.

On présumait que les Krinars disposaient de technologies de guérison avancées, étant donné ce que les humains savaient de leur espérance de vie plus longue. Était-ce possible que Vair et Shalee m'aient fait bénéficier de leurs techniques médicales ? Rien que pour faire guérir plus vite mon vagin ?

Aussi fou que ce soit, ça me semblait encore la meilleure explication à l'absence de douleur que je constatais. Mais pourquoi avaient-ils fait ça ? Et sans mon consentement ?

M'avaient-ils fait autre chose ?

Retirant la chemise de Vair, je me levai et inspectai le reste de mon corps dans le miroir mural. Je n'avais ni marques ni hématomes aux endroits où il m'avait tenue et touchée la nuit passée, serrant et agrippant ma chair comme un amant insatiable. Je n'avais pas non plus de traces de morsure dans le cou.

Ni sur les fesses.

Tout en examinant chaque parcelle de mon corps, je pris conscience de la netteté avec laquelle je distinguais chaque détail, le moindre pore de ma peau dénuée de défauts.

Ma vue !

Je ne portais plus mes lunettes. J'ignorais où elles étaient passées depuis que Vair les avait retirées en même temps que mes vêtements.

Oh, bon sang, avaient-ils également fait quelque chose pour corriger les problèmes de vue que je me traînais depuis toujours ? Était-ce pour ça que je voyais mieux sans lunettes depuis quelques semaines ?

Mais pourquoi faire une chose pareille ? *Pourquoi moi ?*

Je me rassis sur le banc en marbre, posai les coudes sur mes genoux et laissai tomber mon front dans mes mains tandis que les mots sinistres de Tauce me revenaient à l'esprit : il m'avait dit que j'étais la propriété de Vair. *Les K prennent ce qu'ils veulent et gardent toujours ce qui leur appartient.*

Oh, Seigneur. C'était exactement ce que Vair lui-même avait dit tout en me prenant par-derrière dans le sous-sol du club X. Il avait dit que je lui appartenais, que cette fois il me garderait et qu'il avait l'intention de me baiser pour l'éternité.

— Amy ?

Je sursautai en entendant la voix de Vair et ses coups délicats contre la porte de la salle de bain.

— Trouves-tu tout ce dont tu as besoin ?

— Oui ! lançai-je. Tout va bien. Je… je sors.

J'enfilai de nouveau sa chemise et quittai la pièce. Il m'attendait devant la porte, le regard doux et un sourire triste aux lèvres. On aurait presque dit qu'il faisait un *effort* pour ne pas avoir l'air menaçant.

Comme si le prédateur en lui avait perçu ma peur et ma panique.

Il me tendit la main.

— Viens. Je vais te faire visiter.

Glissant ma main dans la sienne, je fis de mon mieux pour garder mon calme tandis qu'il me conduisait dans son « logement » luxueux.

L'appartement était immense. Il devait bien occuper les trois derniers étages de l'immeuble.

Élégant et moderne, chic et minimaliste, avec des baies vitrées qui s'élevaient sur trois niveaux, le loft était un modèle de lignes épurées et de symétrie architecturale. Les meubles futuristes de Vair ainsi que ses appareils et équipements technologiquement avancés complétaient les surfaces en marbre plus conventionnelles et les parquets en chevrons de chêne typiques des résidences traditionnelles cossues de Park Avenue.

Aussi somptueux que soit l'espace intérieur, la vue qu'offraient les fenêtres inspirait l'admiration. Nous n'étions plus dans le quartier de Meatpacking, c'était évident. La pièce principale était orientée vers le nord et nous nous trouvions suffisamment haut pour que je puisse voir tout Central Park jusqu'au pont George Washington.

Il n'y avait pas de mots, mais j'en trouvai un :

— Waouh, soufflai-je, ma voix enrouée du matin perdue dans ces lieux grandioses.

Un peu comme moi.

— Ça te plaît ?

Le pouce de Vair caressait la peau sensible de mon poignet.

Je hochai la tête.

— C'est… époustouflant.

C'était un vrai bijou d'architecture. *Sur Park Avenue.* Une résidence convoitée à New York avec des appartements frôlant les cent millions de dollars. Et je me trouvais dans l'un d'entre eux, surplombant Central Park, ma main dans celle de l'envahisseur extraterrestre qui y habitait, également propriétaire de club libertin.

Je dois m'en aller.

Il serra doucement ma main.

— Merci.

À ces mots, je me détournai du paysage pour surprendre son sourire, comme s'il était sincèrement ravi de ma réaction.

— Je suis content que ça te plaise.

Il n'y avait pas le moindre sarcasme dans sa voix.

Je déglutis, réfrénant la petite voix paniquée qui hurlait dans ma tête : *Va-t'en !*

— Tu n'as pas vraiment besoin de mon approbation, dis-je avec un rire nerveux.

Je me sentais toute petite dans la chemise ample de Vair et son loft monumental.

Sa main bougea dans la mienne et il repositionna ses doigts pour les entrecroiser avec les miens.

— Ne sois pas nerveuse, Amy.

Son pouce reprit ses caresses nonchalantes.

Mon rythme cardiaque monta en flèche. Le sang cognait dans mes oreilles et mes joues se mirent à brûler. Mon ventre se noua, des points noirs envahirent ma vision. Soudain, j'étais plus terrifiée en tenant la main de Vair dans son appartement que je ne l'avais été dans le sous-sol de son club X, entourée de K excités et prise au piège d'un mur de verre mouvant.

Ma peur était ridicule, mais bien réelle.

Je savais que Vair la sentait, lui aussi. J'entendais l'inquiétude dans sa voix, qui me parvenait de loin à travers le rugissement du sang dans mes oreilles. Il me demandait si j'allais bien.

Si je ne m'évanouis pas et réussis à hocher la tête, c'était par pure volonté, mue par la peur plus forte encore de me couvrir de honte devant lui.

— J'ai le vertige, murmurai-je histoire de dire quelque chose. Je n'aurais pas dû m'approcher de la fenêtre.

Ses bras me fauchèrent et il me serra contre lui, m'emportant de l'autre côté de la pièce avant que j'aie le temps de respirer. Il m'étendit sur un canapé blanc flottant et s'excusa un instant. Un moment plus tard, il revint avec un verre de liquide rose clair, que je bus sans poser de questions.

Ce fut à cet instant que je compris la vérité.

Je n'avais plus peur de Vair.

Ce n'était pas l'extraterrestre Krinar intimidant qui suscitait ma panique.

C'étaient les sentiments et les réactions étranges qu'il provoquait en moi.

Je devais me ressaisir et ficher le camp de ce loft.

Il était agenouillé devant moi et je sentais le poids de ses paumes tièdes sur mes cuisses. Je croisai son regard sombre et, aussitôt, je le regrettai.

Ce n'était pas le souci que j'y voyais qui me mettait mal à l'aise, pas plus que sa sincérité. C'était la compréhension. La certitude paisible dans son regard infini qu'il voyait clair dans mon jeu sans avoir à le dire. *Et que ça ne le dérangeait pas.*

— Je sais que tu as peur de beaucoup de choses,

Amy, dit-il d'une voix grave et chaleureuse. Mais je ne crois pas que le vertige en fasse partie.

Ni lui ni moi n'osions prendre la parole. On aurait entendu une mouche voler. Mais ce ne fut pas une mouche que j'entendis. Ce fut la musique du générique de *X-Files*, quelque part dans l'appartement.

Mon téléphone.

CHAPITRE VINGT-SIX

Jay avait joué avec les paramètres de ma sonnerie de téléphone quand j'étais chez lui la veille. Il avait choisi la musique du générique de *X-Files* pour tenter de détendre l'atmosphère tendue par mon histoire avec Vair.

À présent, mon téléphone sonnait dans mon sac à main. *Quelque part.*

— Ah… c'est mon sac, dis-je en posant mon verre vide sur la table basse flottante à côté de moi. Enfin, mon téléphone dans mon sac. Je peux l'avoir ? Je crois que j'entends la sonnerie.

J'avais rangé mon téléphone dans ma minuscule pochette du soir quand je m'étais rendue au club de Vair. Tauce l'avait glissée dans un compartiment caché à l'intérieur du bar de l'étage et je n'avais pas pensé à l'emporter lorsque nous étions descendus au sous-sol.

— Bien sûr.

Vair se leva avec une grâce féline et sortit de la

pièce. Mon téléphone avait cessé de sonner lorsqu'il revint en me tendant le sac à main.

La première chose qui m'étonna lorsque je retirai le téléphone de mon sac, ce fut de constater l'heure.

— Il est vraiment onze heures passé ? protestai-je à part moi. Je n'en reviens pas d'avoir dormi aussi tard.

— Tu ne t'es pas endormie avant quatre heures du matin. Tu aurais encore besoin de quelques heures de sommeil supplémentaires.

— Je vais bien. Et toi, combien d'heures as-tu dormi ? rétorquai-je sur la défensive, avec une voix d'enfant entêté alors que j'avais l'impression d'être une fillette que l'on gronde. Tu n'as pas dû dormir beaucoup plus que moi.

— J'ai dormi trois heures. Les Krinars n'ont pas besoin d'autant de sommeil que les humains.

Vraiment ? Oh. C'était plutôt commode. Les humains auraient fait plus de progrès en tant qu'espèce s'ils avaient moins besoin de dormir.

Je me levai et me dirigeai vers les vitres, lasse du regard de Vair posé sur moi. J'avais besoin d'espace pour réfléchir.

Je me mis à faire les cent pas tout en passant en revue l'activité récente de mon téléphone. J'avais raté deux appels de Jay, vingt-neuf de mes parents et j'avais huit nouveaux messages vocaux.

Merde. C'était dimanche. J'avais dit à mes parents que je les appellerais, et je le faisais toujours avant dix heures du matin en temps normal. Sans doute avaient-ils déjà contacté la police de New York, le FBI et la

Garde nationale à l'heure qu'il était. J'avais toujours considéré comme une bonne chose que, sauf preuve de violence ou circonstances exceptionnelles, il faille attendre vingt-quatre heures avant qu'un individu soit légalement considéré comme une personne disparue. Les forces de l'ordre avaient eu beau le répéter inlassablement à ma mère, elle persistait à déclarer ma disparition chaque fois que j'omettais de prendre de ses nouvelles à l'heure convenue.

Un texto de Jay me disait de ne pas tenir compte de son message vocal, car il avait déjà parlé à Vair. Ce qui signifiait que les sept autres messages provenaient de ma mère.

Je levai les yeux au ciel, sans trop savoir si c'était à cause des sept messages de ma mère ou du fait que Jay avait contacté Vair pendant que je dormais.

J'étais en train de chercher une explication plausible, ou plutôt un *mensonge*, pour mes parents quand la musique de *X-Files* se fit de nouveau entendre.

Bon sang, c'était ma mère. Je ne voulais pas décrocher en présence de Vair, mais je savais qu'elle n'arrêterait pas d'appeler et de paniquer si je ne le faisais pas. *Et qu'elle se mettrait à appeler tous ses contacts à New York pour organiser une mission de recherche et de sauvetage.*

— Allô, maman.

— Amy, c'est toi ?

Sa voix hystérique était si nette dans mon téléphone que je dus l'écarter de mon oreille.

— Oui, maman, qui veux-tu que ce soit ?

— Il est presque onze heures et demie, s'égosilla-t-elle. Où étais-tu passée ?

— Ah, oui, désolée d'avoir raté ton appel. Je, euh… j'avais un cours de Bikram yoga tôt ce matin. C'était super, mais aussi très intense. J'étais tellement fatiguée que je me suis recouchée en rentrant. Je n'ai même pas entendu mon téléphone sonner, et je viens juste de me réveiller.

Il y avait une vérité partielle dans ma réponse. Mais j'avais l'impression de mentir comme je respirais. Je glissai un œil en direction de Vair. Le visage toujours aussi impassible, il me regardait faire les cent pas tout en passant machinalement son index sur sa lèvre inférieure.

— Du Bikram yoga ?

Ma mère avait l'air perplexe à l'autre bout de la ligne. Ou atterrée, difficile à dire. Elle répéta :

— Du Bikram yoga ? Tu fais du Bikram yoga ?

— Oui, du Bikram yoga, c'est mon nouveau truc. Bon, ce n'est pas vraiment le moment. J'ai un tas de courses à faire et l'article dont je te parlais est à rendre pour mardi. Je vous appelle plus tard, d'accord ?

— Amy, sais-tu combien de gens sont morts en pratiquant ce genre de yoga ? Tu n'as pas lu les articles que je t'ai envoyés sur ce gourou Bikram qui a été condamné à une peine de prison ?

Oh, pitié. Pourquoi n'avais-je pas inventé un mensonge sur un projet de jardinage communautaire ou autre chose ? Je l'entendis appeler mon père et je sus que je n'étais pas capable d'y faire face pour le moment.

— Je vais devoir raccrocher, maman. Je t'appelle plus tard.

Je terminai l'appel et j'éteignis mon téléphone avant de me tourner vers Vair.

— Quoi ?

Son expression était toujours résolument impassible.

— Je n'ai rien dit.

— Mais tu me juges.

— Si tu le dis, chérie.

— Tu ne comprends pas. Tu ne connais pas mes parents, d'accord ? Avec eux, il vaut mieux mentir parfois.

Pourquoi m'excusais-je ? Je ne lui devais aucune explication.

Il éclata de rire.

— Au contraire. Je les comprends très bien. Je dois avouer que ta mère me terrifie.

— Ah ! Tu parles.

L'idée que Vair puisse être terrifié par ma mère était plutôt comique.

— Je suis sérieux. Ces emails qu'elle t'envoie constamment…

Il secoua la tête en haussant un sourcil.

— C'est troublant. Même pour un comportement humain.

Je retins mon souffle. J'avais l'impression d'avoir reçu un coup de poing dans le ventre. Il s'était connecté à ma messagerie personnelle ? Seigneur, pourquoi étais-je étonnée ? Cet homme – cet extraterrestre – m'avait filmée sans mon consentement ni même que je le sache. J'aurais dû me douter qu'il avait fourré son nez dans tout ce qui m'appartenait et ce qui ne le regardait pas. Et pourtant…

— Tu lis mes emails personnels ?

— Naturellement, ma belle.

Aucun remords dans sa voix.

— Je ne suis pas ta belle. Et le comportement de ma famille ne te concerne pas.

Comment osait-il juger ma mère ?

Son sourire disparut et sa mâchoire carrée de militaire se crispa avec gravité.

— Si je peux me permettre, tout me concerne chez toi. Tous ceux qui t'affectent me concernent.

Une fois de plus, mon ventre fit une pirouette. Il était sérieux à cent pour cent.

— C'est plutôt cavalier, tu ne trouves pas ? Oh, bien sûr, tu es un Krinar. Envahir la vie privée d'une humaine, ce n'est pas un problème, c'est même le quotidien au royaume Krinar.

Mon instinct de protection et de défense envers mes parents mis à part, j'étais outrée sur un plan personnel par sa remarque – « même pour un comportement humain » –, car elle prouvait à quel point il avait une mauvaise image de ma race, et par extension, de *moi*. Cela dit, comment quelqu'un qui ne connaissait pas le respect de la vie privée le plus élémentaire pouvait-il me considérer autrement qu'inférieure ?

Son regard était pensif, et pourtant il me dit sur un ton direct :

— J'espère seulement que tu comprends que chaque fois que tes parents disent : « sois prudente », c'est « je t'aime » qu'ils te disent en réalité. Tu le sais, n'est-ce pas ?

Cette conversation n'était pas réelle.

— Une fois de plus, Vair, ce que je comprends, c'est que tout ce que me disent mes parents me concerne, moi et moi seule.

J'entendis l'écho de ma voix dans la vaste salle et je me rendis compte de son volume.

Je devais me calmer.

— C'est le seul moyen qu'ils connaissent pour exprimer leur affection envers toi. Ils te préviennent constamment de tous les dangers éventuels et ils sont excessifs dans leur façon de partager leurs craintes, mais c'est pour ton bien-être.

Je ravalai la boule gênante qui s'était formée dans ma gorge et je partis d'un rire forcé.

— Bien sûr, je le sais. C'est la base en psychologie. Tu devrais vraiment te cantonner à faire fondre les murs et autres trucs de K, et laisser la compréhension des émotions aux psychothérapeutes.

Il sourit, révélant sa dentition blanche parfaite, et eut un rire sec.

— Crois-moi, j'aimerais pouvoir le faire par moments. Mais il y a tant d'autres Krinars doués pour faire fondre les murs, et trop peu sont enclins à étudier le comportement humain.

J'avais comme l'impression de passer à côté d'une boutade.

— Tes parents t'ont programmée pour réagir à la peur. À la menace constante du danger et de l'intimidation. Et en grandissant, tu es devenue aussi terrifiée que fascinée par ces menaces.

Il secoua la tête et fit un pas dans ma direction.

— Tu places la vérité au-dessus de tout le reste, et pourtant tu mens avec une facilité déconcertante, surtout à toi-même. Ça fait de toi un paradoxe intéressant et délicieux, Amy.

Une fois de plus, il se moquait de moi.

Ou peut-être pas ?

Il fit un pas de plus. L'espace qui nous séparait me parut soudain chargé d'énergie sexuelle. Je devais la désamorcer.

— Très bien, dis-je avec un geste de capitulation. Tu as raison. Je n'ai pas le vertige. Alors comme ça, je ne mens pas bien ? Mais qu'est-ce que tu veux de moi ?

Comme il ne répondait pas, je remplis le silence à sa place :

— Écoute, je suis une enfant unique de Skaneateles, avec des parents surprotecteurs et paranoïaques. J'aurais probablement dû accepter la bourse d'études qu'on me proposait et rester à Syracuse, près de chez moi, comme le voulaient mes parents, expliquai-je tandis qu'il s'approchait toujours. Mais je voulais apprendre à me débrouiller toute seule. Alors j'ai dépensé des sommes folles pour passer mon diplôme à la fac de New York. Et maintenant, à vingt-quatre ans, j'essaie tout simplement de m'en sortir ici, en ville, et de chercher à rembourser mes dettes.

D'un mouvement fluide, il fut près de moi. Je reculai d'un pas et m'arrêtai.

— Je ne suis même pas une très bonne journaliste. Pas encore, ajoutai-je. Et comme mon patron ne me donnait que des sujets sans profondeur, j'ai commencé à désespérer.

À présent, il était suffisamment proche pour me toucher. Je savais que je ne devrais pas continuer à me justifier et à m'excuser, mais son beau regard noir m'encourageait à poursuivre.

— Alors, je suis venue à ton club X. Je n'avais pas l'intention de t'offenser ni de me mettre le Conseil Krinar à dos. Je cherchais juste une ouverture, un coup de chance. L'occasion d'écrire un véritable article de fond avec de vraies informations sur les K qui seraient plus utiles pour le public humain que tout ce que nous avons obtenu pendant deux ans, depuis l'invasion. Ne pourrais-tu pas essayer de comprendre cela et arrêter de me punir pour mon article ?

Son soupir effleura mon front.

— Amy, je te l'ai déjà dit, j'ai trouvé ton enquête brillante. Je n'ai aucune envie de te punir pour ça, et je ne laisserai personne le faire, d'ailleurs.

— Alors, pourquoi me fais-tu ça ?

Je clignais des paupières pour chasser les larmes traîtresses qui me piquaient les yeux.

— Pourquoi me fais-tu un tel chantage ?

— Ça aussi, je te l'ai déjà expliqué, ma belle. Tu n'es pas revenue dans mon club et je voulais que tu le fasses.

— Mais *pourquoi ?*

— Parce que…

Il sourit et écarta une mèche de cheveux de mon front.

— Je suis un enfant unique de Krina, âgé de huit cent quarante-sept ans, venu sur Terre pour essayer d'aider à la transition et à l'assimilation de notre espèce. Mais dès que je t'ai vue, j'ai perdu tout mon intérêt pour le reste. La seule chose que je voulais, c'était de m'assimiler avec toi.

Une fois de plus, j'entendis le sang gronder dans mes oreilles. Je savais que les Krinars vivaient longtemps, mais je n'y avais jamais vraiment réfléchi en termes quantifiables.

Il avait huit cent quarante-sept ans ?

Et il voulait s'assimiler avec *moi ?*

Aucun de nous ne parla, mais ses doigts glissèrent sur mon menton et le long de mon cou. Sa caresse légère comme une plume propagea un frisson de délice à travers moi. Tant de questions tournoyaient dans ma tête. Je finis par poser la moins importante de toutes :

— Toi aussi, tu es enfant unique ?

Il hocha la tête et sa bouche frémit aux commissures.

— Oui.

Il se pencha vers moi. Ses lèvres effleurèrent mon front.

— Par conséquent, je crains d'avoir pris l'habitude

de faire les choses à ma manière, et je n'aime pas partager.

Son ton badin et narquois était devenu solennel et presque vibrant de ferveur quand il ajouta :

— Au fait, je ne veux plus que tu passes la nuit chez Jay.

Mon dos se raidit. Je m'éloignai de lui, la colonne vertébrale bien droite.

— Excuse-moi, mais… en quoi ça te concerne, au juste ? Et d'abord, comment sais-tu… ? Tu m'espionnes ?

C'était une question absurde. Nous connaissions tous les deux la réponse. Nous savions tous les deux qu'il m'avait rendu visite la nuit précédente, chez Jay. Mais je devais quand même le lui demander.

— Quand il m'a envoyé un texto hier, Jay m'a dit que tu avais passé la soirée du vendredi chez lui.

Oh.

— Mais en effet, je t'espionne, poursuivit-il sur un ton détaché. Très intensément. C'est mon deuxième passe-temps préféré.

Son aveu me noua l'estomac. Et le plus fou, c'était que je ne savais même pas si je ressentais une vague de nausée ou au contraire un lâcher de papillons.

J'avais raison. Vair me surveillait où que j'aille.

Et il ne semblait pas en éprouver le moindre remords.

— Alors... il y a des caméras cachées dans mon appartement aussi ? Comme dans mon bureau ?

C'était une autre question stupide, mais il fallait que ça sorte.

Il me dévisagea d'un œil morne avant de répondre sans me présenter d'excuses :

— Oui. Plusieurs.

— Pourquoi ?

— J'aime te regarder, Amy.

Les jointures de ses doigts frôlèrent ma pommette.

— Beaucoup.

Je déglutis.

— Dans toutes les pièces ?

— Les plus importantes.

Que cela signifiait-il ?

— Je ne comprends pas.

Pourtant, c'était clair, mais je ne voulais pas comprendre.

— C'est simple, Amy.

Ses lèvres touchèrent mon front tandis que le poids de ses paroles marquait d'autres parties de mon corps.

— J'aime t'enregistrer. J'aime te regarder.

Il embrassa mes paupières, mon nez.

— Surtout quand tu te touches. Au lit. Dans la douche. Cette fois-là, dans ton salon…

Oh, Seigneur.

— J'aime imaginer à quoi tu penses. À mon sujet.

Ce n'était pas excitant.

— Toutes les vilaines choses que tu fantasmes sur nous.

Ce n'était pas excitant.

Mes tétons n'étaient pas de cet avis. Pas plus que mon entrejambe.

Chez Vair, tout ce qui n'aurait pas dû m'exciter avait précisément l'effet inverse. Et je ne pouvais pas l'accepter d'un point de vue rationnel.

Il passa un bras autour de ma taille tandis que son autre main se faufilait sous ma chemise trop ample avant de se poser entre mes fesses, la paume sur mes parties intimes exposées. Je plaquai les deux mains sur son torse afin de le repousser. Il ne céda pas d'un pouce.

— Il faut que ça cesse, protestai-je. Nous n'avons rien en commun.

— Tu l'as dit toi-même, nous sommes tous les deux enfants uniques. C'est une base aussi solide qu'une autre pour entamer une relation.

Je gémis. *C'était une pure folie.*

— Ça ne peut pas fonctionner.

— Ma belle, ça fonctionne déjà.

Il posa la bouche dans mon cou, embrassant et suçotant ma peau sensible.

— Tu es ruisselante.

— Mais nous ne sommes pas… compatibles.

Je poussai un gémissement quand ses doigts trouvèrent ma vulve détrempée.

De leur côté, mes mains étaient remontées sur ses épaules, mais elles ne le repoussaient plus.

Elles l'agrippaient pour le rapprocher.

— Je ne suis pas du genre à fréquenter les clubs libertins, tentai-je d'objecter à travers le brouillard de désir qui m'enveloppait. Je ne suis pas portée sur… les trucs trop… pervers.

J'entendis le rire calme et grave qui montait de sa poitrine et je le sentis dans le tremblement de ses épaules sous ma poigne.

— Évidemment, ma belle. Et pourtant, tu as supporté tout ça pour moi.

Avant que je comprenne ce qui se passait, il me soulevait dans ses bras. Par un tour de passe-passe digne des meilleures technologies K, nous étions entièrement nus et mes jambes s'étaient enroulées autour de sa taille. Sa langue chaude caressait fébrilement l'intérieur de ma bouche et je sentis le gland épais de son sexe en érection s'enfoncer entre mes cuisses.

Il resta ainsi, la queue à peine en moi, murmurant des promesses salaces tandis que ses doigts jouaient avec la fente entre mes fesses à l'endroit où nous étions unis, jusqu'à ce que, n'y tenant plus, je m'agite éperdument entre ses bras pour tenter de venir m'empaler contre lui.

Pourtant, il ne cédait pas.

Je me mis à le supplier quand ses doigts se glissèrent entre nous et qu'il entreprit de jouer avec mon clitoris jusqu'à ce que mes muscles se contractent. Bientôt, mon excitation enduisait la queue dure et obstinée à peine insérée en moi.

Mais mes supplications ne lui suffisaient pas.

Non, il fallut que je commence à avouer, à sa demande, tout ce que j'appréciais dans son club, à admettre les fantasmes les plus crus sur lesquels je me masturbais, pour qu'il me pénètre lentement de son sexe épais.

À ce moment-là, je lui en fus tellement reconnaissante que je me mis à crier à chaque centimètre supplémentaire. Je gémis en écrasant mon bassin contre lui tandis qu'il me soulevait et m'empalait de nouveau, un peu plus profondément chaque fois. Mon corps accueillait toute sa longueur, le vénérant tandis qu'il étirait mes parois internes et me pourfendait jusqu'à se retrouver enfin enfoncé jusqu'aux bourses.

Puis il nous fit asseoir ensemble sur l'un des fauteuils flottants et me demanda de prendre ce que j'attendais de lui.

Ce fut exactement ce que je fis.

Les jambes de part et d'autre de ses hanches, les

genoux dans la surface à la fois ferme et souple du siège, j'entrepris de le chevaucher en ondulant des hanches, dans un mouvement vertical qui me soulevait et me ramenait avec régularité contre son corps. Il gémit lorsque j'aspirai sa langue dans ma bouche, l'embrassant avec un abandon aveugle, à l'image du roulis éperdu de mon corps.

Ses doigts pétrissaient mes fesses et il avança les hanches afin d'accentuer la pénétration. Je revins m'empaler sans relâche contre lui.

— Tellement serrée, gronda-t-il. Tellement parfaite.

Ses mains devinrent brutales et énergiques sur ma poitrine tandis que je rebondissais, perdue dans la sensation de son sexe qui me harponnait sans ménagement, savourant la liberté et le contrôle que j'exerçais sur notre corps à corps.

Ses doigts se pressèrent avec insistance sur mon clitoris et j'étouffai mes cris dans son cou, la bouche rivée à sa peau. Ma langue se délectait de son parfum et de son goût enivrant.

— C'est ça… fit-il d'une voix rauque. Comme ça, ma belle. Marque-moi.

À ces mots, mes muscles internes se contractèrent et je l'agrippai avec une vigueur possessive lorsque l'orgasme me traversa.

— Putain. Tu m'appartiens. *À jamais*, lâcha-t-il.

Mes parois convulsèrent autour de lui et, par réflexe, mes dents s'enfoncèrent dans son cou tandis que mon corps se disloquait, parcouru de spasmes de plaisir.

Ensuite, il prit le contrôle de nos mouvements, me labourant avec ardeur, ses grandes mains sur mes fesses. Il imprima un mouvement frénétique jusqu'à pousser un juron retentissant, déversant au plus profond de mon être tout ce qu'il avait à me donner.

———

Une fois que mon orgasme dévastateur se fut estompé et que mon cerveau put à nouveau formuler des pensées au-delà du désir aveugle et brut, j'éprouvai de nouveaux remords post-coïtaux. Vair avait proclamé que je lui appartenais à jamais, et ce n'était pas sans me troubler, me rappelant les remarques de Zyrnase et de Tauce qui m'avaient identifiée comme « l'humaine de Vair ».

Une propriété Krinar.

Vair et moi prîmes une douche ensemble, mais je gardai le silence. Ensuite, il insista pour passer sur mon corps une étrange ampoule rouge sertie dans un outil médical argenté, aux endroits où il craignait d'avoir laissé des hématomes ou des égratignures sur ma peau. Il expliqua que cela faisait appel à une technologie de guérison nanocyte.

Je le laissai faire. Or quand il voulut m'insérer le gadget en forme de tampon que Shalee avait utilisé pour guérir mes éventuelles abrasions internes, je refusai tout net avec un « bas les pattes » plus ou moins cinglant, objectant que mon vagin et moi n'étions pas aussi fragiles et que ça ne me dérangeait pas d'éprouver un léger désagrément pour me souvenir de lui pendant les jours suivants.

Constatant qu'il n'insistait pas, j'aurais probablement mieux fait d'en rester là, mais au lieu de ça, j'évoquai la mystérieuse amélioration de ma vue et je lui demandai de but en blanc s'il était impliqué dans cette guérison.

Sa réponse fut un oui franc et massif, confirmant ce dont j'avais déjà une certitude relative.

Encore une fois, je gardai le silence, hésitant entre la reconnaissance et la colère à l'égard de son intervention.

Avec une fascination distante, je le vis créer de toutes pièces mes vêtements de la journée : une tunique légère à manches longues, au tissu bleu ciel, ainsi qu'une paire de chaussures simples à talons plats. Voilà qui expliquait pourquoi il était souvent si prompt à changer de tenue. Ou plus précisément, à se déshabiller en un clin d'œil.

Tout était vraiment irréel. Si étrangement écrasant que, par automatisme, je me détachai de plus en plus de ce qui se passait sous mes yeux pour ne pas céder à la panique. Parce qu'au fond de mon esprit, je craignais qu'il ne me laisse jamais repartir.

— Alors… que se passe-t-il maintenant ? demandai-je en enfilant les chaussures qu'il avait confectionnées.

J'avais enfin réussi à trouver le courage de lui poser cette question.

— Eh bien, je me disais que nous pourrions prendre un petit déjeuner tardif tous les deux, suggéra-t-il avec un sourire plein d'amour. Peut-être aller nous promener. Discuter. Nous pourrions aussi rester ici, ajouta-t-il avec une lueur animale dans ses yeux sombres.

Décidément, cet extraterrestre était insatiable.

— Qu'aimerais-tu faire, Amy ?

Son sourire complaisant et la douceur de sa question faillirent me donner envie d'aller me promener avec lui.

Mais je devais prendre une décision.

J'avalai ma salive.

— Euh… J'aimerais rentrer chez moi. Dans mon appartement. Toute seule ?

Il me dévisagea pendant un bref instant, pinça les lèvres et hocha lentement la tête.

— D'accord. Zyrnase peut te ramener. Ou Robert. Mais j'aimerais que tu manges un morceau avant de partir, si tu t'en sens capable.

Il acceptait de me laisser rentrer chez moi ? Aussi facilement que ça ?

Et il y avait un Krinar qui se prénommait Robert ?

— Ensuite, je pourrai y aller ? Si… si je mange quelque chose ?

Son regard noir se changea en marbre.

— Amy, tu peux partir tout de suite sans rien manger si tu préfères. Mais je crois que tu te sentiras mieux l'estomac plein. Nous avons passé une longue nuit ensemble. Et une longue matinée.

Alors, il me laissait vraiment partir ?

— Mais ce que tu as dit tout à l'heure… euh, que je t'appartenais, que j'étais tout à toi…

— Tu n'es pas ma prisonnière, Amy.

Sa voix était inexpressive, son ton las.

— Je vais chercher Robert.

Sur ce, il quitta la chambre.

Et il ne revint pas. Pas même pour me dire au revoir.

Enfin, Zyrnase arriva pour m'annoncer que mon taxi m'attendait en bas.

Le Krinar qui s'appelait Robert n'en était absolument pas un. C'était un humain d'âge moyen, résident du Queens. Il me ramena à mon appartement.

Seule.

CHAPITRE VINGT-HUIT

Une fois que Robert m'eut déposée, je me rendis chez Jay pour récupérer les affaires que j'y avais laissées la veille. Je l'écoutai pendant des heures chanter les louanges de Shalee, la sublime et brillante assistante médicale de Vair.

Jay avait succombé à son charme, même s'il continuait à faire semblant que ce n'était rien de sérieux, qu'ils avaient simplement l'intention de s'amuser tous les deux.

— Tu sais, c'est juste qu'elle est bi, comme moi, et que nous sommes tous les deux passionnés de science et de médecine…

— Tu es passionné de science ? Depuis quand ? Et de *médecine* ? Jay, ce n'est pas parce que tu as un tas de médicaments dans ton armoire à pharmacie que…

— Eh !

Il éclata de rire avant de feuler comme un chat en colère tout en faisant mine de me griffer.

— Il faut croire que quelqu'un ici ne s'est pas fait mordre assez fort au club hier soir.

Il continua à me parler de Shalee, puis il me proposa de dormir chez lui, invitation que je déclinai. Non pas parce que je craignais la désapprobation de Vair, mais parce que j'avais besoin de passer un peu de temps toute seule.

Épuisée, je pris le chemin de mon appartement. Après avoir appelé mes parents et écouté ma mère me sermonner sur les dangers du Bikram yoga, je me mis au lit de bonne heure.

Je restai allongée à regarder fixement le plafond sans parvenir à trouver le sommeil une bonne partie de la nuit.

———

Je passai mon lundi dans un état de fébrilité et de fatigue, m'attendant à voir débarquer Vair à tout moment et à recevoir l'ordre de monter dans sa limousine pour retourner à son club. J'imaginais les yeux jaunes hargneux de Tauce qui me suivaient partout et j'entendais sa voix agressive dans ma tête, alors qu'il me traitait de simple propriété Krinar.

Je ne pouvais rien avaler. La nuit suivante, je dormis mal. Et je n'arrivais plus à écrire.

Quand le mardi arriva, comme je n'avais toujours pas terminé mon article sur le régime vegan imposé par les K, je rendis le texte que j'avais rédigé quelques semaines plus tôt sur les chiots siamois – un mois après la date de remise exigée par mon rédacteur en chef, alors que tous les autres médias de la ville avaient déjà fait le tour du sujet.

J'allais sans doute me faire virer.

Pendant ce temps, Jay fit sensation au sein de l'équipe éditoriale du *Herald* en proposant une tribune bien écrite sur les similitudes entre Krinars et humains, soulignant les caractéristiques universelles d'intelligence émotionnelle partagées par les deux espèces. Il fournissait même des anecdotes en guise de preuves, démontrant la susceptibilité des Krinars. Naturellement, il avait pris soin de changer les noms et les descriptions des personnes concernées, afin de « protéger les innocents » – *et de sauver ses propres miches*. L'article de Jay sur les K serait sans doute la seule chose qui sauverait les miennes auprès de notre patron cette semaine.

Le mercredi, je commençais à paniquer. Vair n'était toujours pas venu me demander de le suivre dans sa limousine. Quand jeudi arriva, je craignais de ne plus jamais le revoir.

Mais il m'envoya un texto le soir même. Avec une vidéo. *De nous deux.* Le message me demandait de la regarder et de penser à lui… car de son côté, il pensait à moi.

Je ne lui répondis pas.

Mais je visionnai la vidéo. Et je finis par me toucher sur le canapé du salon, consciente que Vair me regardait. Et selon toute vraisemblance, qu'il me filmait.

J'avais atteint l'apogée du comportement dysfonctionnel.

Vendredi, j'avais l'estomac noué et j'attendais avec angoisse la prochaine initiative de Vair, espérant malgré moi qu'il m'appellerait ou m'enverrait un message pour me soumettre au même chantage et me forcer à retourner dans son club le week-end.

Je me promis d'appeler ma psychothérapeute pour savoir si elle était disponible en cas de besoin.

Peu après quinze heures ce vendredi après-midi, Jay passa la tête dans mon bureau et me demanda de prendre mon sac et de le retrouver dans dix minutes aux escaliers de service. Treize minutes plus tard, nous rencontrions son copain de fac, l'agent de la CIA, dans un petit café sans prétention aux abords du Financial District.

— Content de te revoir, vieux ! lui dit Jay avec un grand sourire avant de se tourner vers moi. Amy, je te présente Stephen, mon ami de l'université dont je t'ai parlé. Stephen, voici Amy.

Nous nous serrâmes la main, commandâmes des cafés et prîmes place à une table d'angle un peu à l'écart. Stephen, l'ami de Jay, était un grand gaillard blond aux yeux bleus, l'Américain dans toute sa splendeur, que j'aurais plus volontiers imaginé en train d'enchaîner les castings à New York que de travailler à la direction des opérations de l'agence nationale de renseignements. Mais quand il ouvrit la bouche, j'eus tôt fait de comprendre.

— Comme vous le savez certainement,

Mademoiselle Myers, deux ans après la Grande Panique, les gouvernements de notre monde ont signé le Traité de Coexistence avec les Krinars, leur donnant l'autorisation de s'installer sur notre planète. Depuis, nous faisons de notre mieux pour coopérer avec le Conseil Krinar afin de coexister avec eux. La majeure partie d'entre eux ont choisi des climats chauds ainsi que des zones isolées et moins peuplées où construire les principaux Centres K.

Stephen marqua une pause dans son discours monocorde pour boire une gorgée de café noir. J'en profitai pour jeter un coup d'œil discret à Jay.

— Ils ont établi des colonies au Costa Rica, en Thaïlande et aux Philippines. Mais il y a aussi des Centres K ici aux États-Unis. Il en existe au Nouveau-Mexique, en Arizona…

— Stephen, vieux, l'interrompit Jay. Ce sont des infos qu'on trouve sur Wikipédia ou par une simple recherche Google. Peux-tu nous dire pourquoi Amy figure sur une liste du gouvernement ?

On allait enfin savoir.

— D'accord. J'y venais. Comme vous le savez, si de nombreux humains méprisent les K et redoutent de les voir imposer leur souveraineté, certains les considèrent comme des dieux et leur vouent un véritable culte.

À son discours et sa posture, on aurait dit un quinquagénaire ringard et j'avais beaucoup de mal à imaginer qu'il avait seulement notre âge.

— Les clubs xéno, ou clubs X, se sont développés presque immédiatement autour des centres K.

C'étaient des lieux où les K et leurs admirateurs humains pouvaient… interagir.

Il souligna ce dernier mot en esquissant des guillemets avec les doigts, me rappelant une conversation pénible avec ma mère – quatre heures au cours desquelles elle n'avait cessé d'employer des euphémismes pour m'expliquer ce qu'était un rapport sexuel.

Enfin, il s'interrompit et reporta toute son attention sur moi.

— Mademoiselle Myers, il paraît que vous êtes familière de ces clubs X. Je me trompe ?

— Stephen, tu le sais bien. C'est elle, Amy Myers, qui a écrit cet article dans le *Herald* à propos du club X situé ici, à New York. Pourrais-tu accélérer ? Nous devons retourner au bureau avant ce soir.

— Bien sûr. Bien sûr. Au cours de ces deux dernières années, nous avons noté de plus en plus d'affaires troublantes dans ces clubs X, des Krinars et des humains qui se laissent aller à des… interactions.

Quand il mima les guillemets de nouveau, je faillis me lever pour partir. Au lieu de ça, je consultai discrètement mon téléphone pour voir si Vair n'avait pas cherché à me joindre.

Bon sang. Toujours rien.

Je soufflai sur mon café et avalai une gorgée.

— D'abord, nous avons eu quelques inquiétudes sur l'aspect addictif et les éventuels effets à long terme de ces interactions K. Et puis, il y a eu plusieurs victimes à déplorer.

Le café que je venais de boire vira à l'aigre dans mon estomac.

— Pardon… quoi ?

— Des victimes ?

Jay me décocha un regard nerveux.

— Tu veux dire, à cause des morsures de K ? Des humains sont morts ? Dans des clubs X ?

— Des *accros* aux K sont morts, souligna Stephen. Des xénophiles.

Je ne pus m'empêcher de remarquer la façon dont il avait prononcé ce mot, comme si ces personnes méritaient ce qui leur était arrivé.

— Comment ? demanda Jay, le visage blême tandis qu'il portait inconsciemment sa main à sa gorge. À cause de la perte de sang ?

— Nous n'en sommes pas certains.

— À cause du manque ?

Il fallait que je le demande. Mes joues rougirent quand Stephen me regarda d'un air scandalisé.

— Nous n'en savons rien.

À sa décharge, son ton demeurait impassible.

— Le Conseil Krinar n'a donné que très peu d'informations à notre gouvernement. Mais ils nous ont assuré qu'ils avaient envoyé un enquêteur sur place afin d'étudier minutieusement la question et de mettre en place des contrôles plus stricts dans chaque club X dorénavant. Notre gouvernement a accepté de soutenir, dans la mesure du possible, le chercheur K et son équipe venus ouvrir un club X confidentiel ici même, en ville, et de l'aider à limiter les interférences humaines avec le procédé de sélection biologique nécessaire à leur étude. L'idée était que la diversité de population new-yorkaise offrirait à Vair un bassin génétique humain plus riche que les zones rurales et éloignées autour des Centres K où ces décès ont été signalés.

— *Vair ?*

Saisie de stupeur, j'avais à peine chuchoté son prénom. En même temps, Jay l'avait crié de vive voix.

— Oui, c'est le nom du chercheur Krinar responsable des opérations, envoyé par le Conseil.

Stephen se tourna vers moi.

— Je suppose que vous le connaissez, Mademoiselle Myers.

Le ton de sa voix était imperturbable, mais je décelais un jugement sévère dans ses yeux bleus.

— Manifestement, il est spécialiste en science comportementale. C'est bien ça ?

J'avais les poumons comprimés. Je secouai la tête et m'efforçai de respirer en bredouillant :

— Je… je ne connais… rien… de lui. Science comportementale… ?

— Nous ne sommes pas certains de sa profession exacte ni de sa position au sein de la société Krinar, expliqua Stephen, mais nous sommes portés à croire qu'il est plus ou moins l'équivalent Krinar d'un psychologue ou d'un comportementaliste de renom.

— Un instant, intervint Jay. Tu veux dire que Vair est sexologue sur Krina ?

— Non. Je dis juste que c'est le chercheur envoyé

par le Conseil Krinar pour recueillir des données empiriques sur les effets à court et à long terme du sang et de la salive partagés entre les K et les humains.

— Des données empiriques ? se récria Jay, incrédule. Dans un club libertin ?

Stephen marqua une pause pour prendre une gorgée interminable avant de répondre.

— Oui. Tester les effets secondaires de la salive Krinar sur les humains. Documenter les symptômes de manque, mesurer la propension des humains à devenir dépendants. Tout en évaluant la dépendance que, de leur côté, les K pourraient développer, chercher des traitements éventuels... ce genre de choses.

Oh, mon Dieu. Alors, j'étais un cobaye ?

Un rat de laboratoire utilisé à des fins sexuelles par les extraterrestres ?

Les pièces du puzzle commençaient à prendre forme dans mon esprit, créant une image déconcertante. Je me remémorai la remarque en apparence anodine qu'avait faite Vair dimanche sur les rares K intéressés par l'étude du comportement humain, et la manière dont il avait qualifié ses clients de *sujets* ou *patients*.

— Et quelle est cette liste gouvernementale sur laquelle figure Amy ? demanda Jay, me ramenant à l'objectif premier de cette réunion.

— On l'appelle la liste de *charls*, répondit Stephen.

— *Charl* ?

Les yeux de Jay s'illuminèrent.

— Amy, tu te rappelles quand Zyrnase et Tauce...

— Qu'est-ce que ça veut dire ? intervins-je.

— *Charl* correspond à une catégorie d'humains placés sous protection Krinar. Ils ne relèvent plus de la compétence juridique de notre gouvernement, pas plus que de celle du Conseil Krinar, sans la permission expresse du Krinar auquel le *charl* en question appartient.

— Appartient ? se récria Jay. Pardon ?

— Notre division avait l'intention d'interdire l'article d'Amy, craignant qu'il interfère avec les tests de Vair et qu'il trahisse l'existence du programme de recherche mené dans le club X. C'est déjà bien assez curieux d'avoir un tel club ici loin de tout Centre K. D'après mes sources, le Conseil était du même avis que nous et n'appréciait pas que son article attire l'attention sur les lieux de recherche. Mais Vair est intervenu et il a déclaré qu'Amy était sa *charl,* ce qui empêchait le Conseil et notre gouvernement de tenter quoi que ce soit pour entraver la diffusion de son enquête sur le club X.

Vair avait autorisé la publication de mon article ? Il s'était opposé à la fois au gouvernement américain et au Conseil Krinar ? Et surtout, il avait décrété que je lui appartenais, faisant inscrire mon nom sur une sorte de liste d'intouchables auprès du gouvernement ?

— Combien d'humains figurent sur cette liste de *charls* ? demanda Jay.

— Je n'ai pas le droit de divulguer ces statistiques.

— Comment un K peut-il posséder un être

humain ? objecta Jay. Et bon sang, comment se fait-il que le gouvernement permette une chose pareille ?

Je remerciais Jay de poser cette question, mais je craignais que la réponse soit évidente : les K étaient au-dessus de nos lois humaines. Notre gouvernement devait se plier à toutes leurs exigences.

— Nous n'avons pas le choix, confirma Stephen. Comme je l'ai dit, nous faisons de notre mieux pour coopérer avec le Conseil Krinar afin de coexister avec les K.

Les yeux de Stephen balayèrent le café presque désert, puis il ajouta :

— Une division de la Sécurité intérieure, ici en ville, s'est attiré un tas d'ennuis après le Jour K, parce qu'elle avait tenté d'intervenir auprès d'une de leurs *charls*.

Il avait dardé sur moi un regard lourd de reproches en prononçant la fin de sa phrase.

Jay s'en rendit compte.

— Elle n'est pas une *charl*, Stephen. C'est un être humain, une citoyenne américaine et une excellente journaliste. Que peux-tu faire pour l'aider ?

Stephen secoua la tête.

— Je viens de te le dire, absolument rien.

— Et le FBI ? Ou je ne sais pas, moi… les Nations Unies ? Quelqu'un ? Voyons, il doit bien exister quelque part un organisme secret anti-K en mesure de nous aider, pas vrai ? Un lieu sûr où les *charls* sont placés sous protection…

— Non. Il n'y a rien. Et de toute façon, ce ne serait

d'aucune utilité. Les K savent suivre leur *charl* à la trace. Elle ne pourrait se cacher nulle part.

— Tu te fous de moi ! Tu m'as rappelé et tu m'as demandé de rencontrer Amy, juste pour lui dire qu'elle est complètement foutue ? Qu'elle appartient officiellement à un K et qu'il n'y a rien que notre gouvernement ni aucune autre organisation ne puissent faire pour elle ?

— Non, j'ai demandé à rencontrer Amy parce que je voulais lui demander d'arrêter d'écrire des articles au sujet des clubs X.

Stephen ajouta en me regardant :

— Vair a eu beau vous prendre sous son aile en tant que *charl*, votre article a tout de même eu un impact. Que vous le vouliez ou non, votre enquête a fait connaître le club X de Vair au grand public, attirant sur lui l'attention de nombreux humains innocents et naïfs qui n'en auraient jamais entendu parler autrement et ne s'y seraient jamais intéressés. Si vous tenez à votre pays et à votre propre race, évitez de faire l'apologie de la sensation d'euphorie « semblable aux effets de l'ecstasy » que provoque l'échange de sang et de salive entre K et humains. Évitez de rendre attrayante l'addiction à ces extraterrestres qui s'avère dangereuse et potentiellement mortelle.

CHAPITRE VINGT-NEUF

Pas un instant Jay ne cessa de se tourmenter, de fulminer et de me présenter ses excuses pendant le bref trajet en taxi qui nous ramena au bureau. Je l'écoutais à peine, tournée vers la vitre sans vraiment la voir.

Une fois de retour au *Herald*, je repris ma routine de travail jusqu'à la fin de la journée.

À dix-sept heures trente, je fus brutalement tirée de ma torpeur trouble, entre angoisse et stupeur. Je venais enfin de recevoir le message tant attendu, mais désormais importun. C'était Vair qui m'invitait à retourner dans son club le soir même. Je lui répondis que je n'étais pas sa propriété et j'affirmai en lettres capitales que jamais de la vie je ne serais sa foutue *charl*.

Aucune réaction.

J'attendis une dizaine de minutes avant de lui envoyer un autre texto furieux pour lui dire que je n'étais pas non plus intéressée à jouer les rats de laboratoire en me faisant mordre et baiser à volonté.

Pas de réponse.

J'avais envie de le traiter d'imposteur et de menteur, mais je pris conscience que Vair m'avait pourtant dit la vérité depuis le début, pour l'essentiel et dans ses mots à lui. Cela ne fit que me contrarier davantage.

Je finis par lui envoyer un autre message pour lui annoncer que s'il osait s'approcher de nouveau à moins de trois cents pas de moi, je me plaindrais de son étude bidon sur les *charls* auprès des plus hautes instances du Conseil Krinar, même si j'avais toutes les raisons de penser qu'elles se fichaient bien de mes droits et ne feraient rien pour m'aider.

Je passai le week-end sans nouvelles de Vair.

Je continuai à lui envoyer des messages furibonds. Je dormais à peine et je consultais compulsivement mon téléphone, guettant sa réponse.

La nuit, je restais les yeux ouverts dans mon lit, songeant à la satisfaction que je pourrais tirer si je déboulais dans son club et lui hurlais d'aller brûler dans l'enfer des Krinars. Mais mon imagination finissait toujours par me trahir et dans mes nombreux scénarios, je me retrouvais bien souvent avec Vair, attachée à un mur de verre mouvant ou à une croix de Saint Andrew, à m'égosiller pour de tout autres raisons.

Ce premier week-end, je ne retournai pas au club de Vair.

Mais Jay s'y rendit pour revoir Shalee.

Il m'expliqua qu'il voulait l'interroger sur les victimes xénophiles dont Stephen nous avait parlé. Mais au-delà de ça, il voulait comprendre pourquoi la salive Krinar fonctionnait dans l'organisme humain comme un aphrodisiaque doublé d'un narcotique afin, selon ses propres termes, de déterminer si l'expérience sexuelle la plus intense et bouleversante de sa vie était due à Shalee en personne ou simplement à sa salive.

Quand il passa me voir dans mon bureau le lundi matin pour me raconter sa visite au club, il croisa notre rédacteur en chef et patron direct, Richard Gable, qui était venu me féliciter – une fois n'est pas coutume – pour l'article que je lui avais remis sur les éventuels dangers que comportait le régime vegan imposé par les K.

— Du haut niveau, Myers ! J'avoue que le bacon me manque atrocement.

Il gratifia Jay d'une tape sur l'épaule en le croisant.

— Bonjour, Jay.

À son tour, Jay lui adressa un sourire aussi radieux que faux jeton en répondant comme à son habitude :

— Bonjour, Dick.

Et Gable de lui rappeler que Dick était le prénom de son père, et qu'il convenait de l'appeler Gable ou Richard.

C'était un gag stupide et puéril, mais Jay maîtrisait l'art de la répétition si bien qu'on ne s'en lassait jamais. Je secouai la tête en réprimant un sourire involontaire. Une fois que nous fûmes seuls, Jay referma la porte de mon bureau.

Il m'avait écrit dimanche soir pour prendre de mes nouvelles et me dire qu'il se portait comme un charme, bien que trop fatigué pour discuter, et qu'il me tiendrait au courant dès le lendemain au bureau. D'après son expression comblée et parfaitement détendue, ainsi que sa démarche sautillante, je compris qu'il avait passé une bonne soirée au club de Vair.

Chassant de mes pensées l'extraterrestre et mes sentiments mitigés à son sujet, je demandai :

— Alors ? Comment ça s'est passé avec Shalee ?

— Super. Et avant que tu me le demandes, *maman*, la réponse est : non, elle ne m'a pas mordu cette fois.

C'était un soulagement. J'avais fait promettre à Jay de ne plus accorder de morsures aux K après ce que nous avait révélé Stephen.

— Mais nous avons fait d'autres choses.

Le sourire de Jay s'agrandit et la plus adorable des rougeurs se propagea dans son cou et sur ses joues.

— Et je crois… je crois que l'alchimie entre nous dépasse peut-être une simple question de salive.

Après s'être extasié sur Shalee pendant dix bonnes minutes, il me rapporta ce qu'elle lui avait appris au sujet des décès survenus dans les clubs X à proximité des Centres K. Shalee lui avait expliqué qu'à l'époque de l'invasion, il existait très peu de couples Krinar/humain sur Krina, et que par conséquent ils ne savaient pas grand-chose de la fréquence à laquelle les échanges de sang et de salive pouvaient avoir lieu ni dans quelles quantités. Malheureusement, avant l'arrivée à New York de l'équipe de Vair, les recherches étaient encore insuffisantes.

Elle avait raconté à Jay que dans le cadre d'une union amoureuse entre un Krinar et un humain, l'attention que portait le Krinar en question à la fragilité humaine de sa *charl* lui imposait une retenue naturelle. Mais dans le cas de rencontres plus éphémères, dans les clubs X notamment, on se souciait nettement moins de la sécurité, car les actes étaient purement dictés par le désir et le manque de bon sens qu'induisait souvent le délire procuré par les morsures.

Et puis, les humains qui fréquentaient ces clubs couchaient parfois avec de multiples K en une soirée, ce qui entraînait des pertes de sang trop importantes dans un court laps de temps. Voilà pourquoi les surveillants tels que Tauce étaient nécessaires dans les clubs X – des K suffisamment impressionnants pour dissuader les xénos trop imprudents de revenir, afin de les protéger contre leurs propres pulsions.

Shalee avait ensuite ajouté que la réponse à ces constatations malheureuses était une recherche approfondie et des règlements plus stricts, confirmant ainsi ce que Stephen nous avait appris.

— Écoute, miss, je sais que tu es fâchée et que tu te sens trahie. Crois-moi, j'étais moi-même prêt à frapper Vair vendredi, lorsque Stephen nous a parlé de cette histoire complètement archaïque sur les extraterrestres et les *charls* qu'ils croient pouvoir posséder. Mais après en avoir discuté avec Shalee, je me dis que figurer sur la liste des *charls*, ce n'est peut-être pas aussi terrible que ça en a l'air.

— Jay, il a déclaré que j'étais sa *propriété* !

— Oui, pour te protéger à la fois de son gouvernement et du nôtre, *et* pour te laisser connaître ton succès de journaliste, que tu n'aurais jamais pu avoir étant donné que le Conseil et notre gouvernement avaient l'intention d'interdire la publication de ton enquête sur le club X.

— Mais est-ce que tu t'écoutes au moins ? Je me fiche de mon succès de journaliste si le prix à payer est ma liberté d'être humain.

Il leva les yeux au ciel.

— Bien sûr. Mais, Amy, regarde autour de toi. Tu es assise dans ton bureau, tu viens d'écrire un autre article sur les K pour le *Herald*, et tu vas rentrer chez toi ce soir comme tu l'as fait pendant toute la semaine, et même tout le mois, sans aucune interférence et presque aucun contact avec Vair, à part la fois où nous sommes retournés à son club X.

C'étaient des arguments valables qui auraient dû me remonter le moral. Mais pour une quelconque raison, je me sentais plus déconfite que jamais.

— Il a soigné ma vue sans même me le demander.

— Oh, quel méchant ! fit Jay en haussant un sourcil. Regarde les choses en face, on ne peut pas dire que tu sois traitée comme une prisonnière. À bien réfléchir…

Il fit la grimace et prit une inspiration en serrant les dents.

— Ce gars t'a laissée seule pendant *un mois*, alors qu'il avait déclaré que tu étais sa *charl*. Ça craint.

Il secoua la tête en m'adressant un regard plein de pitié.

— Au contraire, tu devrais peut-être craindre qu'il

ait fait ça par pure gentillesse alors qu'il n'était pas vraiment intéressé par toi.

Jay éclata de rire et je ne pris même pas la peine de lui reprocher ses tentatives de jouer les entremetteurs au profit des K. Je lui dis que je me réjouissais pour Shalee et lui, mais qu'il avait intérêt à ficher le camp de mon bureau avant que je lui colle la grosse perforatrice à trois trous sur le front.

Heureusement pour lui, il s'exécuta.

CHAPITRE TRENTE

Après ma conversation du lundi avec Jay, ma colère était retombée. Mais le mercredi, comme j'étais toujours sans nouvelles de Vair, je commençai à me demander si je ne sombrais pas dans la déprime.

Le vendredi soir, Vair ne m'avait toujours pas contactée et Shalee monopolisait le temps de Jay. Je pris conscience de ma solitude, même s'il m'avait fallu boire deux verres de vin rouge seule dans mon appartement avant de l'admettre.

Un peu éméchée, je songeai à quitter mon affreux pyjama et à prendre un taxi pour me rendre au club de Vair. Au lieu de ça, je rangeai la bouteille de vin et sortis du congélateur une crème glacée au chocolat. Je passai le reste de la soirée à composer et à effacer de nombreux textos à l'attention de Vair.

Le samedi arriva et s'écoula sans message. Dimanche, cela faisait deux semaines que je n'avais pas revu Vair.

Je commençais à redouter qu'il laisse encore un mois s'écouler sans me contacter. Je me demandais même si le commentaire provocateur de Jay n'était pas fondé et s'il était possible que Vair ne soit tout simplement pas intéressé.

Mais je me rappelai alors qu'il *pouvait* me voir… si toutefois il me regardait.

Je décidai de lui donner quelque chose à regarder. Après tout, la dernière fois, j'avais reçu un message d'invitation à son club après m'être touchée dans le salon.

Je commençai par une masturbation discrète dans la cuisine en guise d'échauffement, sans trop savoir si ça représentait une « pièce importante » où Vair pouvait avoir installé une caméra de surveillance. Enhardie par le pouvoir que cela me procura, j'enfilai un nouveau soutien-gorge et une nouvelle culotte avant de prendre mon pied dans la chambre.

Le lendemain matin, j'eus la joie immense de recevoir au réveil un message de Vair : une autre vidéo de nous deux. En la regardant, je me sentis inspirée pour faire une petite représentation dans le salon, sur la table basse, vêtue de mon chemisier le plus strict et d'une jupe crayon, prête à partir au travail.

À la pause déjeuner, le lundi, j'étais tellement excitée que j'envisageai de fermer ma porte à clé et d'offrir un autre spectacle à Vair dans mon bureau. Heureusement, la raison eut le dessus et je me contentai d'aller m'acheter une salade et un café chez le traiteur du rez-de-chaussée.

L'heure de la sortie des bureaux approchait et mes doigts pianotaient habilement sur le clavier lorsqu'un grand Krinar ténébreux et sexy en diable fit irruption dans mon bureau comme si le *Herald* lui appartenait.

Il avait déjà refermé ma porte et s'y était adossé nonchalamment, alors que je retrouvais péniblement une respiration normale. Je me demandais si je n'étais pas devenue complètement folle au point de l'imaginer.

Abasourdie et incrédule, je me levai et contournai mon bureau sans le quitter des yeux.

— Tu m'as manqué, Amy.

Il paraissait immense, debout dans mon petit bureau, occupant presque tout l'encadrement de la porte. Il me dévorait de son regard brun foncé si intense.

— Je t'ai manqué ?

Mes tétons répondirent avant que je retrouve l'usage de ma voix. Mes muscles internes se contractèrent du même coup.

— Je… je suis au travail, Vair, dis-je comme pour m'en persuader.

Il sourit.

— Je sais. Et moi, j'ai besoin de te voir prendre ce que tu désires. Maintenant. Même si tu es au travail.

Ses yeux s'assombrirent en même temps que sa voix.

— Penche-toi sur ton bureau.

Un frisson me traversa. Et pourtant, je n'hésitai pas un seul instant. Je me retournai et m'exécutai, posant les mains sur le bureau froid mélaminé tandis que Vair remontait ma jupe crayon autour de ma taille d'un geste brusque.

J'étais incapable de réfléchir. Je haletais déjà, le corps brûlant et le sexe rempli de désir.

— Écarte les jambes, ma belle.

C'est ce que je fis.

Un grognement approbateur lui échappa tandis que sa main descendait sur mes fesses nues pour venir se frotter contre le string mouillé entre mes cuisses.

— Jusqu'en bas.

Son autre main m'appuya doucement le bas du dos contre le bureau tandis qu'il écartait la ficelle de mon string, enfonçant deux doigts en moi jusqu'à la première phalange. J'étais si détrempée qu'ils ne rencontrèrent aucune résistance.

Bon sang, ce qu'il m'avait manqué !

— Très joli, commenta-t-il avant d'imprimer un mouvement de va-et-vient avec les doigts, les faisant pivoter et les écartant comme une paire de ciseaux.

La joue pressée contre la surface froide de mon bureau, j'avais les yeux mi-clos tournés en direction de la porte – *qui n'était pas verrouillée.*

Je sentis une chaleur irradier dans mon dos et je sus qu'il venait de retirer ses vêtements sans un bruit, par ce tour de passe-passe dont il avait le secret.

C'était réellement en train d'arriver. Il allait me baiser dans mon propre bureau du *New York Herald.*

Et moi, je le laisserais faire.

Rien de tout cela n'était raisonnable. Rien de tout cela n'était sage.

Mais après tout, la sagesse, c'était surcoté.

Il retira ses doigts et je sentis son gland lisse tâter le terrain. J'étais plus que prête pour le recevoir. Inclinant les hanches, je l'encourageai à entrer.

— C'est ça, mon ange. Fais-le. Je veux te voir me prendre au plus profond de toi.

J'agrippai le bord de mon bureau et ramenai les fesses en arrière jusqu'à sentir son sexe épais me pénétrer.

— Tellement parfaite.

Il expira. C'était le soupir le plus charnel que j'aie jamais entendu.

— C'est bien, je sens que tu t'ajustes autour de moi.

Je me mordis la lèvre et réprimai un gémissement tandis que ses doigts se glissaient sous le tissu de ma jupe remontée et froissée pour caresser ma vulve à l'endroit où nos deux corps se rejoignaient.

— Tellement humide pour moi.

Son pouce décrivait des cercles sur mon clitoris.

— Prends-moi tout entier, ma belle.

C'était de la folie.

J'étais devenue complètement folle.

J'imaginais Vair contemplant mes parties intimes ouvertes à lui dans la lumière du jour illuminant mon bureau. Qui me regardait m'empaler lentement sur son énorme queue d'extraterrestre en érection.

Pendant les heures de bureau.

Avec ma porte déverrouillée.

Je devais vraiment me faire suivre par un psy.

— Encore, chérie.

Son pouce faisait rouler mon renflement charnu gonflé et palpitant.

— C'est pour toi.

Je poussai un léger grognement tout en glissant jusqu'au bout, m'ajustant autour de la base épaisse de son sexe jusqu'à sentir ses bourses plaquées contre mes parties humides.

Il gémit.

— Gentille petite humaine.

Son compliment condescendant n'aurait pas dû me réchauffer le cœur. Pas plus que je n'aurais dû me contracter autour de lui et m'agiter de plus belle.

J'étais foutue.

Une accro aux K sans vergogne dès qu'il s'agissait de Vair.

— Bouge contre moi.

C'était un ordre.

J'y obéis sans poser de questions.

Me hissant sur la pointe des pieds, je redescendis sur mes talons, me frottant contre lui d'avant en arrière. Ses doigts ne cessaient de caresser et de pincer mon clitoris. Son autre main effleurait mes cuisses et mes fesses.

— C'est ça. Plus vite, ma belle. Je veux te voir prendre ce que tu désires. N'aie pas peur.

Les jointures de mes doigts blêmirent autour du bureau auquel j'étais agrippée. Je laissai aller mon corps en ondulant, prenant plaisir à sentir chaque centimètre rigide à l'intérieur de moi tandis que sa queue épaisse allait et venait.

J'étais déjà en nage. Mon bureau de mauvaise qualité commençait à grincer sous mes mouvements énergiques. Mes écrans d'ordinateur vacillaient et s'entrechoquaient.

Malgré tout, j'accélérai le rythme.

Tout en sachant que l'on risquait de m'entendre. Que nous risquions de nous faire prendre.

Parce que j'étais incapable de m'arrêter.

— Plus fort.

Ses doigts s'enfoncèrent dans la chair de mes fesses.

— Plus *profond*. Je veux te sentir jouir sur ma queue.

Sa voix semblait moins maîtrisée, plus impatiente.

Il se mit alors à produire un grondement grave et soutenu, qui monta du plus profond de sa poitrine. Ses doigts se firent plus exigeants sur mon clitoris. Sa grande paume pétrissait mes fesses d'une poigne douloureuse.

Je savais qu'il se contenait et bridait l'instinct de prédateur qui le poussait à me prendre avec force et vigueur pour me voir recevoir ce que je désirais.

Et cela ne fit que décupler la force de mon désir. Mes va-et-vient redoublèrent d'ardeur, mon corps tout entier acceptant son épaisse queue fougueuse.

— Baise-moi comme si tu n'en avais jamais assez, Amy, lâcha-t-il.

Quelque chose se brisa dans ma conscience lorsque j'entendis ces paroles de vérité et je poussai un cri en explosant brutalement, avec des mouvements secs et sans grâce tandis que l'orgasme s'emparait de moi.

Il plaqua une main sur ma bouche et avança les

hanches. Son sexe semblait avoir pris des proportions impossibles et ses coups de reins se firent de plus en plus vigoureux. Mes parois internes frémirent en se contractant autour de lui, prolongeant les dernières vagues de mon extase.

Mes jambes tremblaient d'épuisement et j'avais l'impression d'être une poupée de chiffon désarticulée. Il se retira et me retourna pour me mettre à genoux devant lui. Bientôt, sa queue franchissait mes lèvres entrouvertes pour s'enfoncer au fond de ma gorge sans préambule. Il déversa son sperme chaud tandis que je m'étranglais et déglutissais par réflexe autour de lui.

Sa substance Krinar gicla dans ma gorge et descendit dans mon estomac, me faisant brusquement prendre conscience de ce que je venais de faire et de l'endroit où nous étions.

Mais avant que le remords post-coïtal puisse faire son chemin, Vair poussa un grognement de plaisir et prononça les seuls mots capables d'éclipser l'horreur de tout le reste en cet instant :

— *Putain.* Je t'aime, petite humaine.

J'avais toujours eu des réactions déplacées et maladroites en entendant ces mots-là. Et jamais dans mes rêves les plus fous je n'aurais imaginé les entendre un jour dans la bouche de Vair, un *Krinar*, un membre de l'espèce extraterrestre ennemie.

J'étais en état de choc lorsque Vair se retira de ma bouche, me souleva du sol et entreprit d'ajuster mes vêtements et de lisser mes cheveux.

Puis il m'assit au bord de mon bureau.

— Tu vas bien ?

Je ne répondis pas, l'esprit encore trop occupé à comprendre l'ampleur de sa révélation.

Il prit mon visage entre ses mains et l'inclina vers le sien.

— Amy, j'ai fait insonoriser ton bureau il y a des semaines. Zyrnase monte la garde devant ta porte. Personne ne nous a vus ni ne nous a entendus.

Je réprimai un rire nerveux en apprenant les dispositions qu'il avait prises. C'était à la fois rassurant et troublant de savoir qu'il avait pris la précaution – *et la liberté* – de faire insonoriser mon bureau.

Et pourquoi pas ? Il avait déjà pris la liberté de m'espionner à grand renfort d'équipement de surveillance high-tech.

Je secouai la tête et déglutis.

— On ne peut pas… on ne peut pas faire ça. On ne peut plus.

L'inquiétude sincère dans ses yeux leur donnait une teinte plus froide. Plus sombre.

— Et pourquoi donc ?

J'écartai ses mains de mon visage.

— Ce n'est pas bien. Ce n'est pas normal. Ce n'est pas sain.

— Et qu'est-ce qui est normal, Amy ? Qu'est-ce qui est sain ?

Il recula et croisa les bras devant sa poitrine.

— Peux-tu me donner une définition, s'il te plaît ? Parce que j'aimerais t'entendre décrire cette relation

« normale et saine » et m'expliquer en quoi la nôtre n'entre pas dans ce cadre.

— Nous n'avons pas une… relation. Tu obtiens mes faveurs parce que tu me fais du chantage. Tout entre nous est basé sur la manipulation et la contrainte.

Son regard étincelait.

— Alors, tu as détesté chaque instant, c'est ça ? Tu as subi chaque orgasme que je t'ai donné par la force ?

Je détournai le regard.

— Tu sais bien que non. C'est compliqué.

— Tu évites ma question. Dis-moi ce qui est sain. Décris le fonctionnement d'une relation normale.

— Ce n'est pas nécessaire.

— Dis plutôt que tu ne le sais pas, rétorqua-t-il. Alors, tu préfères rejeter ce que nous avons, même si tu en as envie, parce que tu estimes que tu ne *devrais* pas le vouloir.

Il me donnait le tournis.

— Pas la peine de jouer les psychanalystes, répliquai-je sèchement en lui renvoyant son regard. Je ne suis pas l'une de tes « patientes » au club X ni une xéno dépendante de toi.

Pourtant, je l'étais. Complètement.

Et il m'aimait.

Non, n'y pense même pas.

Il pinça les lèvres.

— Et si je t'envoyais des emails terrifiants tous les jours pour te prévenir de tous les dangers tapis dans chaque recoin de l'univers ? Notre relation te paraîtrait plus *normale* ? Ce serait plus sain ? Si je concluais chaque message et chaque appel téléphonique par « sois prudente » ou « fais attention à toi », tu te sentais mieux aimée ?

— Tu me fais du chantage, répétai-je avec obstination. On ne peut pas fonder une relation sur du chantage.

Une lueur amusée passa dans son regard.

— Je croyais que la nôtre était fondée sur le fait que nous étions tous les deux enfants uniques ?

— Vair, ce n'est plus drôle.

— Tu as raison.

À présent, ses yeux noirs versatiles exprimaient la contrariété et une autre émotion dont je refusais de croire capable un Krinar : le chagrin.

— Tu crois encore mon stratagème de chantage, tu crois vraiment que j'ai envisagé sérieusement de partager les vidéos intimes de nous deux avec le grand public ? Voilà ce qui n'est pas drôle.

— Stratagème ? fis-je en plissant les yeux. Es-tu en train de me dire…

— Amy, comme je te l'ai déjà expliqué, tes parents t'ont programmée pour réagir à la peur, aux menaces de danger et d'intimidation.

Sa voix forte était sèche et furieuse en dépit de son haussement d'épaules nonchalant.

— Bien sûr, j'ai joué là-dessus en sachant que c'était le moyen le plus sûr de te pousser à revenir à mon club.

J'en restai bouche bée.

— Tu as joué là-dessus ? C'est une façon polie de me dire que tu en as profité.

— Exactement, avoua-t-il en tendant vers moi un doigt accusateur. Et devine quoi ? Tu as adoré ça. Au fond, tu as apprécié le fait que *je* prenne toute la responsabilité et que j'endosse la culpabilité de notre petit arrangement. Ça te permettait de laisser libre cours à ce que tu considérais comme des fantasmes inappropriés. Quoi que nous fassions, tu savais que tu pouvais m'en accuser et ça te dédouanait de tout.

— Ce n'est pas vrai !

— Amy.

Il me perfora d'un regard autoritaire.

Bon, très bien.

— Bref, j'ai peut-être apprécié. Peu importe. Ça ne change rien au fait que nous ne sommes toujours pas compatibles. Enfin, nos espèces ne peuvent même pas procréer. Shalee a dit à Jay que les couples humain/Krinar étaient incapables de concevoir.

Vair pencha la tête. Ses lèvres ébauchèrent un sourire qui fit bondir mon cœur.

— Non. Aucun. *Pour l'instant.*

Son regard chaud et sombre se posa sur mes seins.

— Intéressant que tu aies pensé à ça alors que tu ne veux pas entendre parler de moi, de ma manipulation et de ma contrainte.

Il se pencha en avant, envahissant mon espace personnel, m'emprisonnant en posant les mains de part et d'autre de mes hanches, sur le bureau.

— Et maintenant, tu dis qu'on ne peut pas être ensemble parce qu'il n'est pas encore prouvé que les

Krinars et les humains sont compatibles pour la procréation ?

Sa voix était grave et gutturale, son regard intime lorsqu'il demanda :

— Es-tu en train de dire que tu veux des enfants avec moi ?

Je sentis mes joues virer au rouge.

— Non, ce n'est pas ce que je dis.

— Il y a un nombre incalculable de couples humains incapables de procréer. Est-ce que ça les rend incompatibles ?

— Bien sûr que non. Arrête de déformer mes propos. Je souligne simplement que nous ne sommes même pas de la même espèce, que nous venons de deux mondes différents, au sens propre du terme.

— Oui, mais nous ne sommes pas le premier couple Krinar/humain, Amy. Et nous ne serons certainement pas le dernier.

Je posai une main sur son torse et il pencha la tête, son nez tout contre le mien. Quand j'exprimai le dernier obstacle auquel je pouvais penser, ma voix sortit dans un souffle :

— Et mes parents, Vair ? Je ne pourrai jamais leur expliquer ça… *toi*.

Une fois de plus, il prit mon visage entre ses mains et l'orienta vers lui.

— J'y ai déjà pensé, ma belle, dit-il en frottant son nez contre le mien. Disons-leur simplement que je te fais toujours du chantage, n'est-ce pas ?

Je sentis son sourire contre mes lèvres quand les siennes m'effleurèrent.

— Tu es vraiment tordu, murmurai-je en lui rendant son baiser.

M'écartant pour reprendre mon souffle, je lui dis avec honnêteté :

— Ils vont absolument te détester.

Il hocha la tête.

— Eh bien, je suis prêt à leur faire directement du chantage à eux aussi, si c'est nécessaire. Crois-tu que la menace d'un camp de travail humain au Costa Rica leur permettra d'accepter plus facilement comme gendre un Krinar de huit cent quarante-sept ans, propriétaire de club libertin ?

Je partis d'un gloussement hystérique en secouant la tête. Pourtant, intérieurement, je frémissais tant la description de mon amoureux extraterrestre paraissait affreuse – et le serait encore plus pour mes parents.

— Tu ne connais vraiment pas ma mère, dis-je en me mordant la lèvre. Je crains d'avoir droit à de nombreuses vidéos YouTube bidon sur les K qui se nourrissent de cervelles humaines.

— Oh, et après, tu dis que c'est moi qui suis tordu ? s'exclama-t-il en riant.

Je haussai les épaules.

— Eh bien, mon chéri… pour toi, je crois que ça peut s'arranger.

PARTIE TROIS

CHAPITRE TRENTE-ET-UN

Était-ce réellement en train de se produire ?

Je me pinçai – avec discrétion, naturellement. Mais Vair, qui remarquait absolument tout, s'en rendit compte et un sourire de satyre dansa au coin de ses lèvres rebondies et dangereusement sexy.

— Oui, c'est bien réel, petite humaine, murmura-t-il d'un ton narquois. Et je te promets de ne pas les manger. Je réserve ça pour toi, d'accord ?

Le rouge me monta brusquement au cou.

— Tais-toi, sifflai-je en lui prenant la main, que je serrai de mes maigres forces humaines. Ils vont entendre.

Nous nous trouvions devant la maison de mes parents à Skaneateles, où Vair et moi nous apprêtions à dîner avec ma famille pour la première fois. Sans les nanocytes Krinars dans mon organisme, j'aurais pris mes palpitations cardiaques pour un infarctus prématuré.

Pourtant, d'après Vair, j'étais à l'abri de tout problème de santé. Je ne pouvais plus attraper la moindre maladie humaine, y compris la vieillesse. Maintenant que j'étais officiellement la *charl* de Vair, avec mes propres nanocytes, j'étais immunisée contre *tout*, ce qui incluait aussi la mort de vieillesse.

Je n'avais toujours pas pris la pleine mesure de ce miracle et j'ignorais si je parviendrais à m'y faire un jour. C'était déjà bien suffisant que je sorte avec Vair – une relation exclusive et bien réelle – depuis deux mois, depuis ce jour où il avait fait irruption dans mon bureau pour me pencher sur la table et me baiser à me faire perdre la tête, jusqu'à ce que j'accepte de donner une chance à sa folie.

Cela dit, pour Vair, nous ne nous contentions pas de « sortir » ensemble. À ses yeux, nous étions un couple. Pour toujours. Il n'était pas mon *petit ami*. Oh, non. Ce serait trop simple et égalitaire. C'était mon *cheren*. Si j'avais bien compris ce terme Krinar, cela signifiait simplement qu'il me possédait.

Mais dans un sens attentionné et affectueux, dans le sens où il était à jamais responsable de mon bien-être.

Cela non plus, je n'en avais pas encore pleinement pris conscience, mais ce n'était pas urgent. Vair se comportait comme mon petit ami, malgré sa surveillance exacerbée de tous les instants et son attitude dérisoirement possessive, et ça me convenait parfaitement. Je travaillais toujours au *Herald*, où j'avais enfin reçu quelques missions intéressantes, et nous passions le reste du temps ensemble. Nous dînions dans les plus grands restaurants de la ville, nous visitions des parcs et des musées, et nous fréquentions Jay et sa petite amie Krinar, Shalee (*elle*, au moins, n'avait aucun problème avec ce titre). Tout cela, bien sûr, dans le peu de temps qui nous restait entre deux corps à corps étourdissants et outrageusement pornographiques, dans le loft de Vair au luxe presque indécent ou dans son « laboratoire de recherche » érotique – à savoir le club X.

— Qu'est-ce qui t'a donné envie de devenir comportementaliste humain ? lui avais-je demandé quelques semaines plus tôt, pendant le petit déjeuner, après m'être réveillée encore épuisée d'une nuit passée à observer une orgie (tout en me faisant prendre par Vair, bien cachée aux regards des autres clients du club, naturellement). Sans vouloir te vexer, je ne t'aurais jamais pris pour un scientifique.

— Ah bon ? avait-il dit en arquant les sourcils. Et pour quoi m'aurais-tu pris ?

— Oh, je ne sais pas…

Si nous vivions à l'époque victorienne, je l'aurais bien vu en dignitaire de la haute société, mais c'était trop bête pour que je lui en fasse part.

— Un *véritable* propriétaire de club libertin ?

Il avait dévoilé ses dents blanches en choisissant une fraise.

— Je *suis* un vrai propriétaire de club, il n'y a rien de factice là-bas. Et comme tu le sais, avait-il ajouté en mordant de manière séductrice dans le fruit gorgé de jus, j'apprécie tout particulièrement les recherches que nous y effectuons.

Sans prêter attention à la réaction de mon corps à cette déclaration, pas plus qu'à mon envie bestiale de lécher le jus de fraise sur sa lèvre délicate, j'avais résolument insisté.

— Je suis sérieuse, Vair. Qu'est-ce qui t'a fait choisir cette profession ? La première fois que nous nous sommes rencontrés, tu as dit que tu t'ennuyais sur Krina. Est-ce que tu te moquais de moi ? Tu jouais le rôle du play-boy Krinar lassé par sa vie mondaine ?

Il avait ricané, mais c'était pourtant avec gravité qu'il m'avait répondu :

— Non, ma belle. Je n'ai jamais fait semblant d'être quelqu'un d'autre que celui que je suis avec toi. C'est vrai, je m'ennuyais sur Krina. Rien ne me captivait très longtemps. Pendant une majeure partie de ma vie, j'ai touché à tout en passant d'un domaine d'expertise à un autre sans jamais me trouver ni apporter de contribution majeure. Ce n'est que lorsque notre Conseil a décidé de venir sur Terre que j'ai découvert le domaine si mal connu du comportement humain. C'est devenu une véritable passion. Jusqu'à ce que toi, tu deviennes ma passion, petite humaine, avec ton comportement irrationnel et tout ce qui te constitue.

Je lui avais jeté une fraise, mais c'était surtout parce que j'étais gênée qu'il me dévoile ses sentiments, plus que par colère de m'entendre traitée d'irrationnelle.

Parce que je l'étais.

J'étais follement irrationnelle dès qu'il s'agissait de lui.

D'abord, même si Vair me disait souvent qu'il m'aimait, ou trouvait des variantes pour me l'exprimer, je n'avais toujours pas trouvé le courage de lui avouer ce que je ressentais. Même quand nous étions au beau milieu de la partie de jambes en l'air la plus torride et la plus perverse, j'étais intensément consciente de la tendresse qui se développait entre nous, d'une connexion si profonde qu'elle était ancrée dans mes os. Pour une quelconque raison, je ne lui avais jamais dit qu'il me manquait quand j'allais travailler, même si je le voyais tous les matins. Chaque fois que nous étions séparés, je consultais mon téléphone en permanence, espérant recevoir un message de sa part.

Un message à me faire rougir, affreusement inapproprié, qui me donnerait à la fois envie de jouir et de me liquéfier sur le sol.

Ça faisait de moi une lâche, j'en étais convaincue, mais c'était bien plus facile à l'époque où je considérais Vair comme un ennemi. *Quand il m'imposait son chantage pour me forcer à faire ce que je désirais.*

Oui, j'étais capable de l'avouer aujourd'hui. Avec une précision sans faille, tel le comportementaliste qu'il était, Vair avait trouvé la bonne approche. J'avais besoin de ses menaces implicites pour surmonter les peurs plantées en moi par mes parents, pour combattre mon penchant naturel à éviter tout ce qui était différent et effrayant.

Un penchant contre lequel je luttais toujours, dans

une certaine mesure – d'où ma difficulté à lui avouer que je commençais à avoir besoin de lui.

Que je tombais amoureuse malgré mes appréhensions tenaces devant l'inconnu.

— Tu es prête ? demanda Vair en me tirant de mes réflexions paniquées à la perspective de ce dîner chez mes parents.

En souriant, il me serra la main, tout doucement pour ne pas broyer mes os humains si fragiles. Je devais sembler sur le point de vomir, car il porta ma main à ses lèvres et déposa un baiser délicat sur les jointures de mes doigts.

— Tout va bien se passer, ma belle, je te le promets. Ils vont m'adorer. Et dans le pire des cas, il y a toujours ces soi-disant vidéos sur YouTube où nous consommons des cerveaux humains…

Je hochai la tête sans conviction, mais il était trop tard.

Vair appuyait déjà sur la sonnette.

CHAPITRE TRENTE-DEUX

Ce fut un désastre.

Je m'en doutais, évidemment, mais Vair avait insisté pour les rencontrer et maintenant, je faisais la grimace au-dessus de mon assiette de brocolis trop cuits, tandis que maman me regardait avec des yeux rougis et accusateurs et que papa alternait entre des questions maladroites sur la durée de notre relation et une consommation excessive de vin.

C'était en partie ma faute. J'avais imposé Vair à mes parents, en quelque sorte. Si je ne leur avais pas caché le fait que j'avais un nouveau petit ami, j'avais attendu la veille au soir pour leur avouer enfin la vérité.

À 21 h 38, quand maman m'avait appelée pour me demander à quelle heure nous arriverions le lendemain soir, je lui avais dit de but en blanc que Vair était un K.

J'avais eu droit à la pire démonstration d'hystérie qu'il m'ait été donné d'entendre, et ça n'était pas peu dire.

— Il va te tuer ! T'assassiner dans ton sommeil !

Maman avait sangloté au téléphone pendant que papa inondait ma messagerie de liens vers tous les articles négatifs au sujet des K, dont certains étaient signés par ma plume.

— Il va t'ouvrir le crâne et te vider de ton sang, et…

— Je n'en ferai rien, je vous le promets !

Vair était intervenu en me prenant le téléphone des mains, déclenchant une série de hurlements que l'on avait dû entendre jusqu'en Alabama.

J'avais réussi à récupérer le téléphone et j'avais passé les deux heures suivantes à rassurer mes parents en leur disant que Vair m'avait toujours très bien traitée et qu'il ne mangeait jamais de cervelle humaine, même quand il avait très faim. Après avoir enfin raccroché, j'avais gardé mon téléphone près de moi parce que je connaissais ma mère – et bien sûr, elle avait encore appelé six fois pendant la nuit, pleurant et me suppliant de partir et d'aller chercher du secours, tout en déplorant que le FBI refuse d'écouter ses plaintes pour enlèvement et séquestration et d'envoyer une équipe d'intervention me chercher.

Alors, le moins qu'on puisse dire, c'est que la nuit n'avait pas été de tout repos.

Et maintenant, nous étions chez mes parents. Ma mère nous avait servi le plat le plus fade et le moins appétissant qu'elle ait jamais cuisiné, sa façon à elle de dire : « allez vous faire foutre, maudit K. » Elle espérait peut-être que Vair interprèterait les brocolis trop cuits comme une menace de *le* faire cuire un jour s'il osait lever la main sur moi ?

Ce n'était pas une certitude, mais quoi qu'il en soit, c'était très gênant.

— *Désolée*, articulai-je en regardant Vair quand ma mère et mon père s'éclipsèrent en cuisine afin d'aller chercher de nouvelles bouteilles d'eau et de vin – sans doute pour faire passer le repas peu ragoûtant. Je ne sais pas pourquoi ils ont fait ça.

Je désignai d'un geste désespéré la table où, en plus des brocolis trop cuits et des pommes de terre trop crues, du raisin rabougri et à moitié écrasé trônait dans un bol en guise de dessert.

Les yeux noirs de Vair brillèrent d'une lueur amusée.

— Ne t'inquiète pas, ma belle. Il faudra plus qu'un mauvais repas pour m'effaroucher.

Ainsi, il interprétait comme moi le curieux comportement de ma mère, sans savoir qu'en temps normal, c'était une excellente cuisinière qui avait vaillamment relevé le défi de la cuisine végétarienne.

À moins que…

Je le regardai en plissant les yeux.

— Est-ce que la maison de mes parents est sous surveillance ?

J'avais murmuré avec colère, agrippée à la table pour me pencher vers lui.

— Tu les surveilles, eux aussi ?

C'était pour ça qu'il avait compris que c'était un mauvais repas et non pas les dîners habituels que servait ma mère ?

Cette fois, son amusement transparaissait sur son visage.

— D'après toi ?

Pfff, évidemment. Je me sentais outrée pour mes parents, mais je n'eus pas le temps de lui en faire part, car ma mère revenait avec deux verres d'eau, qu'elle posa sur la table devant nous, si violemment que le liquide gicla par-dessus bord.

Mon père la suivait de près avec une bouteille de vin ouverte et un brownie carbonisé sur un plateau.

Il y avait donc un dessert en plus du raisin ratatiné.

— Merci, maman, dis-je en prenant mon verre pour boire une gorgée d'eau.

Après-coup, l'idée me vint qu'elle avait peut-être craché dans celui de Vair, ou empoisonné sa nourriture, mais je chassai aussitôt cette pensée.

Même si elle avait fait quelque chose d'aussi abject, il ne tomberait pas malade.

— Alors, Vair… dit papa après avoir vidé un autre verre de vin. Quelles sont vos intentions envers notre fille ?

Je fermai les yeux et priai afin que Vair fasse disparaître le mur ou le sol dans un tour de passe-passe afin de pouvoir m'y fondre et ne plus jamais revenir.

— Eh bien, répondit Vair sans se départir de son calme. Je suis amoureux de votre fille, Monsieur Myers, et j'espère vivre une relation à long terme avec elle.

J'ouvris les paupières pour lui jeter un coup d'œil.

Non, pas la moindre trace de gêne ni de honte sur

ce visage aux traits parfaits, pas même sa moquerie habituelle.

Il avait l'air sincère. Franc comme un scout qui espérait gagner l'approbation de son chef.

Et mon père buvait du petit lait, hochant la tête comme s'il approuvait totalement.

J'ouvris les yeux en grand lorsque ma mère s'adressa à Vair pour la première fois, la voix légèrement plus aiguë qu'à l'habitude.

— Comment est-ce possible, au juste ? Vous êtes deux espèces différentes.

Elle mit l'accent sur le dernier mot, comme si notre relation était contre nature.

— Oui, en effet, mais ça n'a aucune importance, répondit Vair avec un sourire parfaitement maîtrisé destiné à rassurer et à désarmer. Je suis sûr que vous avez connu une époque dans l'histoire de l'humanité où les gens éprouvaient la même réticence quant aux unions entre races différentes.

Les joues de ma mère, parsemées de taches de rousseur, s'empourprèrent. Elle avait beau vivre dans un quartier habité à quatre-vingt-dix-huit pour cent par des blancs, elle s'enorgueillissait de ne faire aucune distinction raciale.

— Ce n'est pas... bredouilla-t-elle. Je veux dire, ce n'est pas *du tout* la même chose.

— Pourquoi ? demanda Vair sur un ton affable. Si j'aime votre fille et qu'elle m'aime, où est le mal ?

Maman le dévisageait, à court de mots, et je sus que mon visage exprimait la même stupeur, l'épouvante de la biche dans les phares d'un camion, une peur illogique devant une logique pourtant irréfutable. Mon cœur cognait dans ma poitrine et je serrai le poing sous la table tandis que ses mots faisaient leur chemin dans ma tête, franchissant les nombreuses couches de prétextes que j'utilisais en guise de défense.

Un Krinar et une humaine, amoureux. En effet, où était le mal ?

Pourquoi déployais-je tant d'efforts pour le refouler ?

Pourquoi avais-je peur d'avouer ce que je ressentais ?

Pendant un long moment, personne ne parla. Le silence s'éternisa, jusqu'à devenir aussi tendu qu'une corde sur le point de se briser.

Mon père se racla alors la gorge.

— Euh… du vin, quelqu'un ?

— Avec grand plaisir, répondit spontanément Vair, comme si nous étions tous amis.

D'une main tremblante, ma mère tendit son verre à côté de celui de Vair. Quant à moi, je regardais mon Krinar. Je connaissais – *non, je ressentais* – la vérité.

Nous n'étions peut-être pas de la même espèce, mais il se débrouillait comme un chef avec mes parents.

———

Il était tard quand nous arrivâmes enfin à la maison, mais je n'étais pas fatiguée. Au contraire, j'étais survoltée, vibrante d'énergie nerveuse.

— Nous avons réussi. Tu t'en rends compte ?

répétais-je en boucle tandis que Vair me conduisait jusqu'à son loft.

Je n'avais pas fermé la bouche pendant tout le trajet du retour.

— Oh, mon Dieu, la tête de ma mère quand tu les as invités à New York pour Thanksgiving… Je parie qu'ils ont cru que tu allais dire : « sur Krina ». Et quand mon père a goûté cet affreux brownie et a tout recraché… Tu crois que maman a *vraiment* échangé le sel et le sucre comme elle assure l'avoir fait par accident ? Dans les mêmes proportions ? Bien sûr, ça en avait le goût, mais quand même, c'est extrême, même pour elle. Et ensuite…

— Amy.

Avec un regard sombre de prédateur, il me fit taire en posant un doigt sur mes lèvres.

— Chut, ma belle.

J'écarquillai les yeux quand il se déshabilla en un tournemain, retirant mes vêtements du même geste. Ma gorge se dessécha tandis que j'admirais la perfection masculine qui s'offrait à mes yeux dans toute sa nudité.

Pourrais-je un jour m'y habituer ?

Était-ce possible de s'habituer à quelqu'un de si beau ?

Il était déjà dur. Son sexe magnifique se dressait en direction de son nombril et chaque muscle de son corps imposant était contracté avec une précision surhumaine. Pourtant, c'était l'expression de son visage qui me coupait le souffle, un mélange de désir sombre et de tendresse assumée, d'avidité et de pure adoration.

Il se pencha vers moi et posa ses larges paumes sur mes joues. Mon ventre se noua dans l'expectative lorsque ses lèvres effleurèrent les miennes... une fois, deux fois, encore un peu... Son souffle était chaud et avait une vague odeur de vin. Sa langue était douce et caressante quand il la glissa dans ma bouche pour me goûter, jouant avec moi. Je refermai les mains autour de ses poignets solides et mon cœur se mit à cogner dans ma cage thoracique lorsque je sentis la chaleur se propager sur ma peau et une douleur sourde m'élancer dans le bas-ventre.

J'avais envie qu'il me baise.

Tout de suite.

Mais d'abord, je devais lui dire quelque chose d'important, quelque chose qui m'avait pesé sur le cœur pendant tout le trajet du retour, me mettant les nerfs en pelote et me faisant jacasser sans relâche.

Quelque chose que j'aurais dû lui dire il y a longtemps déjà, mais que j'avais toujours été trop dégonflée pour admettre.

Prenant une inspiration brève, j'interrompis notre baiser et m'écartai de lui.

— Vair...

Malgré ma ferme résolution, ma voix chevrotait quand je levai les yeux vers lui sans lâcher ses poignets, comme si je pouvais le retenir par la force.

— Vair, je...

Il soutenait mon regard avec une tendresse infinie dans les yeux.

— Oui, ma belle ?

Il le savait. Évidemment qu'il le savait.

Depuis le tout début, il m'avait comprise, encore mieux que je ne me comprenais moi-même.

— Je t'aime, dis-je d'une voix assurée, ma nervosité envolée soudain remplacée par un élan sentimental aussi pur que sincère. J'aime tout chez toi, Vair, et je veux vraiment essayer quoi qu'en pensent mes parents ou n'importe qui d'autre.

— Vraiment ? murmura-t-il.

Un sourire langoureux et plein de chaleur étira ses lèvres sensuelles. Quand il se pencha de nouveau vers moi, avançant la tête pour prendre possession de mon être par un baiser vorace, je sus que nous y étions parvenus.

Dans un club libertin de New York, j'avais trouvé ma moitié.

Un Krinar que j'aimais de tout mon cœur.

ÉPILOGUE

Six ans plus tard

— Tu es prête ? demanda Vair en me serrant la main.

Je hochai la tête et pris une grande inspiration avant de baisser les yeux sur ma tenue.

Allais-je vomir ? *Non.*

M'évanouir ? *Ça m'étonnerait.*

Glapir comme une adolescente qui rencontre son idole ? *Très probable.*

Mais c'était plus fort que moi. Dans une minute, nous allions rencontrer virtuellement le couple Krinar/humain dont l'histoire d'amour tumultueuse avait récemment passionné la population de nos deux planètes.

Korum et Mia.

Le K le plus puissant du Conseil et l'humaine qu'il avait *épousée.*

— Ils vont t'adorer, me promit Vair. Ton manuscrit les a éblouis et ils savent que personne ne serait mieux placé que toi pour écrire leur histoire.

Je déglutis en essayant de calmer les battements de mon cœur, qui insistait pour cogner comme un pic-vert dans ma gorge.

Je pouvais le faire. J'en étais absolument et catégoriquement convaincue. Certes, ils étaient plus célèbres que n'importe quelle star, et alors ? Quelle importance si Korum était à l'origine de l'invasion de la Terre par les K ?

Vair avait confiance en moi, suffisamment pour faire jouer auprès du Conseil Krinar la réputation que ses recherches lui avaient value afin de me décrocher cette entrevue, et je n'étais plus une journaliste débutante. Au cours de ces six dernières années, j'avais interviewé d'autres Krinars haut placés, ainsi que des membres des gouvernements humains et même de la Résistance. Mes articles, mes nouvelles et mes enquêtes approfondies étaient reconnus comme étant particulièrement fiables et pertinents. Quant à mon premier roman biographique, l'histoire d'amour hors du commun entre Emily Ross et son cheren, Zaron, il serait bientôt publié.

J'étais une angoissée de nature, mais je n'avais aucune raison d'être nerveuse.

Si ce n'est qu'il s'agit d'une opportunité qui ne se présente qu'une fois dans la carrière d'un journaliste.

Bon, en avant.

— Allons-y, dis-je d'un ton décidé.

Vair me sourit et le monde se mit à tournoyer, comme dans un brouillard. Luttant contre le vertige, je fermai les yeux. Quand je les rouvris, je n'étais plus dans le loft new-yorkais de Vair.

— Amy Myers et Vair, je présume ? dit un grand Krinar à la beauté intimidante, qui me dévisageait de ses étranges yeux dorés de l'autre côté d'une longue table flottante.

Mes nerfs s'apaisèrent et je sentis que la journaliste en moi reprenait le dessus. Avec un regard très professionnel, je découvris l'humaine menue à côté de lui et la salle de couleur ivoire baignée de soleil où nous nous trouvions virtuellement.

Une pièce dans la maison de Korum, sur Krina.

— C'est exact, répondis-je d'un ton amène en penchant la tête vers le couple dans un signe de respect.

Je savais qu'il valait mieux ne pas tenter une poignée de main avec un homme K. Vair aurait envie de le tuer sur-le-champ.

— Et vous devez être Korum et Mia ?

— C'est bien nous, dit la fille avec un sourire rayonnant.

Ses yeux étaient d'un bleu saisissant qui contrastait avec sa chevelure noire et bouclée. Elle avait les traits fins et un sourire enchanteur.

— C'est un plaisir de faire votre connaissance, Amy, dit Korum. Et Vair aussi, bien sûr.

Un bras lourd passa autour de ma taille et je levai les yeux pour voir Vair pencher la tête en répondant d'une voix traînante :

— Un plaisir, je n'en doute pas.

Je me retins de lever les yeux au ciel. *Les K et leur jalousie maladive.* Korum retenait Mia à côté de lui, comme si elle risquait de partir en courant, et tout naturellement, Vair affirmait sa possession sur moi par un geste similaire. Le caractère professionnel de notre entretien ne semblait pas entrer en ligne de compte, même si les deux K savaient pertinemment qu'aucun d'eux n'était intéressé par la *charl* de l'autre, et que de toute façon, nous n'étions ensemble que virtuellement, nos corps physiques situés sur deux planètes différentes.

La raison n'avait aucune emprise sur leur instinct possessif.

— Alors, Korum, dis-je en me concentrant sur la mission qui m'attendait. Et si nous commencions par le début ? Comment avez-vous rencontré Mia ?

Il la regarda et je vis les traits de son visage sculptural se radoucir. Légèrement, mais suffisamment pour exprimer ce que savait déjà quiconque avait visionné un enregistrement de leur mariage somptueux.

Pour elle, il ferait exploser des galaxies entières.

— À toi l'honneur, mon amour… proposa-t-il d'une voix douce.

Elle lui sourit, le visage radieux.

— Si tu insistes.

Sans se départir de son sourire, elle se tourna vers moi.

— C'est une longue histoire. Je ne suis pas certaine qu'un seul livre suffira.

— Si ça ne suffit pas, alors j'en ferai deux ou trois tomes, dis-je pour la rassurer. Nous ferons le nécessaire.

Et tandis que la jeune humaine se lançait dans son récit, je commençai à écrire : « *L'air était frais et le temps clair. Mia marchait d'un pas vif sur un sentier sinueux de Central Park...* »

ENTRAITS EN AVANT-PREMIÈRE

Merci de m'avoir lue ! Si vous envisagez de publier une critique, je vous en suis très reconnaissante.

Si vous avez aimé *L'Enquête Krinar,* vous aimerez probablement les livres suivants :

- *L'Enlèvement: Toute la Trilogie* – L'histoire de Julian et Nora
- *Capture-Moi: Toute la Trilogie* – L'histoire de Lucas et Yulia
- *Mia & Korum: Toute la Trilogie* – Une romance sombre de science-fiction
- *La captive des Krinars* – Une romance de science-fiction autonome

Collaborations avec mon mari, Dima Zales :

- *Les Machines de l'esprit* – Thriller technologique
- *Les Dimensions de l'esprit* – Fantastique urbain
- *Les Derniers Humains* – Science-fiction dystopique/postapocalyptique
- *Le Code Arcane* – Fantastique épique

Par ailleurs, si vous aimez les audio-livres, visiter www.annazaires.com/book-series/francais/ pour découvrir cette série ainsi que nos autres livres en audio.

Et maintenant, tournez la page pour découvrir un extrait de *Mon Tourmenteur*, d'Anna Zaires.

EXTRAIT DE MON TOURMENTEUR

Il est venu à moi dans la nuit, un sombre et cruel étranger des coins les plus dangereux de la Russie. Il m'a tourmentée et m'a détruite, mettant en pièces mon monde dans sa quête de vengeance.

Maintenant, il de retour, mais ce n'est plus après mes secrets.

L'homme qui joue dans mes cauchemars me veut.

———

— Allez-vous me tuer ?

Elle essaie, sans succès, de garder une voix calme. J'admire tout de même sa tentative de sang-froid. Je l'ai approchée en public pour qu'elle se sente davantage en sécurité, mais elle est trop sage pour se laisser duper. S'ils ont abordé mes antécédents, elle doit savoir que je peux lui briser la nuque plus vite qu'elle ne peut crier à l'aide.

— Non, réponds-je, en m'inclinant davantage alors qu'une chanson plus bruyante commence. Je ne vais pas te tuer.

— Alors, que voulez-vous de moi ?

Elle tremble entre mes mains, et je suis à la fois intrigué et perturbé par ce fait. Je ne veux pas qu'elle me craigne, mais parallèlement, j'aime l'avoir à ma merci. Sa peur alimente le côté prédateur en moi, transformant mon désir en quelque chose de plus sombre.

Elle est une proie conquise, douce, tendre et mienne à dévorer.

En penchant la tête, j'enfouis mon nez dans sa chevelure parfumée et murmure à son oreille :

— Retrouve-moi au Starbucks près de chez toi demain, à midi, et nous parlerons. Je te dirai tout ce que tu veux savoir.

Je recule et elle me fixe, les yeux énormes dans son visage en forme de cœur. Je sais ce qu'elle pense, alors je me penche à nouveau, ma bouche près de son oreille.

— Si tu contactes le FBI, ils tenteront de te cacher. Comme ils ont essayé de le faire pour ton mari et les autres sur ma liste. Ils te déracineront, ils t'éloigneront de tes parents et de ta carrière, et ça ne servira à rien. Je te retrouverai, peu importe où tu es Sara… peu importe ce qu'ils font pour t'éloigner de moi.

Mes lèvres effleurent l'arête de son oreille, et je sens son souffle trembler.

— Ils pourront aussi t'utiliser pour me tendre un piège. Si c'est le cas, je le saurai, et notre prochaine rencontre ne sera pas autour d'un café.

Elle frissonne, et j'inspire profondément, m'emplissant de son parfum délicat une dernière fois avant de la relâcher.

En reculant, je me fonds dans la foule et envoie un message à Anton pour qu'il mette l'équipe en place.

Je dois veiller à ce qu'elle arrive chez elle en un seul morceau, dérangée par nul autre que moi.

Si vous souhaitez en savoir plus, veuillez consulter le site internet d'Anna www.annazaires.com/book-series/francais.

Anna Zaires est une auteure à succès international du *New York Times* et du *USA Today* de romances de science-fiction et de romances érotiques sombres contemporaines. Elle a découvert son amour des livres à l'âge de cinq ans, quand sa grand-mère lui a appris à lire. Depuis elle a toujours vécu en partie dans un monde de fantaisie dont les seules limites sont celles de son imagination. Elle habite actuellement en Floride et vit heureuse avec son mari Dima Zales, qui écrit des romans de science-fiction et des romans fantastiques, et avec qui elle travaille en étroite collaboration pour chacune de leurs œuvres.

Pour en savoir plus, veuillez visiter www.annazaires.com/book-series/francais/.

Hettie Ivers écrit des histoires d'amour en dilettante. Elle aime échapper au stress de sa semaine de travail avec un bon livre coquin, et de préférence une touche d'humour.

Sa carrière ne lui laisse pas beaucoup de temps pour l'écriture créative érotique, mais elle adore s'y adonner le soir et le week-end, et elle s'efforce de publier un ou deux livres par an, selon ce que la vie lui réserve.

Pour en savoir plus sur Hettie et les livres qu'elle écrit, n'hésitez pas à consulter son site web, www.hettieivers.com.